007典藏系列

007 *Moonraker*

摧月号

伊恩·弗莱明 著
陈 许 黄 巍 译

时代出版传媒股份有限公司
安 徽 文 艺 出 版 社

图书在版编目(CIP)数据

摧月号/(英)伊恩·弗莱明著;陈许,黄巍译.—合肥:安徽文艺出版社,2016.1(2022.5重印)

(007典藏系列)

ISBN 978-7-5396-5550-5

Ⅰ.①摧… Ⅱ.①伊… ②陈… ③黄… Ⅲ.①长篇小说-英国-现代 Ⅳ.①I561.45

中国版本图书馆CIP数据核字(2015)第239230号

出 版 人:朱寒冬

责任编辑:姜婧婧 装帧设计:张诚鑫

出版发行:时代出版传媒股份有限公司 www.press-mart.com

安徽文艺出版社 www.awpub.com

地 址:合肥市翡翠路1118号 邮政编码:230071

营 销 部:(0551)63533889

印 制:三河市人民印务有限公司 (0316)3650588

开本:880×1230 1/32 印张:8.25 字数:220千字

版次:2016年1月第1版 2022年5月第2次印刷

定价:38.00元

007 *Moonraker*

007

Ian Fleming

伊恩·弗莱明

1953 年，正在牙买加太阳酒店度蜜月的伊恩·弗莱明百无聊赖地坐在打字机边，他的脑子里正在酝酿“一部终结所有间谍小说的间谍小说”——这部小说的主角就是通俗文学世界里最为人知晓、商业电影范围内生命最长的詹姆斯·邦德。

和其笔下的 007 一样，弗莱明的现实生活中也充满了炮弹味和香水味，年轻有为、风流倜傥的程度和詹姆斯·邦德有的一拼。弗莱明 1908 年出生在英国，他从小就希望过上一种自由刺激的生活，可是他的性情却和英国的传统教育格格不入。1921 年，在著名的伊顿公学念书的弗莱明因为行为不端而被开除。1926 年，他在家庭的安排下进入了桑德赫斯特军校，所有人都希望他这次能吸取教训并顺利完成学业，可是弗莱明本性难移，因为酗酒和斗殴，弗莱明提前结束了自己在军校的生活。1931 年，他进入了著名的路透社，成为了一名专门报道间谍案件的记者。1933 年，他回到了英国，做了一个银行职员，百无聊赖的生活让弗莱明忍无可忍。二战的到来为弗莱明带来了 “换种活法”的机会——战争让弗莱明变成了邦德。

1939 年 5 月，弗莱明成为英国皇家海军情报局中尉，上任时年仅 31 岁，从司机到海军大臣人人都喜欢他那充满了生气的堂堂仪表。因工作出色，弗莱明深得局长约翰·戈弗雷海军上将的赏识，后者以作风强硬著称，是007邦德的老板——M的原型。弗莱明曾多次陪同戈弗雷上将去美国与联邦调查局局长胡佛会晤，交流情报。弗莱明为戈弗雷起草了无数的报告和备忘录，他的写作才华开始展现，枯燥的案件被他描述得跌宕起伏。这些文件至今还是英国谍报部门授课的范文。

由于出色的工作表现，弗莱明被直接提拔为海军中校，并作为戈弗雷的助理直接领导代号为30AU的间谍部队。这是一个由间谍精英组成的小分队，队员个个身怀绝技，从神枪手、化妆师、武器专家到解密高手、间谍美女，一应俱全。他们的主要任务是帮助纳粹占领国的高级官员逃亡以及窃取德军重要档案。

第一次行动，弗莱明率领30AU来到葡萄牙的卡斯卡伊斯，策划阿尔巴尼亚国王索古从德国、意大利占领区潜逃。他设想的营救计划是这样的：清晨，在国王寓所门前，两名清洁工（英国特工）出现了，严密监视国王寓所的德国卫兵问了两句，就让他们进了门。待了一会儿，两个清洁工（已是国王夫妇）再次出现，拖着垃圾袋正向大门走来。这时，事先安排好的一场车祸准时在街对面发生，德国卫兵赶紧召集人手灭火救人。一个蒙太奇镜头：两个"高贵的清洁工"登上垃圾车渐渐远去。待德国人发现国王夫妇失踪时，国王夫妇已化装成葡萄牙人搭乘一艘意大利游轮安全抵达卡斯卡伊斯。结果，伊恩·弗莱明的策划与行动一样顺利，犹如他在执导拍摄一部007电影。

二战期间，弗莱明与"疯狂比尔"——美国战略情报局局长威廉姆·多诺万将军关系密切。1941年，多诺万计划成立新的情报机关，要弗莱明策划一个蓝图。弗莱明为他撰写的计划共七十二页，描述了一个完美特工应具备的特质，"年龄在40岁到50岁，经过特工训练，拥有出色观察、分析、评价能力，完美判断力，能随时保持头脑清醒，对情报事业有献身精神，并有广博的生活经历”。这和詹姆斯·邦德的形象几乎一致。1947 年中情局正式成立，很大程度上借鉴了“邦德标准”。弗莱明毫不掩饰得意之情，向多个朋友吹嘘“我创造了中央情报局”。

1945 年 11 月 4 日，弗莱明离开了海军情报局，戈弗雷上将对他做出了闪光的评语：“他的热情、才能和见识都是无与伦比的，他对海军情报局的战时发展和组织活动做出了巨大贡献。”

自《皇家赌场》大卖之后，弗莱明就成了一架被烟草和酒精驱动的写作机器，在他人生的最后十二年里，一共写了十四部 007 小说。在弗莱明生前，他的 007 系列小说就销出了四千万册，迄今为止，该系列小说在世界各地的销售量已超过一亿册。

1964 年 8 月 12 日，56 岁的弗莱明由于心脏病发作倒在儿子的生日宴会上。

尽管他一生烟酒不离，女人无数，但最后陪伴在他身边的依然是他的妻子。他热爱社交，但也曾因执着写作险些被上流社会抛弃。然而，五十多年过去了，那些曾经试图抛弃他的“贵族们”早已烟消云散，他所留下的作品却享誉全球、妇孺皆知。在全世界，无数的人在阅读 007 小说或观看 007 电影，以此向这位传奇人物表达敬意和缅怀之情。

目 录
Contents

第一部分　星期一

第一章　秘密公文

两支点三八口径手枪同时砰然响起。

枪声在地下室的四壁间反复回荡，良久才安静下来。詹姆斯·邦德看着房间中央的排气扇慢慢吸走四处飘浮的硝烟。他回味着刚才自己右手从左侧拔枪射击的动作，对自己的快速反应感到自豪。他推出柯尔特式侦探专用手枪的转轮，让枪口指向地面。射击教官正从二十码开外，穿过灯光昏暗的靶场向他走来。

邦德看到教官面带微笑。"不会吧?"邦德说，"我这次打中你了。"

教官走到他面前，开口说道："我只是进了医院，可你却丢了性命，先生。"他一只手拿着一个半身人形靶，另一只手举着一张明信片大小的即显胶片。他把胶片递给邦德，然后和他一起走到身后的一张桌子旁边。桌上摆着一盏绿色灯罩的台灯，还放着一副大号的放大镜。

邦德拿起放大镜，弯下腰观察着胶片。照片是用闪光灯拍摄的。照片上在他的右手处能模糊地看到白色的火光。他仔细地把放大镜对准他深色外套的左边区域。正对着心脏的部分可以看到非常细小的一点亮光。

教官没有说话，又把白色的人形靶放到了灯下。靶子上对应心脏的部位是一个直径三英寸左右的黑色靶心。紧挨着靶心的下方偏右约半英寸的位置可以看到一道裂痕——那正是被邦德的子弹击中的地方。

“子弹从左侧的胃壁进入，穿过背部射出了身体。”教官满意地说，他掏出一支铅笔在靶纸的边缘算起了加法，“总共二十个回合，我想您欠我七英镑六先令。”他不带任何感情地说。

邦德大笑着数出几枚银币。“下星期赌注加倍。”他说。

“我倒是无所谓，”教官说，“可你是没法赢过机器的，先生。说起来，如果你想角逐杜瓦尔奖（本来是英国汽车工业的机器设计类奖项，这里是作者借用其名字命名射击奖——译者注），你得先把点三八口径手枪放一放，多下点功夫在雷明顿枪上。他们新开发的加长型点二二规格子弹非常精准。你必须在规定的八千环中至少打到七千九百环才有希望取胜。你必须让大部分子弹击中十环的范围——这个靶心放在你眼皮底下也不过一先令钱币大小。隔了一百码时你根本就看不见靶子。”

“去他的杜瓦尔奖，”邦德说，“我要赢的是你的钱。”他晃了晃手枪，把转轮中没有打完的子弹倒在掌中，再把枪弹一起放在桌面上。“下星期一见。还是老时间?”

“10 点钟就挺好,先生。”教官说着拉下了铁门上的两个把手。他微笑着目送邦德的背影消失在高高的石阶尽头,走向一楼。教官对邦德的枪法很满意,只是没法直接告诉他,他已经是局里最出色的射手了。

只有 M 才有权知道这一点。当然还有他的办公室主任,因为每次邦德的射击纪录都要交由他审阅并收录进邦德个人的机密档案中。

邦德推开台阶顶端饰有绿色粗呢的门,走向电梯间。这幢灰色的大楼位于摄政公园附近,而邦德即将被电梯载往的第八层就是秘密情报局总部的所在。邦德对自己在射击场上的表现很满意,但谈不上得意。他扣扳机的手指在口袋里做着射击动作,心里琢磨着怎样才能再快上那么短短一刹那,怎样才能击败那台机器。那是个设计精巧的匣子:他站在粉笔画出的圈内射击时,机器能快速弹出人形靶并在三秒内收回,同时用装着空弹匣的点三八口径手枪朝他射击,将一束细细的光束投射在他身上并拍下照片。

电梯门吱呀一声打开了,邦德走了进去。电梯操作员能闻到他身上的火药味。他们从射击场回来时总是这个味儿。他喜欢闻这味道,这使他想起在军营中度过的时光。他按下了八楼的按钮,把左手的假肢靠在控制杆上。

要是光线再好点就好了,邦德想。不过 M 坚持认为所有的射击训练都必须在光线较差的条件下进行。昏暗的灯光和能反击的枪靶是对实际情况尽可能逼真的复制。“只是在一块硬纸板上打出漂亮的数据说明不了什么。”M 在他为《小型武器防御指南》写的前言中这样说道。

电梯缓缓停稳。邦德走出电梯，进入一条漆着建设部惯用的单调绿色的走廊，进入了到处是拿着文件进进出出的姑娘、开开合合的房门和响着调低了的电话铃声的忙碌的世界。他把关于射击的念头从脑中抹去，准备开始他在总部的日常工作。

他径直走到右手最后一个房间。这里和他刚刚走过的所有其他房间一样没有任何标志，甚至连房间号都没有。那些临时来八楼办事的人都会被专人带到相应的房间，办完事后再被带回电梯处。

邦德敲了敲门。等待时他看了看表，时间刚好是 11 点。星期一是最难熬的。积压了两天的公文摘要和文件需要全部整理一遍，而周末这两天海外出的乱子总是最多的：空置的公寓被入室盗窃、人们被拍下有损名誉的照片等等。跟周末大街上的屠杀相比，汽车“事故”要好处理得多。每周例行从华盛顿、伊斯坦布尔和东京送来的文件袋多半已经分拣到位。这里面说不定有些有价值的东西。

门开了，邦德看见自己美丽的女秘书站在门口。每天只有这个时候，他才能感受到生活带来的快慰。“早上好，丽儿。”他说。

她原本带着礼貌性的微笑，看见邦德时笑容中的热情陡然下降了十度。

“把外套给我，”她说道，“火药味真难闻。还有，不要再叫我丽儿。你知道我讨厌别人这么叫我。”

邦德脱掉外套递给她。“你要是取名叫洛艾莉亚·彭松贝，你就得习惯别人用昵称叫你。”

他站在小小的接待室里她的办公桌旁。她把这个地方收拾得挺有人情味的,不是冷冰冰的办公室气氛。他看着她把外套挂在窗框上通风。

她身材高挑,肤色黝黑,表现出一种含蓄而完整的美感。大战的经历和在情报局服役的五年又为这种美增添了一丝冷峻。除非她立刻结婚——邦德不止一百次地这么想过——或者至少找个情人,否则她那种拒人千里之外的派头很容易变成老处女做派。她将成为嫁给自己工作的娘子军中的一员而孤独终老。

邦德不止一次这样告诉过她,还采取过行动。他和另外两位00处的成员曾多次试图攻陷她的防线。她用同样的冷漠回应像对付小孩子般把他们一一打发了。出于面子考虑,他们私下里把她的表现归结为性冷淡,不过隔天她就会表现出一点小小的关注和温情,好像是表示承认自己的过错,希望他们既往不咎。

他们并不知道,每当他们身处险境时她其实忧心如焚。她对他们三人都心怀好感,只是她无意于同其中任何一个有感情上的纠葛:毕竟这些家伙很有可能下星期就没命了。再说,情报局的工作可以说是桩苦差事。在这儿工作的女人们没有多少多余的精力谈恋爱。对男性来说要好过一些。男人们总有借口卷进一段段的风流韵事里。就像那些漂亮话说的,只要他们“在战场上还有用”,什么婚姻、子女、家庭等等通通不在话下。对于女人来说就全然不是这样了。如果她们跟某个外人有一段绯闻,就自动变成了“安全隐患”,然后在职业评估中就只剩下两个选择:要么从局里辞职,要么就死心塌地献身给为国效力的事业。

洛艾莉亚·彭松贝很清楚，到了自己做出抉择的时候了。她的全部本能都在告诉她，应该退出秘密情报局。但是，每一天那种卡维尔或南丁格尔式的献身冲动所带来的兴奋感和浪漫主义情结又让她陷得更深。日复一日和其他姑娘们一起待在局里工作，情报局对她而言似乎是一种父亲般的存在。辞职无疑是一种背叛，她不能容忍自己这么做。

所以此刻她仍然是这幢大楼里受人羡慕的女孩，是有权了解情报局内幕的少数几位首席秘书之一。其他姑娘们在背后把她们叫作“戴珍珠项链、穿两件套装羊毛衫的女人”，暗讽她们出身乡下或郊区。在人事部门看来，她二十年后的成就只能是在新年授勋名册的底端占有小小一行金色的字体，在渔业部、邮政部、妇女协会的授勋官员之后，在大英帝国勋章受封人员名单的最后加上一条：“洛艾莉亚·彭松贝，国防部首席秘书”。

这时她正转身离开窗口。她上身穿着一件桃红底白色条纹的衬衫，下面配了一条深蓝色的纯色短裙。

邦德看着她的灰色眼睛微笑起来。“只有在星期一我才叫你丽儿，”他说，“其他时候我都叫你彭松贝小姐。不过我是绝不会叫你洛艾莉亚的，那名字听起来像出自哪首下流的打油诗。有口信吗？”

“没有。”她干脆利落地回答道。过了一会儿，她用温和了一些的口吻说：“不过你的办公桌上可有成堆的文件要处理。没什么急件，但数量可够吓人的。呃，据‘脂粉厅’那边的消息说，008 已经逃出来了，眼下正在柏林休养呢。太棒了，不是吗？”

邦德飞快地看了她一眼。“你是什么时候听说的？”

“差不多半个小时前吧。”她回答道。

邦德打开里面的门走了进去。这是一间挺大的办公室，摆着三张办公桌。他关上门，走到窗口站下。他向窗外望去，摄政公园里绿树成荫。这么说来，比尔终究还是成功了。潜入佩内明德（德国东北乌瑟多姆岛上的一座小镇。二战时期是德国 V1、V2 火箭的研制基地），全身而返。在柏林休养这点听上去可不太妙，他一定伤得不轻。目前他也只能等待从这幢大楼唯一的信息来源——女职员休息室——得到更多消息了。局里负责安保的部门对这种泄密行为大为恼火，却又没什么办法，只能恨恨地把这个地方叫作“脂粉厅”。

邦德叹了口气，在桌边坐了下来。他把文件盒拉到面前，里面的褐色文件夹上标记着代表最高机密的红色星形。0011 现在又怎么样了呢？他在新加坡的“肮脏半里地”销声匿迹已经有两个月了，此后一直音讯全无。而他自己，邦德，三名获得 00 代号特工中资历最老的 007，却正坐在舒适的办公桌前处理公文，与女秘书打情骂俏。

他耸了耸肩，下定决心似的打开了最上面的文件夹。里面有一张波兰南部和德国东北部的详细地图，上面有一条醒目的红线连接着华沙和柏林。地图中还附了一份长长的打印备忘录，标题是“主线：精心设计的东方到西方的逃亡路线”。

邦德掏出他黑色的炮铜烟盒和有着氧化涂层的郎森牌打火机，一起摆放到桌上。他点起一支烟，这是在格罗夫纳街的莫兰公司定制的马其顿混合口味香烟，每支烟的尾部都有三条金线。然后他在铺好坐垫的旋转座椅上坐稳了身子,开始读起文件来。

这就是邦德典型的日常工作的开始。一年中需要发挥邦德特殊才能的任务不过两三件,而余下的时间里他只是从事着轻松的高级公务员工作:可以弹性掌握的朝十晚六上班时间;基本上都是在内部食堂享用的午餐;晚上和几个好友打牌,或者去俱乐部玩上几把;从三位情况差不多的已婚女士中找一位共度春宵(倒没有什么激情);周末则在伦敦附近的某家俱乐部玩玩大赌注的高尔夫球。

他没有固定的假期,不过除了必要的病假外,每次执行完任务后他通常能有两个星期的休息时间。他每年有一千五百英镑收入,相当于行政部门主要官员的年薪。除此之外他每年还能拿到一千英镑的税后津贴。执行任务时,他可以随心所欲地支用公款,所以其他时间里他可以靠着自己每年两千多英镑的收入生活得相当舒服。

他在国王大街上有一套不大但舒适的公寓,由一位上了年纪的苏格兰女管家——他视为无价之宝的梅——打理。他还有一辆1930 年出厂的宾利 4.5 升超强动力跑车。他定期对车进行专业调校,以确保在需要时可以轻易加速到一百码。

他所有的钱都花在这些家当上了。而且他打算有朝一日归天时银行账户里尽可能不要留下存款。他这种工作的法定退休年龄是四十五岁,但心情抑郁的时候他总觉得自己活不到那个岁数。

再过八年,那时他就可以自动从 00 编号特工名单中退出来留在总部坐办公室了。这之前至少还有八次任务要出。也可能是十六次。说不定二十四次。太多了。

邦德把标记为“主线”的那份备忘录上的细节全部记在心里时,桌上的大号玻璃烟灰缸里已经躺着五个烟头了。他拿起一支红色铅笔,浏览了一下文件封面上的送阅人名单。名单开头是“M”,接下来是“C. o. S.”(Chief of Staff 办公室主任的缩写),再接下来是十几条用各种字母和数字表示的代号。名单的最后是两个数字“00”。他在这个位置漂亮地打了个勾,签上数字7,然后把文件扔进标着“送出”字样的文件盒里。

中午12点了。邦德抽出下一个文件夹。他打开一看,这份文件发自北约无线电情报部门,标注为“仅供参考”,标题是“无线发报员身份辨认”。

邦德把剩下的文件都移到面前,快速扫视了一下每份文件的第一页。下面是这些文件的标题:

X光检查镜——检查违禁物品的设备

非洛梵——日本杀人毒品

列车上的可能隐匿点(第二号,德国)

苏联情报部队的行动方法(第六号,绑架)

通往北京的第五号线路

美国雷电战机对海参崴的照相侦察报告

邦德早已习惯去理解这种大杂烩式的文件内容了。秘密情报局的00处并不关心其他部门或驻地正在采取的行动,而只对某些对本部门的三位特工的任务有所帮助的背景资料感兴趣。这三位的职责中包括暗杀行为——也就是说他们可能需要受命杀人。手头的这些文件并不是亟待处理的材料。邦德和他的两位同事并不需要采取什么行动。他们只需要粗略地记下文件摘要的数量,也就是另两位特工回到总部时也需要浏览的那些文件的数量。00处读完这些文件后,它们就将被送到最终的目的地:档案处。

邦德重新拿起那份北约送来的文件读起来。

> 报务员的细微动作无疑表现其个人风格,也就是每个报务员独具特色的所谓“发报手法”。这种发报手法,或者说敲击电报机传递信息时的习惯,很容易被有经验的收报员识别,同样也可以被精密设计的机器所辨认。例如,1943年美国无线电情报局利用这一理论成功追踪到设在智利的敌方情报站。这个情报站的负责人是代号“佩德罗”的一位年轻德国人。智利警方破获了这个情报站,但佩德罗逃脱了。一年之后,专业监听员发现了一个新的非法发报点,同时辨认出发报者就是逃走的佩德罗。他为了伪装自己的发报手法故意采用左手发报,但并没有奏效。他最终还是被捕了。
>
> 北约无线电研究站最近正在试验某种干扰器。这种设备可以戴在发报者手腕上,对控制手部肌肉的中枢神经进行细微的干扰。然而……

邦德的桌上放着三部电话。黑色的那部是外线,绿色的是公务电话,而红色的那部则是与M和办公室主任联系的专线。现在突然响起的正是红色电话熟悉的铃声。

是 M 的办公室主任。

“能上来一趟吗?”主任用亲切的语调问道。

“M 找我?”邦德问了一句。

“不错。”

“给点线索?”

“只是说如果你来了就去见他。”

“好的。”邦德答应道,放下了听筒。

他拿起外套,告诉秘书他要去见 M,不必等他。接着他走出办公室,顺着走廊朝电梯走去。

等电梯的时候他想起以前也有过这样的时候:在一个百无聊赖的日子里,突然响起的红色电话把他带离这个世界,送入另一个世界中。他耸了耸肩——星期一!就知道会有麻烦事。

电梯门开了。“去十层。”邦德边说边走了进去。

第二章　铌矿之王

第十层是这座建筑的顶层。这里的大部分房间都被通讯部门占据着,其中全是从各个组织精挑细选出来的操作员。他们唯一的兴趣就是诸如微波、太阳黑子和E电离层这类东西。再往上就是屋顶平台了。那里耸立的三座天线塔,其实是一台全英国功率最大的无线电发射器。大楼门厅里那块醒目的铜制铭牌上注明了楼里有哪些用户。“无线电测试股份有限公司”这一名称掩盖了天线的真实用途。牌子上还有环球出口公司、迪内利兄弟有限公司(1940)、综合公司以及问讯处(E.特温宁小姐,大英帝国勋章获得者)。

特温宁小姐确有其人。四十年前她扮演的就是现在洛艾莉亚·彭松贝的角色。眼下她已经退休,坐在一楼狭小的办公室里做着些琐碎的工作,比如撕掉乱贴的广告,替她那些并不存在的房客们缴纳税费或是客气地打发走上门推销的、想要谈出口生意或者修理无线电设备的访客。

第十层总是特别安静。邦德走出电梯，拐向左手边，沿着铺着厚地毯的走廊走向M那间门上蒙着绿色粗呢的办公室。他耳中只能隐约听到些微弱而尖锐的呜呜声。这声音非常微小，往往要特意去听才能听见。

邦德没有敲门，径直推开了那扇绿色的门，顺着过道走进了倒数第二间屋子。

M的私人秘书莫妮潘妮小姐从打字机上抬起眼睛微笑着看了他一眼。他们俩互有好感，而她知道邦德挺欣赏自己的外貌。她今天穿着和邦德秘书同款的衬衣，只是条纹是蓝色的。

“新衣服，潘妮？”邦德问道。

她笑出声来，答道：“洛艾莉亚和我光顾了同一家铺子。我们俩抽签定颜色，结果我抽中了蓝色。”

从内室开着的门里传来一声轻咳。与邦德年纪相仿的办公室主任走了出来。他那苍白、疲惫的脸上带着嘲讽的笑容。

“别耽搁时间了，”他说，“M在等你呢。等会一起吃午饭？”

“行啊。”邦德回答道。他转身走向莫妮潘妮小姐身旁的房间，顺手关上了房门。门上亮起了一盏绿灯。莫妮潘妮小姐抬眼看了看主任。他摇了摇头。

“我看不见得是公事，潘妮，”主任说，“M是一时兴起把他叫来的。”说完他回到自己的办公室继续忙他的工作去了。

邦德走进房间时M正坐在他宽大的办公桌前点着烟斗。他挥动燃着的火柴做了个含糊的手势。邦德顺着他指的方向在对面的椅子上坐了下来。M锐利的眼神透过烟幕打量着邦德，然后把火柴盒扔到面前铺着红色皮革的桌面上。

“假期过得还愉快吧？”他突然问道。

“是的。谢谢您，先生。”邦德回答道。

“看得出你玩得不错。被太阳晒黑的皮肤还没复原呢。”M表现出一副不以为然的样子。他倒不是真的不愿意让邦德休假，再说这次假期从某种意义上来说算是恢复身体的疗养。他那点不满只是来自所有领导者都有的清教徒和苦行僧精神。

“是这样，先生，”邦德不置可否地答道，“靠近赤道的地方天气着实很热。”

“没错，”M说，“你确实该好好休息一阵。”他眯了眯眼睛，脸上却没有开玩笑的意思，“但愿你这样的肤色不会持续太久，皮肤黝黑的人在英国总是招人怀疑的。这样的人要么就是无业游民，要么就是在太阳灯底下烤的。”他把烟斗向一侧抖了抖，结束了这个话题。

M把烟斗放回嘴里，心不在焉地吸了几口。烟已经灭了，于是他又伸手拿起火柴，慢条斯理地将它重新点燃。

“看起来我们总算能拿到那批黄金了，”他终于开口说道，“海牙法庭方面不是很乐意，不过亚辛海姆是个不错的律师。”

“很好。”邦德应声道。

M沉默了一会儿，瞪着烟斗壁出了一会儿神。敞开的窗户外隐约传来伦敦城中车辆的喧嚣。一只鸽子落在窗台上，扑扇着翅膀，一会儿又飞走了。

邦德试图从这张饱经风霜的脸上看出点什么来。他对这张面孔非常熟悉,而且对它忠心耿耿。然而M灰色的双眼波澜不惊,而且他右边太阳穴处每逢紧张就会跳动的青筋这会儿也没有什么活动的迹象。

突然邦德开始怀疑M是否有什么苦衷。他感觉M似乎不知如何开口。邦德想帮他一把。他在椅子上挪动了一下身体,目光从M身上移开,低头打量着自己的双手,懒洋洋地抠着一块没修整齐的指甲盖。

M抬起头,目光离开了烟斗。他清了清嗓子。

"现在手头有什么特别的任务吗,詹姆斯?"M不动声色地问。

"詹姆斯"这个称呼可不同寻常。在办公室里M几乎从来不用教名称呼别人。

"只是文件处理和一些日常事务,"邦德说,"您有什么需要我做的吗?"

"说实话确实有。"M说着冲邦德皱了皱眉头,"不过,这件事情跟情报局没什么关系,几乎就等于是件私事。我想你也许愿意帮我这个忙。"

"当然愿意,先生。"邦德说。终于打破了僵局,他替M松了一口气。也许是老头子的哪个亲戚惹上了麻烦,而他又不打算欠苏格兰场人情。可能是桩敲诈事件。要么就是毒品。他很高兴M竟然选择来找他帮忙。他当然很乐意出这份力。M一向都严格要求自己,不为私事动用政府的人力物力。找邦德来办一件私事在他看来和盗窃政府的钱财没什么两样。

"我知道你会答应的。"M粗声粗气地说,"不会花你太多时间的，一个晚上就差不多了。”他顿了一下，“嗯，你有没有听说过雨果·德拉科斯爵士这个人？”

“当然听说过，先生。”邦德听到这个名字吃了一惊，“翻开任何一张报纸你都能读到关于他的消息。《星期日快报》正在连载他的生平故事。这人的一生还真是精彩得很。”

“我知道。”局长简单答了一句，“跟我说说你对报纸上写的那些事的看法。我想看看你跟我的所想是不是吻合。”

邦德凝视着窗外，花了点时间理清自己的思路。M不喜欢杂乱无章的谈话，他喜欢清晰详尽的叙述，讨厌说话过程中哼哼叽叽、吞吞吐吐或者东扯西拉。

“先生，是这么回事儿。”邦德终于开口了，“这个人首先是位民族英雄，深受爱戴。我想他的地位赶得上杰克·霍布斯和戈登·理查兹。他们对他可是真心喜欢。人们觉得他跟自己是同样的人，不过是一个美化了的版本，觉得他是个超人。他的长相没有什么吸引人的地方，脸上都是战争中留下的伤疤。他喜欢夸夸其谈，有点自高自大。但人们恰恰喜欢他这样。这让他有种朗斯代尔般的气质，但更贴近普罗大众。他们喜欢听他的朋友称他为哈格·德拉科斯。这种称谓某种程度上就给他定了性，而且我想也会让女人们兴奋起来。谈到他对国家的贡献就更是不用说了。想想他自掏腰包为国家做的那些事大大超过了任何一届政府的能力范围，你会觉得人民不死心塌地地选他当首相都不可思议。”

邦德看见那双冰冷的眼睛似乎发出了寒光，可他决意不让这老头妨碍他表达对德拉科斯成就的崇敬。“不管怎么说，先生，”他头头是道地说，“看起来正是这位四十来岁的人物使我们的国家多年来免遭战火的荼毒。我跟大多数人对他的看法一样。不过他的真实身份现在还是个谜。尽管他是位千万富翁，大众却似乎觉得他很可怜。这点我倒不感到奇怪。虽然他过得挺滋润的，但看上去却有点寂寞孤单。”

M干笑了一声：“你说的这一切就像是《快报》的广告词。他无疑是个非凡的人物。不过你了解的情况是怎样的呢？我想我知道的并不比你多。说不定你能说得更多些呢。我一向不怎么认真读报纸上的东西，而关于这家伙的档案只有战事部才能找到。档案里没什么有用的信息。那么现在跟我讲讲《快报》那篇报道的主要内容吧。”

“恐怕，先生，”邦德说，“能说的不算太多。嗯，”他再次看向窗外以集中精力，“1944年冬天德军从阿登高地突围时起用了大批游击小分队和破坏小组，给他们起了个可怕的名字——狼人。这些队伍擅长伪装和潜伏，搞了不少破坏。其中一些人在我们攻克阿登高地、渡过莱茵河后还在活动。他们的计划是在我们占领法国全境后仍然继续破坏活动。但当大势已去时他们也就销声匿迹了。”

“他们干得最漂亮的一次是破坏了英军和美军之间的后方联络指挥部，当时被称作‘增援协调部队’。这是个混合单位，由盟军各国的军人组成：美军的信号兵、英军的救护车驾驶员等等来自各个兵种的成员构成的流动性组织。‘狼人’成功地炸掉了指挥部的食堂，连带着把战地医院也毁掉了一大块。爆炸伤亡过百人，辨认死伤者的身份成了件棘手的工作。在英军伤员中就有德拉科斯。他被炸掉了半张脸,失忆了一整年。最后人们还是不知道他是谁,甚至连他自己也不知道。另外还有二十五具身份不明的尸体,不管是我们还是美国人都认不出他们。有的是因为肢体残缺得太厉害而无法辨认,有的则是因为正在转派任务的过程中,或是不经允许进入指挥部而缺少身份证明。这种机构就是这样:有两个指挥官,管理工作粗枝大叶,档案记录凌乱不堪。在各家医院辗转治疗了一年后,他们把他带到国防部查阅失踪人员档案。当看到一位名叫雨果·德拉科斯的无亲属记录的人——这位孤儿战前曾在利物浦码头工作过——他表现出了某种感兴趣的神情。档案里的照片和身体特征描述或多或少与他受伤前的样子吻合。接下来他的伤势开始恢复,并开始提起他能记起来的一些简单事实。医生们对他赞叹不已。此后战事部找到了一个曾和这个'雨果·德拉科斯'在同一支冲锋队服役过的人。这人来到医院确认了病人就是德拉科斯。事情就这么解决了。寻人公告最终也没有引出另外一个德拉科斯来。他于1945年以德拉科斯的身份退役,得到了一笔补发的军饷和终身残疾军人补贴……"

"但他还是说他其实并不真知道自己是谁,"M打断了他的话,"他是刀锋俱乐部的会员。我常和他一起玩牌,饭后一起聊天。他说他有时会对那个地方有种强烈的'似曾相识'的感觉。他经常去利物浦,试图回忆起过去的事。嗯,还有什么?"

邦德垂下眼帘,尽量回忆着:"战后他好像失踪了差不多三年时间,人们再次听到他的消息最早是在金属市场上。看起来他一直在忙于经营一种叫作铌的贵重矿石。那玩意儿人人都想要。这种金属的熔点出奇地高,是制造喷气式飞机引擎的必要材料。这种矿产存量很少,每年只能出产几千吨,大部分都是尼日利亚锡矿开采的伴生品。德拉科斯看来是注意到了喷气式飞机时代的来临,充分利用了铌矿的稀有性。他不知从哪里搞到了大约一万英镑,因为据《快报》说他到1946年为止以每吨三千英镑的价格买下了三吨铌。他从急需这种原料的一家美国飞机制造商那里靠这些货物赚了五千英镑利润。接下来他就开始囤货了,六个月,九个月,一年。三年后他就囤积了足够的货源。任何人想要铌就只能找德拉科斯收购。接下来他开始投资其他产品,如虫胶、剑麻、黑胡椒等。什么能赚大钱他就干什么。当然,他在蒸蒸日上的商品市场中赌对了方向,并且在市场波动剧烈时有勇气保持岿然不动。而且,只要他赚了钱,他就会进行再次投资。比如说,他率先在南非购置了废弃的矿山。现在这些矿山由于富含铀矿而被重新开采,他又赚了一大笔。”

M平静的目光一直盯着邦德。他边抽烟斗边静静听着。

“当然了,”邦德沉浸在自己的叙述中继续讲下去,“所有人都对他的境遇感到迷惑不解。各种货物的代理商们不断听到德拉科斯的名头。不管他们需要什么,都能在德拉科斯那儿买到,而且价格远超出他们的预期。他的交易是在丹吉尔进行的,那儿是自由港,免税,没有通货限制。到了1950年他已经成为千万富翁了。之后他返回英格兰开始挥霍自己的财产。他简直是挥金如土:最奢华的豪宅、最高级的轿车、最漂亮的女人。他在古德伍德的歌剧院有包厢;他拥有一群获奖的赛马:淡红色的两岁口好马;他有两艘游艇;他赞助了高尔夫球队参加沃克杯比赛;他为水灾基金捐赠了十万英镑;他在皇家阿尔伯特音乐厅为护士们举办了盛装舞会。他每周都引人注目地出现在报纸头条上。而且,人们很喜欢他越来越富的过程。这就像是天方夜谭,却让人们的生活备受鼓舞。如果说一个利物浦来的伤兵能在五年里成就这一切,那么他们自己或自己的儿子为什么不能呢?他的成功听上去就像在大赔率的足球竞猜中赢钱那么容易。

“他下一个出人意料的举动是给女王写了那封令人吃惊的信:‘陛下,请恕我冒昧……’于是第二天的《快报》聪明地用‘冒昧的德拉科斯’做了通栏标题,报道了他如何打算把手头的铌矿全部捐给国家,以制造一枚超级核导弹,射程几乎可以达到欧洲任何一个国家的首都。这将是对那些有可能图谋轰炸伦敦的人的有力回击。他打算拿出一千万英镑以承担所需的费用,而且已经拿出了设计图纸,正准备组建制造团队。

“但接下来几个月事情搁置了下来,人们不耐烦了。问题出在议会。反对派们甚至几乎促成了一次信任投票。但很快首相宣布导弹的设计已经被军需部采纳,而女王很乐意代表英国人民接受这份馈赠,并为捐赠者授予了爵士头衔。”

邦德打住话头,几乎对这位非凡人物的经历感到着迷了。

“不错,”M说,“‘我们这个时代的和平’,我记得那篇报道的标题。那是一年前的事了。现在导弹都快要造好了,命名为‘摧月号’。从我了解的情况看来,它的威力就和他描述的一样大。奇怪……”他又陷入了沉默,凝视着窗外。

接着他转回头看着对面的邦德。

“差不多就是这样了,”他缓缓说道,“我并不比你知道得多。故事很精彩,德拉科斯是个了不起的人物。”他顿了一下,稍作思索,“只是有一件事……”M 用烟斗的末端敲了敲牙齿。

“是什么事,先生?”邦德问道。

M 好像终于打定了主意。他目光柔和地看向邦德。

“雨果·德拉科斯爵士玩牌作弊。”

第三章　赌徒把戏

“作弊?”

M皱了皱眉头。“我就是这意思,”他干巴巴地说,“一位千万富翁竟然在玩牌时作弊,你不觉得奇怪吗?”

邦德略带歉意地咧嘴一笑。“这不算太奇怪,先生。”他说,“我知道有些非常富有的人在玩牌的时候作弊。但是这一点确实不符合我对德拉科斯的印象,是有点让人大跌眼镜。”

“这就是问题的关键,”M说,“他为什么要这么干呢?别忘了玩牌作弊在所谓的上流社会是会毁掉一个人的。不管你是什么身份,这可能是唯一会让你身败名裂的罪行了。德拉科斯是个中好手,所以还没人抓到他。实际上我觉得巴斯尔顿可能是唯一怀疑他的人。巴斯尔顿是刀锋俱乐部的主席。他来找我是因为他隐约知道我跟情报部门有些联系,而我之前也帮他解决过一两桩麻烦事。

他想让我给他点建议,因为他当然不愿意在自己的俱乐部里吵得沸沸扬扬。更重要的是,他也不想让德拉科斯当众出丑。他就跟我们大家一样崇敬德拉科斯,生怕会出什么乱子。这种丑闻是掩盖不住的。俱乐部里就有不少下院议员,过不了多久这事儿就会成为议会里的谈资。接着那些专栏作家就会大做文章。这样的话德拉科斯就必须从俱乐部退会,接着他的某位朋友就会反过来指责俱乐部造谣中伤。这就会是特兰比·克劳福特丑闻(1890 年英国著名纸牌欺诈丑闻)的重演。至少巴斯尔顿是这么觉得的,而且我得说我也认为有可能。"M 果断地说,"我同意帮他的忙了,并且,"他平静地看着邦德,"我打算让你出马解决这件事。你是局里最好的牌手。或者说,"他带点讽刺地说,"在你接手了那么多次赌场任务以后你总该是个好手了吧。我记得战前你在蒙特卡罗对付那伙罗马尼亚人的时候,我们可是花了不少钱送你去学打牌作弊的技巧。"

邦德苦笑了一声。"跟斯特费·埃斯波西多学的,"他缓缓说道,"那家伙是美国人。他让我一星期里每天花十个小时学习鸽尾式洗牌,怎么处理第二张牌,怎么处理中段和尾段的牌,等等。我当时就此写了一篇详细的报告,应该和那些记录混在一起了。这家伙知道所有的扑克牌花招:在 A 牌上做手脚,以确保切牌时牌从这里分开;用刀片在大牌的背面切角或切边做记号;裁边;手臂按压装置——那是一种藏在袖子里自动送牌的机械装置;打边器——在整副牌的两边裁掉不到一毫米的边,但在想要的牌(比如 A)上留下一点点凸起;反光器——在戒指或烟斗底部安装的极小的镜子。实际上,"邦德老实地说道,"正是因为他教会了我反光读牌的招数,我才能完成蒙特卡罗那单任务。看赌场的家伙用了一种特殊眼镜才能看到的隐形墨水。不管怎么说斯特费是个了不起的家伙,所以苏格兰场找他来帮我们。他能洗一次牌就派出全部四张 A,真是神了。”

“听上去真够专业的,我想德拉科斯没这本事。”M 说,“这样的技术得经过日复一日的苦练,或者需要一个同谋。我认为他在刀锋俱乐部是找不到作弊的同伙的。不,我想他作弊的手段没那么神奇,而且说不定他就是撞了大运而已。当然事情是很奇怪。他算不上什么玩牌的好手——顺便提一下,他只玩桥牌——但他总是能打成,甚至完成加倍或者用小牌打赢——这种几率太不可思议了,难得不合常规。但他总是能成功。他赢了很多,刀锋那儿的赌注下得很大。从一年前他进入这家俱乐部以来,每星期结算时他从来没有输过钱。我们俱乐部里有两三个世界上最棒的牌手,而他们也没有创造过十二个月只赢不输的纪录。大家已经开始用开玩笑的口吻来议论这事儿了,所以我想巴斯尔顿想调查这件事是正确的做法。你觉得德拉科斯用的是什么作弊手段?”

邦德现在非常渴望他的午饭。主任肯定半个小时前就抛下他自己去吃饭了。他愿意的话是可以跟 M 就作弊手法谈上几个小时,M 是对吃饭睡觉从来没什么兴趣的,肯定会仔仔细细地听他说,然后记下每个细节。但是邦德现在真的很饿了。

“假定他不是职业作弊者,先生,而且也不会在纸牌上动手脚的技术,那么就只能有两种方法。他要么就是偷看了对手的牌,要么就是和对家有一套暗号。他是不是总是和同样的人打对家?”

“我们总是打完一盘就重新切牌定对家的，”M 说，“除非有人特意挑战。星期一和星期四允许带同伴来，那一天可以一直和同伴做对家。德拉科斯每次都带一个叫梅耶的人来。这人是他金属生意的中间商。那人不错，是个犹太人，牌打得很好。”

“如果我能现场看他们玩牌，也许就能瞧出点眉目来。”

“我就是这么想的，”M 说，“今晚就去吧，怎么样？至少你能享用一顿丰盛的晚餐。我们 6 点在俱乐部碰头。我先跟你玩会儿皮克牌，赢你几个钱，然后我们一起去桥牌那儿观战。晚饭后我们可以同德拉科斯和他朋友玩两盘。他们星期一总是在俱乐部的。这样行吗？我没有耽误你的什么工作吧？”

“不会，先生。”邦德咧嘴笑了，“我很愿意去玩玩呢，就算是枯燥无聊的工作中的调剂吧。如果我发现德拉科斯作弊，我会让他明白我看出来了，这样他就会收手了吧。我不想看着他陷入什么大麻烦。这样行吗，先生？”

“行，詹姆斯。”M 说，“谢谢你愿意帮忙。德拉科斯肯定是个该死的笨蛋，很明显这家伙是个怪胎。不过我担心的不是他这个人，我可不想任何有可能影响到导弹完工的事情发生，而德拉科斯本人在某种意义上就是摧月号。好了，6 点见。不用担心着装的事。俱乐部里有些人在晚餐时会穿正装，但也有些人不穿。今天我们不用换装。你最好先去用砂纸打磨一下你的手指头去，或者做些你们这帮赌棍需要做的其他什么准备工作。”

邦德朝 M 微笑了一下，站起身来。听上去会是个很不错的夜晚。他走出房门时想，总算有这么一次跟 M 谈话没有留下什么阴影。

M 的秘书还在桌边坐着。她的打字机旁边放着一盘三明治和一杯牛奶。她锐利的目光注视着邦德,但是并没有从邦德的表情中看出什么内容来。

“我猜他还是等不下去了。”邦德说。

“差不多一小时前他就走了,”莫妮潘妮小姐用略带责备的语气说道,“现在已经2点半了。他差不多就该回来了。”

“我赶在食堂关门前去吃点吧,”他说,“告诉他下次我请他。”他朝她笑了笑,走出门,穿过走廊去乘电梯。

官员食堂里只剩下寥寥数人还在用餐。邦德独自一人坐了下来,吃光了一份烤鳎目鱼,一大份带芥末酱的沙拉,一点布里干酪和烤面包,喝完了半瓶波尔多葡萄酒。又喝了两杯黑咖啡后,他于3点钟回到了自己的办公室。他一边在脑子里琢磨着 M 交代的任务,一边匆匆读完了北约的那份文件,同秘书道了再见,告诉她自己今晚的去向,然后到大楼后面的职员修车处去取自己的车。这时刚好四点半。

“增压器有点嗡嗡作响,先生,”从皇家空军退役的修理师说道,他总把邦德的宾利车看成自己的财产,“明天再开过来吧。如果你吃午饭的时候不用车,我就趁那个时间帮你看看。”

“谢了,”邦德说,“就这么办。”他悄无声息地把车开过停车场,驶入贝克街,身后留下一串噗噗作响的废气。

十五分钟后他到家了。他把车停在小广场上的悬铃树下,走进位于那幢由摄政时期建造的旧楼改造成的公寓的第一层自己的家中。他径直走进摆满了书籍的起居室中。搜寻了片刻后,他从书架上拿下斯卡耐著的《纸牌研究》,把它丢在宽敞的窗户边华丽的摄政时期书桌上。

他走进贴着白色和金色相间的科尔牌墙纸,装饰着深红色窗帘的小小卧室里,脱下衣服,有点凌乱地丢在双人床深蓝色的床罩上。接着他走进浴室很快冲了个澡。离开浴室前他仔细看了看镜子里自己的脸,决定不会放弃自己终生不变的"一天绝不刮两次脸"的偏见。

镜子里的人灰蓝色的双眼凝视着他,眼神里有些特殊的神采。每次他的注意力集中在感兴趣的问题上时就会这样。那张消瘦、冷峻的面庞上有一种渴望竞争的锋芒。他抹了一把下巴,不耐烦地用梳子把垂在右边眉毛上的一缕黑发梳整齐。在他的动作中表现出一种迅速而坚决的态度。他突然觉得,随着自己被晒黑的皮肤渐渐褪色,他右脸颊上的刀疤显得不那么惹眼了。他的目光不由自主地往下看了一眼自己裸露的身体,注意到因为泳裤的遮挡而发白的那块不雅的区域也不那么显眼了。这些勾起了他的回忆。他笑了笑,走进了卧室。

十分钟后,他已经打扮一新:庄重的白色丝绸衬衫、深蓝色的海军哔叽长裤、深蓝色的短袜、闪闪发亮的黑色鹿皮鞋。他坐在桌前,手里拿着一副扑克牌,面前摊放着斯卡耐那本奇妙的作弊指南。

他花了半个小时时间很快地重温了一遍"手法"这一章。他练习了最关键的"机械师握牌法"(三只手指屈起握住牌的长边,食指扣住上面的短边)、掌中藏牌以及回倒作弊法。他眼睛盯着书,手指自动操练着这几样手法。他高兴地发现自己的手指非常灵活，并且很有把握在做最困难的单手偷牌时也不会发出什么响声。

5点半钟时他把牌往桌上一放，合上了书。

他又走进卧室，在宽大的黑色烟盒中装满香烟，放回裤子口袋里。他系上一条黑色针织领带，穿上外套，检查了一下钱包中的支票本。

他站着思索了片刻，然后挑出两条白色丝质手帕，仔细地折好，并且分别装进上衣两侧的口袋中。

他点着一根烟，走回起居室重新在书桌前坐下，休息了十分钟。他的目光凝视着窗外空旷无人的广场，想着即将开始的这个夜晚，想着"刀锋"这家可能是世界上最有名的私人纸牌俱乐部。

刀锋俱乐部究竟建于何时已无法精确考证。十八世纪后半叶伦敦出现了大量的咖啡馆和棋牌室。这些产业的易主往往会带来不一样的建筑风格和赌运的变化。1755年怀特俱乐部出现了，接着是1764年的阿尔马克俱乐部和1774年的布鲁克斯俱乐部。也就是在1774年，"刀锋"的前身斯卡沃·韦弗尔俱乐部在圣詹姆士街附近幽静的公园街开门揽客了。

斯卡沃·韦弗尔俱乐部过于遗世独立而最终走向了灭亡。接着，到了1776年，霍拉斯·沃尔珀尔曾写道："一家新的俱乐部在圣詹姆士街开业，致力于青出于蓝，超过所有的老牌俱乐部。"到了1778年，"刀锋"这个名字出现在历史学家吉本的一封信中。他把这个名字与俱乐部的创始人德国人隆尚的名字合起来使用。隆尚当时正在纽马基特主持一家骑师俱乐部。

“刀锋”从成立伊始就大获成功。1782年时符腾堡公爵兴高采烈地写信告诉他的兄弟:“这着实是一家‘王牌’俱乐部!俱乐部里有四五张玩十五点的牌桌同时开放,另外还有惠斯特和皮克牌的专桌,以及一张玩双骰子的赌桌。我看过两场双骰子赌博同时开场。有两个钱柜,每个装有价值四千基尼的筹码。这也不过勉强够一晚上赌桌上流通所用。”

信中所提到的双骰子游戏可以向我们展现出这家俱乐部的成功程度。允许这种危险但又很流行的游戏是违背委员会自己所定的规章的。按照规定,“在俱乐部中不允许开设惠斯特、皮克牌、克里比奇牌、考德里尔牌、奥伯尔牌以及特里德维尔牌之外的游戏”。

俱乐部在各个方面都在不断发展,到了今天它已经成了世界上几种最“优雅”的赌博方式的家园。随着社会财富的再分配过程,它已经不像以前那么贵族化了,但它依然是伦敦最封闭的俱乐部之一。会员总数限定在两百人,而且申请入会的人必须满足以下两个条件:行为举止符合绅士身份以及能够“展示”出十万英镑的现金或者等值的金边证券。

“刀锋”的设施非常精良,并不限于赌博用具。由于开销很大,委员会规定俱乐部成员每年必须在这里达到五百英镑的输赢金额,否则就要出二百五十英镑年税。这里的美酒佳肴是伦敦最好的水准,而且无须付账,因为这笔开销是从赢家收入中按比例扣除的,而这里每周输赢的金额大约有五千英镑。这么算来,年税的金额就算不上让人肉痛了,而且赌博的输家也能从中得到些慰藉,那些不常参赌的人交的费用也就很公平了。餐厅里的几位女招待俏丽迷人,有些年轻的俱乐部会员会偷偷带她们参加上流社会的舞会。晚上可能还会有一两位姑娘被说服“误入”俱乐部里十二间会员卧室其中的一间，当然这会被看作是会员的私人事务。

除此之外还有一些细枝末节能为这里的奢华添光增彩。这里流通的货币全是崭新的钞票和银币。如果某个会员在这里过夜，贴身男仆会把他带的现金拿走，第二天一早奉上早茶和《泰晤士报》时全部替换为崭新的钱币。报纸必须熨平才会送到阅览室。洗手间和卧室的香皂以及护肤品全是由佛洛瑞斯公司提供的；门房处有直通博彩业巨头立博公司的专线电话；俱乐部在洛兹板球赛、亨利赛艇赛以及温布尔登网球赛这些著名赛事的主要的赛场都有最佳位置的帐篷和包厢；所有在国外旅行的会员都能自动获得所有国家首都的顶级俱乐部会员资格。

简单地说，“刀锋”的会员资格只要求一百英镑的入会费和五十英镑年费，却提供了维多利亚时期标准的奢华享受以及每年舒舒服服地输赢两万英镑的机会。

想到这些，邦德决定好好享受一下今晚的活动。他光顾“刀锋”的次数加起来不过十来次，而且最近一次他在一场大赌注的扑克游戏里输得挺惨。不过想到今晚能够玩几把痛快的桥牌，输赢个好几百英镑，他很是期待，连身上的肌肉都紧张起来了。

而且还有雨果·德拉科斯爵士这档事儿呢。这可能会让这个夜晚增添些惊心动魄的味道。

他沿着国王路开进斯隆广场时一边观察路况，一边憧憬即将到来的夜晚，甚至都没有被他碰到的奇怪预兆给分心。

那时还差几分钟就到6点了，四周雷声大作。突然间暗无天日，暴雨将至。从邦德这里看过去，广场对面的高空有个电子灯牌开始刺眼地闪烁着。天色昏暗触发了阴极管，启动了夜间模式，灯牌亮了起来。这种灯牌要到早上6点的日光再次触动阴极管，才会由感光机制指令电路关闭。

邦德看着灯牌上猩红色的词句感到很惊讶。他把车停在路边，下了车穿过街道，好好端详了一下空中的这个预兆。

啊！不过是这样。灯牌上有几个字母被旁边的楼房挡住了。只不过是壳牌公司的一幅广告罢了。上面写的是“这里有夏日的贝壳”。

邦德笑了笑，走回停车的地方，开动了车继续上路了。

他第一次看到这句话的时候，半隐在楼房后的猩红色字符穿越夜空闪烁着的是另外一种意思。

当时邦德看到的是：“这里是地狱……这里是地狱……这里是地狱。”

第四章　骗局败露

邦德把车停在布鲁克斯俱乐部外面，转过弯来到了公园街。

“刀锋”所在的亚当式风格大楼比左右的建筑向街边凹进去了一码地，在柔和的暮色中显得非常雅致。一楼入口两侧，弓形窗上的暗红色窗帘已经被拉开。楼上的三个窗口前有个穿制服的侍者的身影闪现了一下。他当时正在打开二楼的窗帘。从二楼三个窗口中正中的那扇窗望进去，邦德可以看见正弯腰赌钱的两个男人的头肩部。玩的估计是陆战棋，他想着。他能看到照耀着棋牌室的三盏大型枝形吊灯其中一盏闪耀的火光。

邦德推动旋转门走进了装修古朴的门厅。这地方是布里维特的地盘。他是“刀锋”的守护者，也是俱乐部会员中一半人的法律顾问和老朋友。

“晚上好，布里维特。海军上将到了吗？”

“晚上好,先生,”布里维特答道,他知道邦德时不时会被俱乐部会员邀请来这儿,“将军在棋牌室等您。侍者,带邦德中校上楼,去见上将。手脚麻利点!”

邦德跟着穿制服的侍者走过大厅古旧的黑白大理石地板,走上装饰着红木栏杆的宽阔阶梯。他想起一件陈年往事:有一次俱乐部选新会员,到场的委员会成员只有八人,而用于投票的箱子里却有九只代表反对的黑球。布里维特是负责把箱子从一个委员这里送到下一个委员那儿的人。据说他后来向主席承认他太怕这位候选人被选上,所以自己也向箱子里放了一个黑球。没人对这事表示抗议。委员会宁愿失去主席,也不愿意失去为“刀锋”当了一百年门房的这个家族。

侍者推开楼梯尽头高高的房门中的一扇,用手撑住让邦德进去。狭长的房间里人不多。邦德看见M独自坐在窗户边的凹室里玩着单人纸牌游戏。他打发走侍者,踏着厚重的地毯穿过房间。他注意到空气中浓重的雪茄烟味,从三张桥牌桌那儿隐隐传来的人声,还有被挡住的陆战棋桌子那里传来的刺耳的骰子撞击声。

“你来了,”M说着朝自己对面的椅子示意了一下,“等我玩完这一局。我几个月了都没破掉这一副甘菲德牌局。喝点什么?”

“不用了,谢谢。”邦德答道。他坐了下来,点着一根香烟,饶有兴趣地看着M聚精会神地玩牌。

“M×× ·M××× 海军上将先生　任职于国防部”。M看上去就和圣詹姆士街上任何一家俱乐部中的任何一位会员没有什么区别。深灰色的套装,硬邦邦的白色假领,他最喜欢的带斑点的深蓝色领结松松垮垮地系着,好像只在看菜单时才用的无框眼镜上纤细的黑色系带,水手般棱角分明的脸庞,清澈、锐利如水手般的眼神。难以想象就在一小时前他正指挥着千余名战士在现实的棋盘上同英国的敌人们交战;更无法想象也许就在今晚这个人手上就有几条新的人命,或者成功指挥了一次入室盗窃,要么就搞到了令人作呕的某桩敲诈案的可怕情报。

那么一般人对自己又会怎么看呢?“詹姆斯·邦德　海军中校　英国皇家海军预备队”,同样是“任职于国防部”,坐在海军上将对面沉默寡言的三十几岁年轻军官?那张脸上有种冷漠而危险的神情。看上去身体很健壮。可能被派到马来西亚的坦普勒岛去过,要不就是内罗毕,或者参加过镇压茅茅党(1951 年肯尼亚出现的反对英国殖民统治的武装)的活动。邦德是一个看上去不好惹的顾客,跟通常在“刀锋”看到的家伙们不是一类人。

邦德知道自己身上有那么点外国化、不纯粹英国风味的东西。他也知道要掩饰真实的自我是件困难的事,特别是在国内的时候。他耸了耸肩,毕竟国外的活才是重点。绝不会给他什么国内的任务的,因为那不在情报局的管辖范围内。不管怎么样,至少今天晚上他不需要伪装身份,因为他是来消遣的。

M 哼了一声,扔下手中的牌。邦德几乎是不假思索地把牌摞了起来,来了个斯卡耐式洗牌——双手各持半副牌,让两手的牌快速交叉,并保持不让牌离开桌面。他重新摞好牌,把它推到一边。

M 叫住经过的一位侍者。“请拿一套皮克牌来,坦纳。”他说。

侍者走开了,片刻后拿来了两副薄薄的纸牌。他拆掉包装,把牌和两张计分卡一起放到桌面上,然后站在那儿等着其他吩咐。

“给我一杯威士忌加苏打。”M说,“你确定不要喝点什么吗?”

侍者离开时邦德看了看表。现在6点半。“给我一杯干马提尼,”他说,“用伏特加调,加大片柠檬。”

“差劲的酒。”侍者离开时M随口地说了一句,“现在我们打一会儿皮克牌,让我赢你一两英镑,然后我们去桥牌那边观战。我们的朋友还没现身呢。”

他们玩了半小时皮克牌。这种牌戏中的高手总能赢牌,哪怕是在牌局中处于弱势时也是如此。牌局结束时邦德笑着数出三英镑的钞票。

“什么时候我要花点工夫认真练一下皮克牌,”他说,“我还一盘都没赢过您呢。”

“这玩意儿全靠好记性和熟练程度。”M满意地说道,他喝完了杯子里加苏打的威士忌,“咱们去看看桥牌桌那儿的情况吧。现在我们要找的人正在巴斯尔顿那张桌子玩着呢。他大概十分钟前进来的。如果你发现了什么情况就朝我点点头,然后我们到楼下去谈。”

他站起身来,邦德随之也站了起来。

房间的另一头已经开始人头攒动了,有五六张桥牌桌正在开战。中间的枝形吊灯下那张圆形扑克桌上有三个玩家正在把筹码分成五堆,等着再有两个人加入。腰子形状的百家乐赌桌倒是还盖着罩布,应该等到晚饭后才会开放来玩十一点。

邦德跟着M走出了凹室,一路观察着屋中的景象。四处点缀着绿色植物;侍者们在牌桌间穿梭,手中的酒杯叮当作响;有人在小声说话,忽而有人发出一声惊叹,或者快活地大笑;蓝色的烟雾穿过每张牌桌正上方悬着的深红色灯罩袅袅升起。两人穿过房间走到这伙人中间时,邦德因为这些气味而兴奋不已,心跳加快,鼻翼微微张开。

M身边跟着邦德,随意地从一张桌子荡到另一张桌子,和玩家们打着招呼。最后他们来到了最后一张牌桌。桌边的亚当式壁炉上悬挂着一张浪荡子劳伦斯的精美画像。

“加倍,该死的!”背对着邦德的玩家用响亮、快活的语气说道。邦德注意到他有着一头浓密的淡红色头发,这也是他眼下能看到的唯一的细节。接着邦德朝左边看去,看到了巴斯尔顿专心致志的身影。“刀锋”的主席身体后仰,专心致志地低头看着手上的牌。他把牌举得离自己远远的,好像在端详什么珍稀物品似的。

“我的手风太好了,我必须得反加倍了。”他说。接着他望向自己的对家。“汤米,”他说,“这把如果输了,算在我头上。”

“胡说。”搭档回答说,“梅耶,你最好另叫一个花色吧。”

“我可不敢。”和德拉科斯搭档的那个脸色红润的中年人说道,“不叫。”他从黄铜烟灰缸上拿起自己的那支雪茄,小心地放到自己嘴里。

“我这儿也不叫。”巴斯尔顿的对家说。

“这儿也不叫。”德拉科斯的声音说道。

“五张梅花叫反加倍。”巴斯尔顿说,“梅耶,你先出牌。”

邦德从德拉科斯的身后看过去。他有黑桃A和红桃A。他很快就出了这两张牌，然后再出了一张红桃，被巴斯尔顿用红桃 K 收了。

“嗯，”巴斯尔顿说，“算上 Q 在内，还有四张王牌大过我。我赌 Q 在德拉科斯手上。”他飞了德拉科斯的牌。可是梅耶亮出了 Q，破了巴斯尔顿的飞牌。

“该死，真见鬼！”巴斯尔顿说，“Q 怎么会在梅耶手上的？我这下惨了。不管怎么样，至少剩下的几张王牌在我手上。”他把牌摊开摆在桌上，神情戒备地看着自己的对家，“你能大得过吗，汤米？德拉科斯叫了加倍，梅耶有 Q。”他的声音里是一种不过分的愤怒语气。

德拉科斯轻笑了一声。“你总不能指望我的对家手上没有花牌吧，是吧？”他朝着巴斯尔顿快活地说道，“呃，这一局刚好超出四百分。轮到你发牌。”他切好牌交给巴斯尔顿，牌局继续。

这么说来，上一手牌是德拉科斯发牌。这可能是重要的一点。邦德点上一支烟，仔细打量着德拉科斯的后脑勺。

M 的声音打断了邦德的思路。“你还记得我的朋友邦德中校吧，巴斯？我俩今天晚上想过来玩几局桥牌。”

巴斯尔顿对着邦德笑了笑。“晚上好。”他一边说，一边伸手从左至右顺着桌子画了个圈，梅耶、丹杰菲尔德、德拉科斯，三个人都抬头看了看，邦德向这几位一起点了点头算是打招呼。“你们都认识上将了。”主席接着说，一边开始发牌。

德拉科斯坐在椅子上半转过身来。“啊，上将，”他兴致勃勃地说，“您在这儿我真高兴。喝点什么？”

“不了,谢谢。”M 浅浅一笑,说道,“刚喝了一杯。”

德拉科斯转身瞥了邦德一眼,一绺红胡子和一对冷冷的蓝眼睛映入了邦德的眼帘。“你要吗?”德拉科斯敷衍地问道。

“不用,谢谢。”邦德回答道。

德拉科斯转回身去面对牌桌,抓起自己的牌。邦德看着他用粗大笨拙的手理着牌。

然后邦德绕着桌子走了几步,发现了另外一个线索。

德拉科斯并不像大部分玩家那样把牌按花色分开,而是简单分成红黑两色,而且不按大小排列。这样他出牌时就显得很没有章法,而且周围的人想要通过抽牌的位置判断他手上的牌也就几乎不可能。

邦德知道这就是牌桌老手握牌的方式。

邦德走到壁炉架旁站住了。他掏出一支香烟,在装着银质格栅的煤气灯上点着——那是火柴出现前的古老时代的残留——那盏灯正好装在他身边的墙面上。

从他站立的地方能看到梅耶的双手。往右移一步就能看到巴斯尔顿的动静。雨果·德拉科斯爵士的动作他更是尽收眼底。他假装只是对牌局感兴趣,但其实仔细观察着德拉科斯。

德拉科斯给人留下的印象颇为不凡。他身材壮硕,邦德估计他有六英尺高。他的肩膀奇宽。他有个方方正正的大脑袋,上面浓密的红发梳成中分。分到两边的头发在太阳穴处弄成了卷发,邦德猜测这样做的目的是为了尽可能地遮盖右边半张脸上那些起皱、发亮的皮肤组织。其他整容手术留下的痕迹还有明显和左耳不对称的右耳以及手术失败的右眼。他的右眼比左眼要大得多,那是用来修复上下眼皮的植入皮肤收缩的结果,这也使他的眼睛布满血丝,看上去让人很不舒服。邦德怀疑这只眼可能都无法完全合上,他猜德拉科斯晚上睡觉需要带眼罩。

为了尽可能地遮盖半边脸上大片起皱的皮肤,德拉科斯留起了浓密的红色胡须。他鬓角的须发已经长及耳垂,甚至颧骨处都分布着毛发。

粗粗的唇须还有另外一个作用。它掩盖了他天生前突的上颌以及非常显眼的龅牙。邦德想,这估计是因为他小时候喜欢吮吸大拇指的缘故。这种习惯还让门牙出现了一种难看的错位,门牙间隙过大。邦德曾经听过自己的牙医把它称作"中缝"。唇须很好地遮挡了他的"怪物牙"。只有当他发出那难听的笑声时才能看到这条齿缝。不过他倒是笑得挺多的。

总体来说,这张脸给人的印象——乱糟糟的红棕色头发、巨大的鼻子和下巴、红润的肤色——是艳俗。邦德联想起马戏团的演员形象。他左眼里那种犀利冷峻的眼神更让人觉得演员这个比喻很恰当。

盛气凌人、举止粗鲁、粗声粗气的暴发户。如果邦德不是对德拉科斯的能力有所了解的话,这就将是他做出的结论。实际上,邦德觉得这些大部分都是德拉科斯根据心中摄政时代晚期花花公子的形象故意给自己设计的效果——对于一个毁了容的势利小人来说这是个无害的伪装。

邦德继续观察着。他注意到德拉科斯出汗很多。虽然窗外不时雷声隆隆,今天晚上其实还挺凉爽。可是德拉科斯总是用一块大大的印花手帕擦拭着自己的脸颊和头颈。他不停地抽烟,一支带烟嘴的弗吉尼亚香烟抽个十来口就掐熄了,然后马上又从外套口袋里五十支装的烟盒里摸出一支点上。他那双手背满是红色汗毛的双手动个不停。一会儿拨弄几下手里的牌,一会儿摆弄一下放在身前的银质扁烟盒旁的打火机,一会儿又搓两下脑袋边上的一缕头发,要么就是用手帕擦头脸上的汗。有时他会贪婪地把手指伸进嘴里咬着指甲。邦德远远地就能看到他每个指甲都被咬得能看见下面的生肉。

他的手粗壮有力,但是大拇指看上去却很别扭。邦德花了几分钟时间才弄明白,原来他的拇指长得出奇,和食指最上面的关节平齐。

邦德最后观察的是德拉科斯的穿着。他的服饰奢华高雅——深蓝色细条纹轻质法兰绒双排扣西装,袖口外翻、带硬领的白色丝质衬衫,一条低调的灰白相间的领带,外观简单的袖扣可能是卡地亚的,一块外观普通、配黑色皮表带的百达翡丽金表。

邦德又点着了一支烟,专心观察牌局。他把消化德拉科斯外表和举止的重要工作留给了自己的潜意识去完成。他认为这些细节可能有助于解释他为什么会作弊这一未解之谜。

半小时后一圈牌打完了。

"轮到我发牌了。"德拉科斯带着某种威严的口气说,"一圈结束,我们的分数长了不少啊。哎,麦克斯,看看你能不能拿到几张A牌。我可不想再一个人挑大梁了。"他发牌的手法缓慢而熟练,一边不停地开着些语气颇重的玩笑取笑其他人。“刚才决胜的那一局拖得太久了。”他对坐在他和巴斯尔顿中间抽着烟斗的 M 说，“抱歉这么久一直让你们在旁边干看着。晚饭后我们玩一盘怎么样？麦克斯和我对你和某某中校，不好意思我忘了他的名字，牌打得挺好的吧？”

“他叫邦德，”M 说，“詹姆斯·邦德。好的，我想我们很乐意玩几手。你说呢，詹姆斯？”

邦德的眼睛紧盯着发牌的人垂下的脑袋和缓缓移动的双手。对，就是这个！这下逮到你了，你这混蛋。是反光器。一个低级的反光器。这种伎俩跟行家对阵不到五分钟就会被识破。他抬起头来和桌对面的 M 对视时，后者看见他眼中闪烁着胸有成竹的光芒。

“行啊，”邦德高兴地说，“再好不过了。”

他不为人察觉地摆动了一下脑袋。“晚餐前你带我去看看赌金簿怎么样？你不是说我肯定会觉得有意思吗？”

M 点了点头。“好啊，走吧。那簿子放在秘书的办公室。等会儿巴斯尔顿可以过来招呼我们喝一杯鸡尾酒，顺便告诉我们这场生死之战的结果。”他站起身来。

“想喝什么随便叫，”巴斯尔顿说着敏锐地看了 M 一眼，“我解决掉他们就来。”

“我们就 9 点左右开始吧，”德拉科斯打量了一下 M 和邦德，“给他看看那笔气球上姑娘的赌注。”他拿起了牌，“看来我跟你们玩的时候用从赌场赚的钱就够了。”他看了一眼手里的牌后说道。“叫三点，无将。”他一副志在必得的样子看着巴斯尔顿，“抽一斗烟好好想想吧。”

邦德跟着M走出了房间,没有听见巴斯尔顿的回答。

他们走下楼梯,一路无言地走进了秘书室。房间里漆黑一片,M打开了电灯开关,走到摆得满满当当的办公桌前,在转椅上坐下。他转动椅子面对着邦德。这时邦德走到了空荡荡的壁炉边正在拿出香烟。

“有什么发现?”M直视着邦德问道。

“有,”邦德说,“他确实作弊了。”

“啊,”M不带感情地说,“他是怎么做的?”

“只在他发牌的那一局才能动手,”邦德说,“你注意到他和打火机一起放在面前的银烟盒了吗?他从来不从这个烟盒里拿香烟。他是不想在上面留下指纹的痕迹。烟盒是纯银的,打磨得很光滑。他发牌时用他那只大手和手里的牌几乎把它遮得严严实实的。他发牌时手一直不离开烟盒附近,发出来的四摞牌也靠得很近。每张牌都会在烟盒表面映出倒影。这玩意儿就跟一面镜子一样管用,而且放在桌上又不会引起怀疑。这个家伙是个精明的生意人,所以记忆力应该是一流的。还记得我跟你说过反光器吧?这就是其中一种反光器。难怪他时不时就能来几次匪夷所思的以小吃大了。我们看到他叫加倍的那一盘很容易就能做到。他知道对家手里有要保护的Q,再加上自己手里的两张A,加倍就一定能打成。其他时间他就只是正常地打牌而已。不过每四手牌里就有一手他知道所有去向的牌,这可是非常大的优势了。他总是能赢钱也就不足为怪了。”

“为什么他这么干居然一直没有人发现呢?”

“发牌的时候眼睛朝下看是很自然的动作,”邦德说,“每个人都是这样的。他一边发牌一边说一些打趣的话也是一种掩饰。他不发牌时话就少得多。另外我想他的周边视线非常好——我们在情报局受训的时候也会训练这个能力。也就是说他的视野非常宽。”

门开了,巴斯尔顿走了进来。他显得怒气冲冲,顺手关上了门。“该死的,德拉科斯的叫牌真是准得邪门!”他大声嚷道,“如果汤米和我能叫得上牌,就能打成四张红桃。他们手上是红桃 A,六张梅花的赢张,方块 A 和 K 以及几张黑桃的小牌。我们连出了九张的赢张。我真想不通他有什么胆量叫三点无将的。”他稍微冷静了一点后说,“那么,迈尔斯,你的朋友有发现了吗?”

M 朝邦德做了个手势。邦德把刚才讲的话对巴斯尔顿重复了一遍。

巴斯尔顿勋爵的面孔随着邦德的讲述显得更加愤怒了。

“该死的家伙!”邦德刚说完他就发作了,“他究竟为了什么要这么做呢?这家伙是他妈的百万富翁,钱多得花不完。我们这回有一桩大丑闻了。我只能向委员会报告这件事了。从‘1418 年战争’到现在都没出过作弊的事件呢。”他在屋子里踱来踱去。但是俱乐部的名声很快就被他抛到了脑后,他马上意识到了德拉科斯本人的重要性。“他们说他那枚导弹很快就要造好了。他忙得很,只不过是每周过来一两次放松放松。天哪,这家伙可是大众眼里的英雄啊!太可怕了。”

巴斯尔顿的怒火被他自己的责任心浇熄了。他转向 M 求助。“迈尔斯,我现在该怎么做呢?他在这个俱乐部已经赢了上万英镑,而别人则输掉了这么多。拿今天晚上来说吧,我的损失当然没什么要紧的,可是丹吉菲尔德呢?我碰巧听说他在股市里也不怎么顺当。我想不出有什么理由不把这事报告给委员会。这事儿无法回避——不管德拉科斯是什么身份。可报告委员会的结果你是知道的。十个委员里总会有人走漏风声的。想想这是多大的丑闻吧。他们跟我说,摧月号没有德拉科斯就根本不会存在,说这个国家的未来就要指望这枚导弹了。这真他妈的是件严重的事。”他停了一下,然后向 M 和邦德投去乞求的目光,“还有什么补救的办法吗?”

邦德掐灭了烟。“可以让他停手不干,”他平静地说,“也就是说,”他微笑着补充道,“如果你不介意我以其人之道还治其人之身的话。”

“你想怎么干就怎么干。”巴斯尔顿斩钉截铁地说,“你有什么主意?”邦德的自信让他看到了希望。

“这么着,”邦德说,“我可以让他明白我已经识破了他的手段,同时我用他的方法赢他一大笔钱。当然梅耶作为他的搭档可能也会受到损失,可能也要输掉一大笔钱。这样有问题吗?”

“那也算是他应得的。”巴斯尔顿说道 ,他看上去已经轻松下来,准备接受任何解决方法了,“他靠着德拉科斯赢了不少钱。不过你觉得……”

“不会,”邦德说,“我保证他不会发现任何不对劲的地方。当然德拉科斯叫的一些牌会有些出人意料的结果。那么,”他转向 M,

“这样安排可以吗,先生?”

M思索了片刻。他抬头看着巴斯尔顿。他看上去没有什么犹豫。

他看了看邦德。“就这么办吧,”他说,“我不喜欢这个主意,但是有些事也不能不做。我能理解巴斯尔顿的苦衷。只要干得干净利落,还有,”他笑了,“别让我玩什么用手遮牌那种把戏。我没那种天分。”

“不会,”邦德说,他把双手插入外套口袋里,摸到了那两块丝质手帕,“我觉得会成功的。我只需要两副用过的扑克,要不同的花色。另外,让我一个人在这待十分钟。”

第五章 推杯换盏

8点钟的时候，邦德跟着M走出了棋牌室高高的门扇，穿过楼梯井进入了“刀锋”金碧辉煌的摄政时代风格的餐厅。

巴斯尔顿坐在中间大大的主桌那儿向他们打招呼，那儿还有两个空位。M装作没有听到巴斯尔顿的话，径直走向了餐厅另一头。那儿一排摆放着六张较小的餐桌。M向邦德招手，示意和他一起在舒适的扶手椅上坐下，正好面对着餐厅其他地方。他选择坐在邦德左手，这样他就可以正好背对着旁边的人。

餐厅领班已经在邦德的椅子后站定了。他在邦德的餐盘旁放下一张大大的菜单，然后也递给了M一张。菜单的顶端用精致的金色字体写着“刀锋”字样，下面密密麻麻地印满了字。

“不用全读完，”M说，“除非你不知道自己想吃什么。俱乐部最首要，也是最好的规则之一，就是会员可以任意点自己想要的食物,无论贵贱,只要愿意付钱。今天也是这样,不过唯一的区别是我们不用付钱。所以你就点自己喜欢的食物就好。”他抬头看了看领班,“那个鲟鱼鱼子酱还有吗,波特菲尔德?”

“有的,先生。上周刚送来一批新的。”

“那好,”M 说,“我就要鱼子酱。还要加辣椒粉的腰子和一片你们这儿最棒的培根。豌豆和新鲜土豆。樱桃酒配草莓。你要点什么,詹姆斯?”

“我很爱吃上好的烟熏三文鱼。”然后他指着菜单说道,“小羊排。既然现在是 5 月份,我就要和你一样的蔬菜。芦笋配蛋黄酱听上去不错。或者再来一片菠萝吧。”他身体往后一靠,推开了菜单。

“谢天谢地你没有犹犹豫豫的。”M 说着抬头看了看领班,“这些你们全都有吗,波特菲尔德?”

“有的,先生。”领班笑了,“用完草莓后你不想来点儿牛骨髓吗,先生? 今天刚从乡下送来一打。我专门为您留了一份呢。”

“当然好了。你知道我对那个上瘾。对我没什么好处,不过我就是没法不爱吃。天知道我今天是要庆祝什么要吃这么好。不过倒也不是总是如此。你能帮我叫格里姆利过来吗?”

“他现在就在这儿,先生。”领班说着给斟酒的侍者让出位置。

“啊,格里姆利,请给我来点伏特加。”他转过身朝向邦德,“跟鸡尾酒里面加的那些玩意儿不一样。这可是真正的战前酿造的里加港出品的沃尔夫施密特伏特加。要不要来一点配你的烟熏三文鱼?”

“我很想来一点。”邦德说。

“然后再喝点什么呢?”M 问道,“香槟?我自己想来半瓶红葡萄酒。就 1934 年的木桐·罗斯查尔德吧,劳驾,格里姆利。你不用管我怎么样,詹姆斯。我是个老头了,香槟不适合我。这儿的香槟也很棒,是吧,格里姆利?不过恐怕不是你总是跟我提起的那些品种罢了,詹姆斯。那个品牌在英国可不常见,是叫泰亭哲吧?”

邦德看到 M 努力回忆的样子笑了。“是的,”他说,“不过那只不过是我一时兴起罢了。说实话,我今晚有不少的理由想要喝点香槟。也许我可以拜托格里姆利为我选择一种香槟酒。”

斟酒的侍者很乐意做推荐。“如果可以的话,先生,我建议您试试 1946 年的当贝里昂。我知道这种酒法国人只向美国出售,所以在伦敦很少见。这里的这一批是纽约的摄政俱乐部给我们的赠品,先生。我这里正好有一些冰镇的。这酒是主席最爱喝的。他要我每天晚上都准备一些。”

邦德微笑了一下,表示同意。

“就这样吧,格里姆利,”M 摆了摆手,“就上当贝里昂。现在就上吧,好吗?”

一名女侍者走过来上菜。端上了新烤的面包,放在架子上。银盘里盛放着泽西黄油。她躬身上菜时,黑色的短裙擦到了邦德的手臂。他抬眼看去,看到了柔软的额发下一双活泼机敏的眼睛。这双眼注视了他片刻,然后她就翩然而去。邦德目送着她身后的蝴蝶型裙带和制服上浆过的硬领和袖口穿过狭长的餐厅。邦德眯起了眼睛。他想起战前在巴黎的一个妓院里他看到过女孩子们也是穿着同样庄重的式样。但是转过身来,她们的后背可就完全不一样了。

他暗自笑了笑。玛蒂·理查法(因为法国传奇女性——间谍、妓女、女飞行员玛蒂·理查而制定的禁止卖淫的法律)把一切都改变了。

M观察了一会儿周围的人,转过身来看着邦德。“你今天有什么神秘的原因要喝香槟吗?”

“嗯,如果您不介意我这么说的话,先生。”邦德解释说,“今天晚上我要有点醉意才行。等会儿到行动的时候我可能看起来会醉得不轻。装醉装得像可要下点功夫。等会如果我表现得失态,别为我担心。”

M耸了耸肩膀。“我不担心你失去理智,詹姆斯,”他说,“你要觉得喝酒有帮助,那就尽情地喝吧。啊,伏特加来了。”

M从毛玻璃酒瓶中倒出了三指高的酒递给他。邦德在上面撒了一小撮黑胡椒。胡椒慢慢沉到了杯底,只有几颗浮在酒面上。邦德用手指把那几颗胡椒粘出来,然后一口把这杯冰冷的烈酒咽下喉去,把杯底黏着胡椒残渣的杯子放回桌上。

M用带着嘲讽的眼光质询地瞥了邦德一眼。

“这一招是你派我去莫斯科大使馆执行任务时俄国人教我的。”邦德带着歉意说道,“这酒的表面经常会浮着一层杂醇油——至少在过滤技术很糟糕的时代会有。那是有毒的。在俄国,喝这些杂牌酒的时候,通常会加一些胡椒。胡椒可以沉淀酒里的杂醇油。我还挺喜欢这种风味的喝法,现在都养成习惯了。不过我不应该对俱乐部的沃尔夫施密特不敬。”他笑着说。

M哼了一声,干巴巴地说:“只要你别在巴斯尔顿最钟爱的香槟里加黑胡椒就行。”

餐厅另一边的桌子上传来一阵粗声粗气的笑声。M扭头看了一眼,然后转过身来继续吃他的鱼子酱。

“你对德拉科斯这个人有什么看法?”他嘴里塞着黄油面包问道。

邦德吃掉了手边银盘里的一片烟熏三文鱼。它吃起来有一种精致的胶状口感。这只有苏格兰高地的加工商才能做出来,完全不同于斯堪的纳维亚出品的那种干干的感觉。他把薄薄的一片黄油面包卷成了筒状,然后若有所思地盯着它看。

“他的行为举止不讨人喜欢。一开始我对于这家俱乐部能容忍他还很吃惊,”他瞥了M一眼,M耸了耸肩,“不过这不是我该操心的事儿。而且俱乐部里总得有几个古怪的家伙,要不也就太无趣了。不管怎么说他是个民族英雄兼百万富翁,而且牌打得也不错,就算不作弊也还是个好手。”他补充道,“不过我看他就是我所想象的那个样子。精神旺盛、冷漠无情、精明狡诈、胆子很大。我对于他爬到今天这个位置一点也不感到惊讶。我不明白的是他为什么不惜把自己的一切置于危险的境地。他这种作弊的行为非常令人难以置信。他这么做是要证明什么呢?他可以在任何事情上击败任何人吗?他好像对打牌这件事非常投入,好像这不仅仅只是游戏,而是对能力的一种考验。你看他紧张得把手指甲都咬出肉来就知道了。而且他还不停出汗。他太紧张了。听听他那些恶劣的玩笑话,都是很伤人的,绝不是什么轻描淡写的讥讽。看上去他就像是要把巴斯尔顿当苍蝇拍死似的。希望待会我能忍住不发火吧。他的做法真是相当让人上火。他对待自己的搭档也当作垃圾一样。他倒还没有真惹到我,不过我也完全不介意好好教训他一番。”他笑着对 M 说,“当然,我是说如果我没忍住的话。”

“我知道你的意思,”M 说,“不过你说得可能也有点过了。毕竟他从利物浦的码头,或者什么别的地方,混到现在的地步是很了不起的。他是那种天生缺少教养的人,倒不一定是因为势利。我估计他在利物浦的哥们和‘刀锋’的会员一样觉得这家伙嘴巴惹人厌。至于作弊这事,我想他心里有些地方可能是扭曲的。我敢说他在往上爬的过程中没少走捷径。有人说过,想要大富大贵,需要很多机遇和一连串的运气。这些人可不是光凭真本事致富的。至少我的经验是这样的。要赚开始那一万英镑,或者十万英镑,必须毫无差错才能成功。在战后那种满是规则和限制的情况下,我想成功之道在于把一千英镑钞票准确地放到正确的荷包里去。也就是说,官员们的荷包。那些除了加减法和保持沉默什么都不会的家伙。那些有用的家伙。”

侍者过来上菜了,M 停顿了一下。同时端上来的还有放在银制冰桶里的香槟,和装在小小柳条筐里的 M 的那半瓶红葡萄酒。

斟酒的侍者等到他们对酒赞赏了几句后方才离开。接着一位服务生走到他们桌前。“邦德中校吗?”他问道。

邦德接过服务生递给他的一个信封。他撕开信封拿出一个薄薄的小纸包,小心地在桌下打开。里面包着些白色的粉末。他从桌上拿起一把银制水果刀,用刀尖挑起大约一半的白粉。然后他轻点手指把粉末撒入他那杯香槟酒里。

“这又是什么玩意儿?”M有点不耐烦地问道。

这次邦德的脸上毫无歉疚的意思。今晚要干活的可不是M,邦德很清楚自己在干什么。他每次执行任务前都会仔细准备,把风险降到最低。如果事情还是搞砸了,那就是不可预知的原因了,而不是他的责任。

“苯齐巨林,”他说,“晚餐前我给秘书打了个电话,让她从总部的医务室那儿给我弄点来。今天晚上我需要这个来保持我头脑的敏锐。它可能会让我显得有点夸夸其谈,不过正好对行动有利。”他抓起一小片面包搅了搅香槟酒,白色的粉末顺着泡沫上下起伏。然后他一口气喝下了这杯混合物。“药味真不怎么样,”邦德说,“不过香槟很棒。”

M朝他宽容地笑了笑。“你自找的,”他说,“现在我们最好快点吃晚饭。小羊排怎么样?”

“棒极了,”邦德说,“嫩得用叉子就能切开。英国最棒的烹饪就是全世界最好的烹饪——特别是在现在这个季节。对了,今晚我们打多大的赌注?我倒不是很在乎,因为最后赢的肯定是我们,不过我想知道德拉科斯能输多少。”

“德拉科斯喜欢打他说的‘一比一’,”M一边吃着刚端上来的草莓一边说道,“你要是不明白他说的是什么意思,会以为这赌注很小,实际上指的是每一百分算十英镑,加上每盘底注一百英镑。”

“哦,”邦德不禁来了劲头,“明白了。”

“其实他更喜欢来‘二比二’甚至‘三比三’,越打越大。‘刀锋’平均每盘桥牌的计分是十分。用‘一比一’算就是两百英镑。这儿的桥牌玩家喜欢加大赌注,没有什么限制,所以不少人喜欢孤注一掷或者虚张声势。有点像玩扑克。这儿的玩家也是参差不齐的。有些可以算是英国最好的牌手,有的就是胡乱出牌。有些人看上去输多少都不在乎似的。我们后面坐的那位贝利将军,"M 转了转脑袋示意道,"连牌的花色都分不清。基本上每周都输个几百英镑。他好像也无所谓。他没有子嗣,靠麻纺厂赚了不少黑心钱。再看坐在主席旁边的那个邋遢鬼,达夫·萨瑟兰。他倒是名副其实的牌桌杀手。每年从俱乐部这儿就能进账一万英镑。他心眼挺好的,牌风也正。他以前还代表英国参加过象棋比赛。"

M 的牛骨髓端上来了,打断了他的介绍。那根骨头在银盘子里的花边餐巾上摆得笔直,旁边还放着一把花纹绚丽的专用银勺子。

邦德吃完了芦笋,觉得对那片薄薄的菠萝没什么胃口。他把最后一点冰镇香槟酒倒进杯子里。他感觉好极了。苯齐巨林和香槟的作用让他饱餐后的倦怠一扫而光。他这才开始把思绪从晚餐和 M 的话上移开,打量着这间屋子。

餐厅里光彩耀人。就餐的大概有五十来个人,大部分都穿着晚礼服,人人都显得闲适自得,因为美酒佳肴而精神振奋,因为接下来的活动而兴奋不已——人人都想象着自己赢下大满贯、抽到 A 牌,或者在六十四局的西洋双陆棋中掷出致胜的点数。这些家伙们有的可能作弊成性,有的虐待妻子,有的生性下流,有的贪得无厌,有的怯懦无能,有的满嘴谎言;但是典雅华贵的环境却让他们每个人都摆出一副贵族派头。

房间另一边的冷盘桌上满满地摆着龙虾、馅饼、牛羊腿肉和浸在肉汁中的各种美味。罗姆尼未完成的画作中,菲兹赫伯特夫人挑衅地注视着弗拉贡纳尔的风俗画《玩牌者》。后者正高悬在对面墙上,处于亚当风格壁炉的上方。两侧的墙上一面面镀金镶边的浮雕中展现的是“地狱火”俱乐部的成员。浮雕上的人物摆出一些魔幻淫邪的姿态。再高一点,墙壁和天花板交界的地方是一圈凸起的石膏浮雕。门窗的边缘是凸出的高高壁柱,一直伸到屋顶。高高的两扇大门上面精致地雕刻着饰有缎带的都铎玫瑰。

大厅中央的枝形吊灯由一根根水晶索悬起,形如花篮,下面垂下串串石英珠。吊灯温暖的光芒投射在白色的锦缎桌布和乔治四世时代的银器上。下面的餐桌上方各有一盏烛台形的灯,三支烛形灯发出的金光被红色的丝质灯罩缓和了,在就餐者的脸上映照出一种欢欣的气氛,足以掩盖偶尔的冷眼相对。

邦德还在品味眼前温馨典雅的气氛时,有些桌子已经散席了。人群开始拥向门口,耳中传来挑衅的话语、打赌的约定和赶紧上赌桌的相互催促。雨果·德拉科斯身后跟着梅耶走了过来,两人红光满面、信心满满。

“那么,先生们,”他走到桌边快活地说道,“做好准备当待宰的羔羊了吗?”他咧嘴笑了,用一根手指划过喉咙,做了个恶狠狠的手势,“我们先去准备刀斧了。遗嘱写好了吗?”

“我们马上过去,”M 烦躁地说,“你们先去理好牌。”

德拉科斯大笑起来。“我们可不需要做什么手脚啊,”他说,“别耽搁太久。”接着他转身向门口走去。梅耶心神不定地笑了笑以示招呼,然后跟上了他。

M哼了一声。“棋牌室里有咖啡和白兰地,”他对邦德说,“这里不能吸烟。那么,计划敲定了?”

“我打算先给他们点甜头,然后再狠狠杀他一把。要是看见我下注太大,你不用担心。”邦德说,“我们开始只要正常打牌就行,时机成熟的时候我再下手。不过他发牌的那几手牌要小心。当然他没法变牌,也不会把好牌藏起来不发给我们,但他肯定会来几手反败为胜的花招。我坐他左手你不介意吧?”

“不介意,”M说,“还有什么要注意的吗?”

邦德思索了片刻。“只有一件事,先生,”他说,“我准备行动时,会从口袋里掏出一条白手帕。那就表示你会抓一手无花的牌。那一把牌你不介意让我叫牌吧?”

第六章　牌桌斗智

德拉科斯和梅耶已经在那儿等着他们了。他们正靠坐在椅子上抽着卡比内特公司出产的哈瓦那雪茄。

他们身边的小桌子上摆放着咖啡和装在球形大酒杯里的白兰地。M 和邦德走到牌桌前时德拉科斯正撕开一副新牌的包装。另一副牌正呈扇形铺开在他面前的粗呢台布上。

“啊,你们来了。”德拉科斯说。他身体前倾,抽出一张牌。其他人也跟着照做。德拉科斯抽到了最大点数,选择就坐在原地,并且挑了红色。

邦德坐到了德拉科斯左手。

M 招呼一个侍者过来。“咖啡和俱乐部白兰地。”他说。他拿出一支细杆黑方头雪茄,又递给邦德一支。邦德接了过来。然后他拿起红色的两种花色牌开始洗牌。

“打多大赌注?”德拉科斯看着 M 问道,“‘一比一’还是再打大点？如果你们想来‘五比五’我也乐意奉陪。”

“‘一比一’对我来说就够了。”M 说,“詹姆斯,你认为呢?”

德拉科斯插话了。“我想你的客人知道下注的规矩吧?”他话里带刺地问道。

邦德先回答了 M 的问话。“可以。”他简单地说道。然后他笑着看了看德拉科斯。“今天晚上我感觉自己会挺大方的。你打算赢我多少呢?”

“赢到你一个子儿都不剩。”德拉科斯兴高采烈地说,“那你输得起多少呢?”

“等我输光了我就告诉你。”邦德突然决定要下狠手了,“我听说你的上限就是‘五比五’,我们就打这么大吧。”

邦德话未出口就后悔了。一百分五十英镑！每盘底注五百英镑！如果手气差,一盘就能输掉他两年的薪水。如果失手了他可就出大洋相了。那样他就得找 M 借钱,而 M 也不是什么富翁。他突然想到这场荒唐的游戏有可能被他搞得一团糟。他甚至可以感觉到汗水刺痛了他的脸。这该死的苯齐巨林。而且他这样一个人怎么会被德拉科斯这种虚张声势的浑蛋轻易地激怒？再说他还不算是正式执行任务。今晚不过是一场社交界的闹剧而已,对他而言没有任何意义。就算 M 也不过是偶然卷进这件事而已。然而,突然之间他就让自己陷入了和这个百万富翁的决斗中,而他要赌上自己几乎所有的身家。所有这一切只不过是因为那个家伙品行恶劣,他想要教训他一番。如果教训不成呢？邦德暗骂自己为何如此冲动。

早点的时候他绝对不会这样。都怪香槟和苯齐巨林！再也不用这玩意儿了。

德拉科斯用一种嘲讽、怀疑的目光看着邦德。他转身看了看M。M还在不动声色地洗着牌。“我想你的客人应该会要赖吧。”他说。那语气着实令人难以忍受。

邦德看到M的脖子发红,然后脸也涨红了。他正在洗牌的手停了片刻。等他重新开始洗牌时,邦德注意到他的手很稳。M抬起头,小心翼翼地把方头雪茄从两排牙齿间拿出来。他的声音非常克制。“如果你的意思是问我有没有能力为我的客人负责,”他冷冷地说,“答案是肯定的。”

他用左手切牌给德拉科斯,右手把雪茄的烟灰弹进桌角的铜烟灰缸里。邦德听到未熄灭的烟灰碰到水发出的轻微嗞嗞声。

德拉科斯斜眼看了一下M,抓起了牌。“当然,当然,”他忙说道,“我的意思不是……”他没有说下去,转身看向邦德,“那好吧,”他一边好奇地打量着邦德一边说,“我们就打‘五比五’。梅耶,”他又转向了自己的搭档,“你还想赌大点吗？要不增加到‘六比六’？”

“我觉得‘一比一’对我来说就够了,哈格,”梅耶有点不好意思地说,“除非你希望我再赌得大一点。”他有点紧张地看着自己的搭档。

“当然不了。”德拉科斯说,“我自己倒是喜欢赌得大一点。怎么都觉得不过瘾。好吧,”他开始发牌,“开始吧。”

突然之间邦德不再关心赌注的大小了,他最想做的就是给这个长毛猴子一个终生难忘的教训,让他永远记得今天晚上,记得邦德,记得 M,记得他在“刀锋”的最后一次作弊,记得这个时刻、窗外的风景、晚餐吃了什么。一切的一切。

邦德把摧月号导弹的伟大意义抛到了脑后。现在是两个男人之间的私事了。

邦德看着德拉科斯故作随意地望向两手间烟盒的目光,感受着他在纸牌扫过烟盒时冷静地记忆着牌的点数。邦德把所有的后悔情绪都从脑中清除了出去,克服了对将要发生的事情的所有自责念头,把所有的精力都集中到了牌局上。他在椅子上坐得更舒服了点,把手臂搁在铺着软垫的扶手上。接着他从嘴里拿出雪茄,靠放在手边铜烟灰缸闪闪发亮的边缘上,伸手去拿咖啡。黑咖啡味道非常浓郁。他喝光了杯里的咖啡,拿起球形酒杯,里面是满满一杯淡色的白兰地。他先浅浅嘬了一口,然后又喝了一大口,同时从杯缘处向 M 看去。M 和他对视着,露出一丝笑意。

“希望你喜欢这酒,”他说,“这酒产自罗斯查尔德家族在干邑省的一处园子。从大约一百年前起,罗斯查尔德家族就开始每年给我们一桶这种酒,并且承诺永远不停止供应。即使在战争期间他们也会每年留下一桶,到了 1945 年一并送了过来。从那时起我们就能喝到双倍分量了。不过,”他从桌上拿起自己的牌,“现在还是专心打牌吧。”

邦德也抓起了牌。这手牌不好不坏。刚好两张半的快速赢张,花色分布比较均匀。他拿起雪茄最后吸了一口,然后在烟灰缸里掐熄了。

“3 梅花。”德拉科斯说。

邦德不叫牌。

梅耶叫了4梅花。

M不叫牌。

嗯,邦德思索着,他手上没有什么可以竞叫的牌,对家也没叫——这说明M手上的牌也没有好到哪儿去。M本来有可能叫得出一副好牌。说不定我们两家手上有全套红桃。不过M没叫。这样他们应该能打成4梅花。

他们果然打成了,靠飞了邦德一张牌打成的。M其实手上没有红桃,不过几乎有方块长套,只少K。德拉科斯的牌叫3梅花非常勉强,不过梅耶手头有其他的梅花。

还好,邦德发牌时想到,我们没叫牌,算是躲过一劫。

他们的好运还没结束。邦德叫了无将,M加到3无将,然后他们超额一墩打成了。轮到梅耶发牌时,他们打成了5方块。接下来M叫了4黑桃,邦德手上的三张小将牌和K、Q两张牌就足以协助M打成这一手牌。

第一盘M和邦德取胜。德拉科斯看上去很气愤。他这一盘输了九百英镑,而且牌风一直不顺。

"就按刚才的顺序来吧?"他问道,"不用重新切牌定顺序了。"

M对着邦德笑了笑。两人心领神会。德拉科斯想先发牌。邦德耸了耸肩膀。

"我没意见。"M说,"我们的位子好像选得很对。"

"不过是暂时的。"德拉科斯说,他的情绪好了一点。

他的情绪好是有理由的。下一手牌他和梅耶打成了黑桃小满贯,德拉科斯飞了两张匪夷所思的牌。期间他手势不断、大呼小叫、打成一张就大肆炫耀。

“哈格,你的牌技太棒了。”梅耶令人作呕地说,“你究竟怎么能这么神的?”

邦德觉得是时候旁敲侧击一下了。“记忆的作用。”他说。

德拉科斯目光犀利地看着他。“你什么意思,记忆?”他说,“记忆和飞牌有什么关系?”

“我是想说再加上‘牌感’,”邦德平静地说,“这两者是优秀牌手的必备素质嘛。”

“哦,”德拉科斯缓缓说道,“是这么回事儿。”他切牌给邦德,邦德发牌时觉得他的目光一直紧盯着自己。

牌局可以说是平分秋色。没有谁抓到什么绝妙好牌,大家打得也是小心翼翼。梅耶不谨慎地叫了 4 黑桃,被 M 叫了加倍,然后抓住机会让他缺了两墩牌没打成。不过接下来德拉科斯就轻松做成 3 无将。邦德第一盘赢的钱都输了回去,还赔了些钱。

“谁想喝一杯?”第三盘开始时 M 一边给德拉科斯切牌一边问道,“詹姆斯,再来点香槟吧。第二瓶总比第一瓶味道好。”

“我很愿意再来一点。”邦德回答道。

侍者走了过来。另外两人点了威士忌加苏打。

德拉科斯转头看着邦德。“这牌局不够刺激,”他说,“下一百英镑赌我们这手牌打赢。”他已经发完了牌,几摞牌整整齐齐地摆放在桌中央。

邦德看了他一眼。他那只受伤的眼睛正瞪着他,另一只眼里满是冷酷和轻蔑。他那大鹰钩鼻的两侧出了很多汗。

邦德想他是不是正在琢磨自己有没有看穿他的发牌把戏。他决定继续让这家伙摸不着头脑。这一百英镑会白白输掉,不过这正好是等会加注的借口。

“是你发的牌吗?”他笑着问道。“嗯,”他假装在权衡利弊,“那么,好吧。”他有了个主意,“下一盘还这么赌,如果你愿意。”他接着说。

“愿意,愿意。”德拉科斯不耐烦地说,“如果你想多输点,我没意见。”

“看来你对这手牌很有把握嘛。”邦德装作无所谓地说,抓起了手里的牌。是一手烂牌,所以德拉科斯叫无将的时候他没什么可回叫的,只有叫加倍。可这没有唬到德拉科斯的对家。梅耶喊到“2无将”,邦德很庆幸M表示“不叫”。德拉科斯没有再加,他们打成了2无将。

“谢了。”德拉科斯得意地边说边记下分数,“看看下一手你是不是能赢回来吧。”

邦德没能赢回下一手,很是气愤。牌运还是在德拉科斯和梅耶那边,他们打成了3红桃,赢下了这一盘。

德拉科斯很高兴。他喝了一大口威士忌加苏打,用印花手帕擦了擦脸。

“这就叫天助强者。”他快活地说,“牌打得好还要手里有好牌才行。你们玩够了吗?还是继续再来?”

邦德的香槟已经来了,放在他身边的银桶里。小桌上有个装了四分之三酒的高脚杯。邦德拿起来一饮而尽,好像是在以酒壮胆。然后他又倒满了一杯酒。

“再来,”他口齿不清地说,“下两手牌还是压一百英镑。”

他们很快就输掉了那两手牌,也因此输掉了这一盘。

邦德突然意识到他现在已经输掉了差不多一千五百英镑。他又喝了一杯香槟。“这一盘赌注再翻倍,我就有机会翻本。”他有点失控地说,“你觉得怎么样?”

德拉科斯已经发好了牌,正在看自己的牌,一副垂涎欲滴的样子。他看见邦德已经连点烟都不利索了。“我接受,”他很快说道,“一百英镑一百分,这一盘一千英镑。”然后他想表现出一点公平竞争的风度,因为邦德这时候已经不可能再改口了,“不过我好像有一手好牌哦,”他说,“你还愿意这么赌吗?”

“当然,当然。”邦德说着笨手笨脚地抓起牌,“是我要跟你赌的,我赌到底。”

“那好,”德拉科斯满意地说,“叫 3 无将。”

结果他打成了 4 无将。

下一手牌邦德松了一口气。牌运终于转了,他打成了红桃小满贯。再下一手 M 顺利打成 3 无将。

邦德咧嘴一笑,高兴地看着面前这张汗如雨下的脸。德拉科斯愤愤地咬着手指甲。“天助强者是吧?”邦德火上浇油地问了一句。

德拉科斯怒哼了一声,忙着算分数。邦德抬头看着对面的 M,他正带着明显的满意表情拿火柴点着了今晚的第二支雪茄。对他来说,这可是从未有过的放纵做法了。

“恐怕我只能再玩最后一盘了,”邦德说,“明天要早起。希望你们不要介意。”

M看了看表。“都过了午夜了,”他说,“你觉得呢,梅耶?”

梅耶一晚上都沉默不语,看上去就像被关进老虎笼的可怜虫似的。他听到有人提议结束松了一口气,恨不得早点逃之夭夭。他一想起可以回到自己在阿尔巴尼那间静谧的公寓,在他收集的巴特希鼻烟盒中找到慰藉,就不禁欢欣雀跃起来。

“早点结束我没什么意见,上将。”他赶紧说,“你呢,哈格?差不多也该回去睡觉了吧?”

德拉科斯没有理睬他。他的目光离开了计分表,抬头看着邦德。他注意到邦德的醉态:额头已经汗水淋淋,头发在右边眉毛上方凌乱地垂下一绺,蓝灰色的眼中满是醉意。

“到此为止,输赢真是少得可怜。”他说,“我估计你就赢了个一两百英镑吧。当然了,你现在想逃走也行,不过要不要最后轰轰烈烈地来个收官?最后一盘我们把赌注再翻三倍怎么样?‘十五比十五’?来一场历史性的对决。怎么样?”

邦德抬头看着他,没有立刻回答。他希望德拉科斯记住最后这一盘牌局中的每个细节,每句对话,每个动作。

“喂,”德拉科斯不耐烦地说,“到底怎么样?”

“一百五十英镑一百分,一千五百英镑一盘。”邦德一字一顿地说,“我接受你的赌注。”

第七章　翻手为云

牌桌上有那么一刻变得寂静无声。梅耶不安的声音打破了沉默。

“听我说，”他焦虑地说道，“这一把别算上我，哈格。”他当然知道刚才的赌注是德拉科斯和邦德单独对赌，不过他想让德拉科斯明白自己对这整件事感到非常不安。他害怕自己哪手牌犯下什么致命错误，拖累对家输掉一大笔钱。

“别傻了，麦克斯，”德拉科斯粗声粗气地说，“你只管打你的牌。这事儿跟你无关。只是跟我们这位莽撞的朋友打个无伤大雅的小赌罢了。开始吧，开始吧。轮到我发牌，上将。”

M 切了牌，牌局开始。

邦德点上一支烟，双手突然不抖了。他的脑子变得很清晰，清楚地知道自己什么时候该走哪一步。他很高兴终于到了关键时刻。

他身子往后靠了靠。有那么一刹那他感觉好像自己身后两旁有许多鬼魂正伸长脖子看他手里的牌。不知怎么的，他觉得这些鬼魂是友善的，他们很支持自己即将进行的伸张正义的行为。

他笑了，想让这些已经离世的赌徒们放心，一切都会顺利的。

他的思绪被这间著名赌室里的嘈杂声打断了。他环顾四周。在这间狭长房间的正中，枝形吊灯的下方，几个闲人正在围观扑克赌局。“加一百英镑。”“再加一百英镑。”“我再加一百英镑。”“去你的。开牌。”然后是得胜者的欢呼和叽叽喳喳的议论声。远处传来赌台管理员的钱耙在赌桌上滑动的声音。近一点的位置是另外三张桥牌桌，雪茄和香烟的烟雾在桌边冉冉升起，直冲屋顶。

一百五十多年来，每个夜晚在这间著名的房间里都是同一种景象，他这么想着。同样的胜利的欢呼和失败的咒骂，同样专心投入的表情，同样的烟草味道，同样的扣人心弦。对于喜欢赌博的邦德来说，这就是世上最激动人心的画面。他最后欣赏了一番眼前这一幕，把一切记在脑中，然后把注意力放回到了牌桌上。

他抓起牌看了一眼，双眼闪烁着光芒。这是他第一次在德拉科斯发牌的情况下拿到一手必赢无疑的好牌：一连七张黑桃，包括四张最大的牌，还有红桃 A，方块 A、K。他看了一眼德拉科斯。他和梅耶会抓到满手梅花吗？即使如此他也会竞叫的。德拉科斯会不会逼他叫高点，会不会迫使他叫加倍呢？邦德等着看他怎么处理。

“不叫。”德拉科斯说，因为知道邦德手上的牌而感到的恨意在他的语气中表露无遗。

“4 黑桃。”邦德说。

梅耶不叫，M 也不叫。德拉科斯虽不乐意，但也没有再叫牌。

M 帮了一把，他们打成了五墩。

下栏记一百五十分，上栏记大牌分一百分。

“嗬！”邦德身旁传来一声喝彩。他抬眼看去，是巴斯尔顿。他那边的牌局已经结束了，所以移步过来看看这边分战场的战况如何。

他拿起邦德的计分表看了起来。

“漂亮的一击啊，”他快活地说，“看来你要赢了。多大的赌注？”

邦德把这个问题留给德拉科斯回答。他很高兴巴斯尔顿的出现分散了德拉科斯的注意力。时机刚刚好。德拉科斯切好蓝底的纸牌交给他。他交叉洗牌后把牌放在自己面前靠近桌边的地方。

“‘十五比十五’，跟我的下家对赌。”

邦德听见巴斯尔顿倒吸了一口冷气。

“小伙子想赌一把，我就奉陪啰。现在他走运，所有的好牌都给他抓去了。”

德拉科斯还在喋喋不休。

桌对面的 M 看见邦德右手上出现了一块白色手帕。他眯起了眼睛。邦德好像是用它擦了擦汗，M 看见他的目光锐利地扫过德拉科斯和梅耶，然后他把手帕装进了口袋。

邦德手上拿着一副蓝底纸牌，开始发牌了。

“这赌注太大了吧。”巴斯尔顿说，“我听说过打桥牌有对赌一千英镑的。不过那可是在 1418 年战争之前了。希望不会有人损失过大吧。"他说的是真心话。私下进行超大赌注的对赌很容易导致麻烦事。他走了一圈,站在M和德拉科斯中间。

邦德发好了牌,有点紧张地抓起自己的牌。

他手上只有五张梅花,最大的是A、Q和10,另外是八张小方块,最大的是Q。

真如所料。陷阱已经布好了。

德拉科斯用拇指一张张搓开他那手牌的时候,邦德感觉到他的身体一下子挺直了。然后他不敢相信似的又重新一张张看了一遍。邦德知道他手上的牌好得不可思议。有十张肯定的赢张,方块A、K,最大的四张黑桃,最大的四张红桃,还有梅花K、J和9。

早在晚餐前,邦德在秘书室的时候,这手牌就已经算好要发给他了。

邦德等着看德拉科斯对这手大牌有什么反应。他近乎残忍地渴望看到这条贪婪的鱼儿怎么上钩。

德拉科斯的表现让他觉得始料不及。

他貌似随意地合上牌,放到桌上,然后不动声色地从口袋里拿出一个纸烟盒,挑出一支烟点上。他根本没看邦德,而是抬头看着巴斯尔顿。

"没错,"他继续着刚才关于赌注的话题,"我们赌得挺大,不过绝对不是我打得最大的一次。在开罗的时候我还玩过一盘两千英镑的呢。具体地说,是在穆罕默德·阿里俱乐部。那儿的人胆子都大,常常每一墩牌、每一局、每一盘都要下注。听着,"他拿起牌,神情狡诈地看着邦德,"我承认我牌不错。不过我估计你手上也有好牌。(才怪呢,老狐狸,邦德心想,你手上抓了三家的 A 和 K,我怎么会有好牌。)这一手牌想不想再加点料?”

邦德装模作样地研究了一下自己的牌,一副醉鬼故作精明的样子。“我的牌好像也挺有希望似的,”他口齿不清地说,“如果对家的牌配合得好,如果牌的分布合适,我也能拿下不少墩牌。你想怎么赌?”

“听上去咱俩是棋逢对手嘛。”德拉科斯口是心非地说,“你觉得每墩牌另加一百英镑怎么样?听你说的样子你也不会输得很惨。”

邦德看上去一副稀里糊涂、举棋不定的样子。他又好好看了一遍手上的牌,用手一张一张牌点过去。“好,”他说,“我接受。说实话,我这么做是挺冒险的。你肯定是一手好牌,那我只有尽量阻击你了,碰碰运气。”

邦德满脸倦容地看了 M 一眼。“你这盘要准备输点钱了,搭档。”他说,“来吧。呃——我叫 7 梅花。”

接下来是一片死寂。巴斯尔顿看到了德拉科斯手上的牌,听到这话惊愕不已,手里的威士忌加苏打掉到了地上。他神情恍惚地看着地上摔碎的杯子,也不去管它。

德拉科斯说:“什么?”他惊讶极了,又赶快查了一遍手里的牌有没有看错。

“你刚才说叫梅花大满贯吗?”他问道,怀疑地看着身边明显是喝醉了的对手,“好吧,你是自掘坟墓。你呢,麦克斯?”

“不叫。”梅耶说。他觉得自己一直想要避免的那场灾难已经迫在眉睫了。为什么我就不能在这最后一盘开始前就回家呢,真见鬼。他暗自嘟哝着。

“不叫。”M 完全不动声色。

“加倍。”德拉科斯恶狠狠地说道。他双手放在桌上,残忍地注视着这个莫名其妙落到自己手上的醉鬼加白痴。

“是不是我们俩对赌的赌注也加倍呢?”邦德问。

“对,”德拉科斯贪婪地说,“对,我就是这个意思。”

“好吧,”邦德说。他顿了顿,没有看自己的牌,而是看着德拉科斯,“再加倍。牌局加倍,对赌也加倍。四百英镑一墩牌。”

这时德拉科斯才第一次感到一丝恐惧和怀疑。但他又看了一遍自己的牌,然后再一次觉得胸有成竹。他再差也肯定能做成两墩牌。

梅耶哼唧了一句“不叫”。M 干脆利落地说了句“不叫”。德拉科斯不耐烦地摇了摇头。

巴斯尔顿站在那儿,脸色惨白。他急切地看着邦德。

接着他慢慢绕过牌桌,仔细观察每个人手里的牌。他看到的情况如下:

邦德

(方块) Q、8、7、6、5、4、3、2

(梅花) A、Q、10、8、4

德拉科斯

(黑桃)A、K、Q、J

梅耶

(黑桃)6、5、4、3、2

(红桃)A、K、Q、J　　　　(红桃)10、9、8、7、2

(方块)A、K　　　　(方块)J、10、9

(梅花)K、J、9

M

(黑桃)10、9、8、7

(红桃)6、5、4、3

(梅花)7、6、5、3、2

猛然间巴斯尔顿明白了。邦德手上是无懈可击的大满贯牌。不管梅耶出哪一张牌,邦德都可以用手上或桌面上的将牌吃进。然后,在出清将牌和飞德拉科斯的牌之余,邦德可以用明手吃进两手方块,抓住德拉科斯的A和K。五手牌之后他手上就剩下唯一的几张将牌和六张方块赢张。德拉科斯的所有A和K都会废掉。

这无异于一场谋杀。

巴斯尔顿这时已经接近神志恍惚了。他走到M和梅耶中间,以便看清楚德拉科斯和邦德的脸。他自己倒是面无表情,可是双手却大汗淋漓。他把手插到裤袋里,以免别人看出什么端倪。他近乎恐惧地等待着德拉科斯即将受到的惩罚——十三张牌张张见血,在一个玩家身上留下永远无法痊愈的伤痕。

"快点,快点,"德拉科斯不耐烦地说,"随便出张牌,麦克斯,总不能在这儿耗一整夜吧。"

你这个白痴,巴斯尔顿想,十分钟后你就会希望梅耶在抽出第一张牌前就死在椅子上。

实际上梅耶看上去就像随时会中风发作一样。他脸如死灰,汗滴从下巴一直滴到衬衫前襟上。他怎么想都觉得自己的第一张牌会闯下大祸。

最后他琢磨了一下,认为黑桃和红桃自己有长套的两门,邦德可能会缺门,于是他打了方块 J。

他打什么都一样。M 亮了牌,表示方块缺门。德拉科斯冲着对家咆哮起来:“你没别的好打吗？蠢货！自动送上门去吗？你到底是哪一边的？”

梅耶吓得缩成一团。“我最好的就是这张牌了,哈格。”他可怜巴巴地说,一边用手帕擦着脸上的汗。

但到了这一步,德拉科斯发现自己的牌也不好打了。

邦德用桌上的将牌吃了德拉科斯的方块 K,然后立刻打梅花。德拉科斯出了 9 点。邦德用 10 点吃进,然后打方块,再用桌面的将牌吃。德拉科斯的 A 被吃进了。邦德再打了一张梅花,抓住了德拉科斯的 J。

然后是梅花 A。

德拉科斯的 K 被抓了,他第一次意识到了可能的结果。他眯着眼睛焦虑地盯着邦德,心怀恐惧地等着他出下一张牌。邦德还有方块吗？梅耶的方块守得住吗？起码他起手打的就是方块。德拉科斯等待着,手上的牌被汗水浸湿而变得滑溜溜的。

伟大的象棋手墨菲有一个令人生畏的习惯。比赛时他一直低垂着头,直到确保对手必输无疑时才抬起头来。他会慢慢悠悠地抬起他那非凡的大脑袋,凝视着棋盘对面的对手,似乎在疑惑对方为何还不认输。对手这时会感受到这种凝视的力量,也会怯生生地抬起头来接受墨菲的注视。这一刻他就知道自己再下下去毫无意义了。墨菲的眼睛已经告诉了他这一点。除了缴械认输他什么也做不了。

这时,邦德就像墨菲一样抬起头直视着德拉科斯的双眼。然后他慢慢抽出方块Q,放到桌面上。梅耶还来不及出牌,他又不紧不慢地把方块8、7、6、5、4和剩下的两张梅花依次摆到桌上。

然后他开口说话了。“结束了,德拉科斯。”他平静地说,慢慢地把身体靠在了椅背上。

德拉科斯的第一个反应是侧过身体一把扯过梅耶手里的牌。他把牌摊在桌上,发狂似的在其中扒拉着,希望找到一张可能的赢张。

然后他把牌从桌面扔出去老远。

他的脸色惨白,但是眼睛怒火中烧,紧盯着邦德。突然他举起一只拳头砸在桌上,砸在自己一堆没用的A、K、Q中间。

他用非常低沉的声音对邦德说:“你这个骗……”

“够了,德拉科斯。”巴斯尔顿的声音像鞭子一样从桌子那边传过来,“这儿不能说那种话。整局牌我都在旁边看着,毫无问题。如果你有什么不满意的,可以向委员会提交书面抗议。”

德拉科斯慢慢站起身来。他离开座位,一只手摸了摸自己一头汗津津的红发。他的脸色慢慢恢复了,又带上了那种狡猾的表情。他用一种胜利者的姿态居高临下地打量着邦德。邦德突然有一种心烦意乱的感觉。

他躬身对着牌桌说："晚安，先生们。"他用那种奇怪的轻蔑眼神打量着每一个人，"我欠了一万五千英镑。梅耶那一份也算我的。"

他躬身拿起烟盒和打火机。

然后他又看了邦德一眼，红色的胡须微微翘起，露出了开缝的门牙，他平静地说了下面的话。

"赢了钱我建议你快点花掉，邦德中校。"

他转身离开了牌桌，快步走出了房间。

第二部分　星期二，星期三

第八章 红色电话

邦德昨晚 2 点钟才上床睡觉，可是 10 点就准时到了总部。他感觉很糟糕。昨晚喝下的两大瓶香槟酒让他的胃和肝很难受。另外他还觉得心情郁闷、精神萎靡。这一方面是服用苯齐巨林的后继反应，另一方面也是昨天晚上那一幕的结果。

他乘电梯上楼，准备开始一天的日常工作时，昨晚午夜时分那种不好的感觉依然萦绕在他的心头。

梅耶如释重负地快步离开，回家睡觉以后，邦德从外套口袋里拿出了那两副牌，摆在巴斯尔顿和 M 面前。其中一副是德拉科斯切好牌递给他，被他调包装进口袋的蓝色牌。他用手帕做掩护，把这副牌换成了右手口袋里精心摞好的那副蓝色牌。另一副是装在他左手口袋里没用上的红色牌。

他把红色的那一副在桌上摊开成扇形，向 M 和巴斯尔顿展示这副牌如何同样可以派出让德拉科斯吃瘪的那局大满贯牌型。

“这就是著名的‘克伯森牌型’,”他解释道,“当年克伯森用这个来取笑自己归纳的快速赢张法则。我准备了两种颜色的牌,都做好了手脚。这样就有备无患了。”

“嗯,干得确实漂亮极了。”巴斯尔顿感激地说,“我想他会回过味来的。接下来他要么就别来玩牌,要么就会循规蹈矩了吧。他这一晚上过得可不便宜。至于你赢得的赌注,那是你应得的,不用客气。”他补充道,“今天你给我们所有人——尤其是德拉科斯——帮了个大忙。你冒了很大风险,说不定损失一大笔的可能会是你呢。星期六支票就会送到你那儿。”

他们互道了晚安。邦德上床睡觉的时候感到很失落。他吃了一片药性温和的安眠药,希望能让他从今晚这些离奇的事件中清醒过来,好好迎接明天的工作。临睡前他想道,其实一场赌博中赢家所赢的往往要比输家所输的少得多。每次打牌赢了钱他总会有这种念头。

邦德走进办公室关上了门。洛艾莉亚·彭松贝疑惑地看着他的黑眼圈。她有意让他注意到她质询的眼神。

他咧嘴笑了。“一半是公事,一半是玩乐。”他解释说,“玩伴是大男人。”他加了一句,“多亏了你送来的苯齐巨林。我当时确实急需那玩意儿。希望昨晚没打扰到你。”

“当然没有了。”她回答道,想起了昨天因为邦德的那一通电话而错过的晚餐、没读成的书。她低头看了看速记本:“办公室主任半小时前来过电话。他说 M 今天可能会要见你,但是他也说不好什么时候会找你去。我告诉他你3点有徒手格斗训练，他让我取消了这个日程。就这些，再就是昨天没处理完的公文。”

“谢天谢地，”邦德说，“要让我去被那个突击队的家伙扔来扔去我还真受不了。008有消息吗？”

“有，”她回答道，“他们说他没事。他已经转移到了沃纳尔海德的军队医院。只不过是休克罢了。”

邦德知道他们这一行里“休克”是什么意思。“很好。”他将信将疑地说道。他对她笑了笑，走进自己的办公室，关上了房门。

他绕过书桌，径直走到椅子上坐下，把摆在最上面的文件移到自己面前。星期一已经过去了。今天是星期二。新的一天。他暂时不去想自己的头痛和昨天晚上的经历，点着了一支烟，打开了标有表示最高机密的红色星形的那份棕色文件夹。这份文件是美国海关最高防卫长官的备忘录，标题是“X光检查镜”。

他认真地读了下去。“X光检查镜，”他读道，“是一种利用荧光镜原理检测禁运物品的设备。它由位于旧金山的思库拉X光镜制造公司，在美国监狱中广泛应用于秘密检测囚犯或访客衣物中暗藏的金属物品。亦用于非法钻石交易和非洲、巴西等地钻石矿中的检测环节。此仪器价值七千美元，约有八英尺长，七英尺高，重约三吨。需要两名受过训练的操作员操作。在爱德怀德国际机场海关大厅对本设备进行的实验结果如下……”

邦德跳过了两页讲述几桩小走私案的有关细节，仔细阅读了“结论汇总”这一部分。读完后他做出了一个恼人的推断：下次想要带着他那把贝雷塔手枪出国时，得想一个比腋窝更好的地方了。

他在提醒自己要和技术设备处商量一下这个问题。

他在抄送回执上完成了勾选和署名的程序，手不由自主地伸向下一个文件夹。上面的标题是“菲洛梵——日本杀人毒品”。

“菲洛梵”，他有点走神，但立刻提醒自己认真读眼前打印的文件：“菲洛梵是日本犯罪率上升的主要原因。根据当地福利部的统计，全国此类毒品上瘾者多达一百五十万人，其中二十岁以下的有一百万人。东京警视厅认为百分之七十的青少年犯罪应该归咎于这一毒品。

“与美国的大麻案例类似，这种毒品致人上瘾主要是通过注射的方式。其产生的效果是‘激励作用’，容易产生习惯性依赖。这种毒品价格低廉——大约十日元（六便士）一针——但上瘾者很快就会增加到每天大约需要一百针的剂量。这种剂量使得满足毒瘾的方式变得昂贵起来，瘾君子们不得不用犯罪手段获取毒资。这类犯罪经常包括身体伤害，甚至谋杀。这是因为本品有一种特殊的药性。它会产生一种强烈的迫害妄想症，用药者会陷入一种被追杀的幻觉中无法自拔，最终会用自己的手脚或者刀刃来伤害无辜的路人——他想象中的带着恶意打量他的人。如果一名用药者达到了一天一百针的剂量，他那些毒瘾较轻微的朋友往往会对他避而不见，这同样也增加了那种迫害妄想。

“在这种情况下，谋杀行径往往会被美化成高尚、正义的自卫行为。可以想象这种毒品在那些想要操纵有组织犯罪活动的‘智囊’手中会成为多么危险的武器。

“菲洛梵在臭名昭著的巴尔·麦加谋杀案中所起的推动作用已

经被发现。在那场悲剧中,警方数周内逮捕了五千名此类毒品的供货商。

“这一罪行循例被归咎于朝鲜籍人士……”

邦德突然有一种强烈的反感情绪。他到底为什么要在这儿读这些该死的文件?究竟有什么理由非要求他来了解一种叫作菲洛梵的日本杀人毒品?

他漫不经心地匆匆读完了剩下几页纸,在抄送回执上打了几个勾,把这份公文扔进了“送出”文件盒里。

他右眼上方还是有挥之不去的头痛的感觉,就好像这种痛感已经钉在那儿了似的。他打开书桌抽屉,拿出一瓶止痛药。他想让秘书拿一杯水进来,但又不想她大惊小怪,于是他硬着头皮用牙咬碎了两片药,费劲地把干巴巴的药粉吞下肚去。

然后他点上一支烟,站到了窗边。他看着自己脚下郁郁葱葱的景象,却心不在焉地走神了。他的目光漫无目的地顺着伦敦城参差不齐的轮廓线飘移着,脑子里却一直还想着昨晚的奇怪经历。

他越想就越觉得奇怪。

为什么德拉科斯,一个百万富翁,一个公众英雄,一个国家需要的人,这么一个卓越不群的人物会在牌桌上作弊呢?他这么做能得到什么呢?他是要为自己证明什么吗?是不是因为他认为自己能无视法则、肆意妄为,可以不顾这些约束凡人的俗世教条,可以公然蔑视公众的意见?

邦德突然觉得领悟到了什么。公然的蔑视。对,他在“刀锋”的行为举止就是这样。那是一种混合着优越感和轻蔑感的态度,就好像他面对的都是些废物垃圾，连轻视他们都算是抬举了。他根本就不愿意在这些人面前装作有教养。

德拉科斯可能确实喜欢赌博。也许赌博可以让他减轻压力。他那粗声粗气的说话方式、咬手指的习惯和不停地出汗都表明他处于很大压力之下。但他绝不能输。输给这些下等人对他来说是可耻的事。所以他不择手段、不惜作弊来确保胜利。就算有可能被人查到他作弊这件事，他可能也相信通过恫吓威慑就能蒙混过关。说不定他根本就没担心过这事。有强迫症的人看不到危险，邦德想。这种人甚至故意去招惹危险。盗窃狂总会不停增加自己盗窃的难度；性欲狂纠缠女性是明目张胆的，就好像希望被抓似的；纵火狂通常不会采取任何措施掩盖自己和案件的关系。

那么这个人患的是哪种强迫症呢？这种让他义无反顾地涉险作弊的冲动到底是怎么来的呢？

只有一种解释，那就是偏执狂。幻想着自己的伟大，幻想着自己深受迫害。他脸上的轻蔑神情。他咄咄逼人的口吻。在被击败后只有一刹那的挫败感，然后表现出来的那种神秘的胜利者姿态。这种胜利感属于这种疯子——他们无视事实，永远觉得自己是正确的一方。不管谁想击败他都会被打倒。在他看来，他永不会失败，因为他拥有一种神奇的力量。他能点石成金，也能翱翔天宇。他无所不能——他是住在精神病院的上帝。

就是这样，邦德一边眼神空洞地望着摄政公园的景色一边这么想着。这就是正确的结论。雨果·德拉科斯爵士是个暴戾的偏执狂。这就是驱使着他通过不那么光明正大的手段成为巨富的力量。

这就是他将这枚足以湮灭我们敌人的巨型导弹献给国家的主要动力。全是他心中那个无所不能的德拉科斯干的。

但谁知道他离精神崩溃还有多远呢？谁又能真正看穿他那咄咄逼人的外表和满脸红色须发下掩饰的真相呢？谁能从这些迹象里看出除了因为卑微的出身和战争创伤给他留下的敏感性格之外的意义呢？

显然没人能看出这一切。那么邦德自己的这些分析是不是就正确呢？分析的依据是什么？他对这个人性格的管窥之见是否可靠呢？也许也有其他人见识过这种性格。说不定在新加坡、尼日利亚或者丹吉尔的时候，某个坐在德拉科斯对面谈生意的商人也曾注意到他汗涔涔的脸、他咬手指的习惯、他突然变得惨白的脸上那双喷着怒火的红眼。

如果有时间，邦德想道，就可以去找出这些了解他的人来。如果这些人真的存在，就可以对这个人有更为确切的了解，就可以在这个恶棍犯下滔天大罪前除掉隐患。

隐患吗？邦德暗自笑了起来。为什么他要如此大惊小怪呢？这个人也没有对他有什么不利的行动，还给他送了一万五千英镑的大礼。不管怎样，反正不关他什么事。但是他最后说的那句“赢了钱我建议你快点花掉，邦德中校”是什么意思呢？应该就是这句话让自己感到不安，邦德想。就是这句话一直让他无法释怀，总是对德拉科斯的问题思前想后。

邦德猛然从窗前走开了。去他的吧，他想，我太多虑了。现在想想这一万五千镑吧，真是一笔横财呀。好吧，让我快点花掉我就

快点花。他在桌前坐下,拿起一支笔。他思索片刻,然后在标着“最高机密”的记事本上写下了下面这样两行字:

1)宾利可折叠式敞篷车,算五千英镑。

2)三枚钻石领带夹,每枚两百五十英镑,共七百五十英镑。

他停下笔。这样还剩差不多一万英镑。需要添置些衣物,粉刷一下公寓,购置一套新的亨利·科顿熨衣工具、几打泰坦瑞香槟酒。不过这些都不着急。他可以下午去买领带夹,再跟宾利的车商谈谈。剩下的钱可以投资黄金,赚他一笔,然后退休。

红色电话机的铃声撕裂了屋里的寂静,仿佛在抗议邦德的计划。

“能上来一趟吗?M想见你。”是办公室主任的声音,听起来事很急。

“就来。”邦德警觉起来,“给点提示?”

“我真的一无所知,”主任说,“连对他察言观色的机会都没有。他一上午都在苏格兰场和军需部忙活。”

说完他挂掉了电话。

第九章　任务开始

几分钟后邦德走进那扇熟悉的房门,门上的绿灯再次亮起。

M 目光犀利地打量着他。“你看上去糟透了,007。”他说,“坐吧。”

是公事,邦德想着,感觉心跳加快了。今天 M 没有用教名称呼他。他坐了下来。M 正仔细读着一本便笺簿上手写的笔记。然后他目光看向上方,好像对邦德视若无睹。

“昨晚德拉科斯的发射基地里出了事,”他说,“两起死亡事件。当时警方想要联系他,但显然没人想到他在‘刀锋’。他一点半左右回到下榻的里兹大酒店时警方才找到他。摧月号计划中的两个员工在基地附近的酒吧里被枪击身亡。德拉科斯在电话里表示他懒得管这事儿,然后就挂了电话。典型的德拉科斯做派。不过现在他在警察局了,我想可能对这件事多少开始认真对待了。”

“有意思的巧合,”邦德若有所思地说,“但跟我们有什么关系呢,先生？这难道不是警方的事吗?”

“有一部分是警方的工作,”M说,“但是基地里有好多员工都是我们的职责范围。德国人,”他补充说,“我最好再说清楚点。”他低头看了看手里的便笺簿,“那地方隶属于皇家空军,从所属关系上来说是东海岸雷达网的一环。空军负责周边的安防,军需部只掌管中心地带的工作区域。基地位于多佛和迪尔之间的峭壁上,整个区域占地一千英亩,而基地本身约两千英亩宽。现在那儿只剩下德拉科斯和另外五十二名工作人员。建筑队都已经离开了。”

这数目正好是一整副牌再加一张王牌,邦德心里嘀咕。

“其中五十个都是德国人,”M接着说,“差不多都是俄罗斯人没能带走的导弹专家。德拉科斯付钱雇他们到这儿来制造摧月号。他们对这个安排都不怎么满意,不过确实也没什么别的选择。军需部的专家都在武麦拉发射场忙着,抽不出人手。德拉科斯用人也没有什么过多选择。为了加强皇家空军的安保力量,军需部派出了自己负责安保的军官驻守在工地。他名叫塔隆少校。”

M停住话头,抬眼看了看天花板。

“他就是昨晚的死者之一。被这些德国人中的一个开枪打死的。杀人者随后又给了自己一枪。”

M目光下移看着邦德。邦德没有说话,等着听完余下的故事。

“事情是在基地附近的一间酒吧里,在众目睽睽之下发生的。一群人困在这个地方,周围只有这个酒吧可以消磨时光。人总得找点乐子,我想。”M顿了顿,一直看着邦德,“你刚才问我们跟这事有什么关系。这个死了的德国人,还有其他所有基地里的德国人,来这儿工作之前都需要经过我们处的身份核查。我们手里有他们所有人的资料。事发后空军保安部和苏格兰场要我们提供死者的资料。昨晚他们就找了处里的值班员,让他从所有的档案里翻出那份资料送到苏格兰场。这倒是例行程序。值班员已经做了记录。我早上来的时候看到了工作日志上的这一条,立刻就对这件事产生了兴趣。"M 平静地说,"联想到昨天晚上和德拉科斯打交道的经历,这件事就像你说的那样——有些蹊跷。"

"相当蹊跷。"邦德回答道。他等着 M 继续说下去。

"还有一点,"M 最后说,"这也是我不怕麻烦插手这件事的真正原因。因为这件事要重点处理。"M 的语气仍然很平静,"摧月号星期五就要试射了。只有不到四天时间。"

M 停下话头,伸手拿起烟斗点起烟来。

邦德还是没说话。他还是看不出来这一切和情报局有什么关系,他们的职权范围是英国境外。这个案子应该由苏格兰场特勤处或者军情五处负责才对。他看了看表。已经是中午了。

M 终于点着了烟,继续开口说话了。

"除此之外,"M 说,"我对这件案子感兴趣的主要原因是我对德拉科斯这个人感兴趣。"

"我也对他很感兴趣,先生。"邦德说。

"正因为如此,所以我一看到日志,"M 没有理会邦德的插话,继续说,"我马上给苏格兰场的瓦兰斯打电话了解案件的情况。他显得很担心,让我过去跟他商量。我说我不想插手五处的事,可他说他已经跟他们交代过了。他坚持说因为德国人的身份是我们核查的,所以案子应该由我们处和警方共同负责。我就去了一趟。”

M停下来看了看笔记。

“那地方在多佛往北三英里的海边。”他说,“附近的沿海大道边开了这家小酒吧,名叫‘无缺屋’。基地里的人每天晚上都会去那儿。昨天晚上大概7点半的时候,军需部的保安军官,叫塔隆的这位,到了那儿。他喝了点威士忌加苏打,跟几个德国人聊着天。然后凶手——如果你想这么叫的话——进来了,径直走向塔隆。他从衣服下面拔出一把鲁格尔手枪——顺便说一下,上面没有生产编号——喊了一声,”M抬起头,“‘我爱嘉拉·布兰德,我不会让你得到她’。然后他开枪击穿了塔隆的心脏,随后把冒着烟的枪口伸进自己的嘴里又扣响了扳机。”

“真是可怕的一幕,”邦德说,他仿佛身临其境,能看到典型的英国小酒馆里人头攒动的混乱场景,“那姑娘是什么来头?”

“这是另外一桩麻烦事,”M说,“她是苏格兰场特勤处的警员,精通德语,是瓦兰斯手下最棒的女警员之一。她和塔隆是德拉科斯身边仅有的两个英国人。瓦兰斯总是疑心重重,当然这也可以理解。这个摧月号计划无疑是英国当前最重要的事件。把布兰德安插在德拉科斯身边这件事他做得相当隐秘,而且更多的只是出于某种直觉的指引。他想办法让她当上了德拉科斯的私人秘书。工程一开始她就在基地了。她没有发现有什么不对的地方,只是说德拉科斯除了举止粗鲁和对手下人驱使得过分外,还算是个好的领导。一开始他还追求过她,即使在她编了个订过婚的老套借口后也不依不饶。后来她只有让他明白她有能力自卫——她当然有那能力，他这才罢休。她说他们现在相处得非常好。她当然认识塔隆，不过他的年纪足以做她父亲了，而且塔隆婚姻幸福，生了四个孩子。今早瓦兰斯的部下找机会和她谈了几句，她说塔隆十八个月来不过就像父亲一样带她去看过两场电影而已。至于凶手嘛，他叫埃贡·巴尔奇，是个电子方面的专家。她跟他只不过勉强算是见过面罢了。”

“死者的朋友们是怎么看这件事的呢?”邦德问道。

“跟巴尔奇同一间宿舍的人证实了巴尔奇的话。他说他爱这个叫布兰德的女人爱得发狂，而且认为那个英国佬是自己失恋的罪魁祸首。他说巴尔奇最近一直情绪不稳定而且沉默寡言，他听到巴尔奇开枪杀人的消息并不感到很意外。”

“听起来事实是确凿无疑了。”邦德说，“不管怎么说这还是很好理解的。一个处于高度紧张状态的小伙子，身上还有一种典型的德国人的荣誉感。瓦兰斯怎么看?”

“他不是很确定，”M 说，“他主要关心的是不要让这姑娘受到媒体的骚扰，不能让她暴露身份。当然所有的报纸都会报道这件事，明天中午就会见报。报社都吵吵着要这姑娘的照片。瓦兰斯正在处理一张照片，跟她相貌足够相似，却又容易跟别的人弄混淆。她今天晚上会把相片交上去。幸好记者没法去基地采访。她拒绝接受采访，瓦兰斯只能期望这女孩的朋友或亲戚不要认出她来。今天就会完成庭审，瓦兰斯希望今晚就能正式结案，这样报纸就会因为缺少素材而停止报道。”

“导弹试射会受什么影响吗?”邦德问道。

“他们打算按原计划进行,”M 说,“星期五中午。准备装一个空弹头,加四分之三燃料垂直发射。他们打算在北纬 52 度以北的北海海面上设一个大约一百平方英里的禁区。也就是说一直到海牙和沃什那条纬线以北。星期四晚上首相会公布详情。”

M 停了下来。他转动椅子,转身看向窗外。邦德听到远处大钟的报时声。1 点了。看来今天又要错过午饭了。如果 M 不是这么喜欢管其他部门的闲事,他就可以赶快吃个饭然后去宾利车经销商那儿了。邦德在椅子上挪了挪身子。

M 转回身看向对面的邦德。

“对这件事最关心的,”他说,“是军需部。塔隆是他们最好的部下之一。他对于导弹的报道全都是负面的。昨天下午他突然给副部长助理打电话,说他认为基地里有些什么见不得人的勾当。他要求今天早上 10 点和部长面谈,而不愿在电话里谈太多。几小时后他就被打死了。又是个有意思的巧合,是吧?”

“很有意思。”邦德说,“为什么不关闭基地进行彻底调查呢?这件事毕竟干系重大,不容闪失。”

“今天一大早内阁开了个会,”M 说,“首相开门见山地问了个问题:有没有什么证据表明我们不得不干扰摧月号的工程进展?答案是否定的。目前我们了解的令人困扰的信息仅仅只有塔隆语焉不详的几句话加上这两条人命。大家都同意在目前还没有更清楚的证据之前,过分纠缠这件事只能让基地陷入恐慌情绪。在分析过世界局势后,他们的结论是,摧月号越早完工,我们就能越早在世界舞台上有自己的独立话语权,这对我们就有利。而且,”M 耸了耸肩说，“对世界也更有利。大家达成了共识，在有一千个理由支持把摧月号送上天的情况下，反对的理由就可以忽略不计了。军需部部长也只能同意这一点，不过他也跟你我一样清楚，不管事实究竟如何，俄罗斯人一定会尽力在摧月号试射当晚想法搞破坏的。如果他们成功了，整个项目都可能泡汤。毕竟参与这个计划的有五十个德国人，其中任何一人都可能还有家属落在俄罗斯人手里。”M 顿了顿，抬头看向天花板。然后他的目光若有所思地落在了邦德身上。

“内阁会议后部长把我叫去了。他说至少我们要尽快找人取代塔隆的位置。新派去的人必须精通德语，对破坏活动有研究，有丰富的和俄罗斯人打交道的经验。军情五处提供了三个候选人。他们现在都在出任务，不过几个小时后就能交接好手头的活接手。不过部长也问了我的意见。我推荐了另一个人。部长立刻向首相汇报了，各种审批程序一切从简。”

邦德严厉、愤懑地看着那双毫不通融的灰色眼睛。

“那么，”M 说，“雨果·德拉科斯爵士已经被告知你被任命这件事了。今天晚上他在工程指挥部等着与你共进晚餐。”

第十章　神秘特工

星期四晚上6点,邦德正驾着他的宾利跑车沿着多佛港直通向梅德斯通的笔直大路飞驰。

邦德正专心开车,车开得飞快,他不时会在脑中回顾四个半小时前离开M的办公室后自己的行程。

他先向秘书简要交代了这项任务,一个人到食堂快速吃了顿中饭,然后去修理处催促他们务必赶快弄好他的车。他取了车,加满油,不到4点的时候回到了公寓。然后他搭出租车去了苏格兰场,他跟助理警务处长瓦兰斯本来约好了3点差一刻见面。

看到苏格兰场的院子和巷道,他一如既往地联想到一所不带屋顶的监狱。冷冰冰的走廊中,天花板上的灯管映得对面的警官面无血色。警官问了他的来意,看着他在一张嫩绿色的纸条上签上名字。把他领上楼去的那位警官脸色同样被灯光映得惨白。他们走上低矮的台阶,顺着两排没有任何标志的房门,穿过一条暗无天日的走廊来到了等候室。

屋里有一位举止稳重的中年妇女。她有一双阅尽世事的温和的眼睛。她告诉邦德助理警务处长五分钟后就有空见他。邦德走到窗边,注视着楼下灰色的院子。一个警官从一幢大楼里走出来,正掰开一个蛋糕卷大吃特吃,被掰开的地方还能看到粉红色的果酱。四周很安静,从怀特霍尔大街和河堤那儿传来的噪声几不可闻。邦德感到情绪很低落。他要去和不熟悉的那些部门打交道,要离开自己熟悉的人和工作。现在就在这间等候室里的时候,他已经开始感觉自己和周围的环境格格不入了。这儿是供罪犯和举报者等候的地方。权贵们在这里试图从危险驾驶的指控中脱身,或者尽力说服瓦兰斯自己的儿子并非同性恋。来特勤处的人没什么好事,要么是指控别人,要么是为自己辩解。

那位中年妇女终于过来叫他了。他把香烟掐灭在桌上的玩家牌香烟罐里。政府部门的等候室都用这种罐子做烟灰缸用。邦德跟着她走到走廊上。

经历过等候室的阴冷昏暗后,这间舒适的房间里与季节不合的壁炉火焰感觉就像一个陷阱。邦德接过这个特务头子递过来的香烟时这种感觉更强了。

邦德用了足足五分钟才终于摆脱了自己的绝望情绪。他意识到瓦兰斯看到他感到很欣慰。瓦兰斯表示自己对工作伙伴间争风吃醋的事件没有什么兴趣,他只想拜托邦德保护攉月号不被破坏,同时让自己最好的一名警员摆脱麻烦。

瓦兰斯是个老滑头。开始几分钟里他只跟邦德聊 M 的事,爆点内幕消息。他话说得很诚恳。还没开始谈任务的事,他就已经赢得了邦德的友谊和合作。

邦德开着宾利在梅德斯通拥挤的大街上左右穿梭的时候还在想着,瓦兰斯的这种天赋是在二十年来和军情五处的周旋中,在和警视厅中行踪隐秘的部门的合作中,在应付无知的政客和不满的外交官的过程中培养出来的。

邦德与他进行了长达一刻钟的艰难谈话。他离开时两人都明白自己找到了一个同盟。瓦兰斯已经对邦德进行了评估,知道他一定能帮上嘉拉·布兰德的忙,能尽力保护她。他对邦德对这项任务处理的专业程度以及不受部门竞争影响的态度也颇为敬佩。在邦德这一边,他了解了瓦兰斯的部门之后非常欣赏他们的能力,同时也不再觉得孤立无援,因为自己身后有瓦兰斯和他整个部门的支持。

邦德离开苏格兰场的时候觉得自己已经做到了克劳塞维茨的第一原则:他已经拥有了坚不可摧的根据地。

邦德在军需部没有得到什么对案子有用的信息。他查看了塔隆的资料以及他提交的报告。他的资料很简单,几乎一生都是在为陆军情报处和外勤工作,报告是一份生动且有条理的技术性信息汇总——里面描述了一两起醉酒事件、一次小型盗窃案件、几起由个人仇怨导致的斗殴和轻微流血事件,除此之外报告里显示出这支工作队伍是忠诚而勤奋的。

然后他在军需部的行动指挥室和特雷恩教授进行了半小时意

犹未尽的会谈。教授是个肥胖邋遢、相貌平常的人，但他却是去年诺贝尔物理学奖排名第二的候选人，也是全世界范围内最好的导弹专家之一。

特雷恩教授走到一排巨大的挂图前，解开其中一幅的绳扣。邦德的眼前出现了一幅十英尺高的水平比例制图，绘制的东西看上去就像加上了大型尾翅的 V2 导弹。

特雷恩教授说："既然你对导弹一无所知，我就用简单的话来解释，而不跟你扯一大堆什么喷嘴扩张率、废气排放率和开普勒轨道之类的名词了。被德拉科斯叫作摧月号的这枚导弹属于单级导弹。它一次耗尽所有燃料发射到空中，然后进入导航程序直至击中目标。V2 的弹道更像子弹从枪膛射出后的轨迹，在两百英里总飞行距离的最高点可以达到七十英里的高度。它的燃料是一种由酒精和液态氧构成的高度易燃混合燃料。以前我们使用这种超强燃料时必须用水稀释，以防烧坏制作引擎的柔性钢材。正是出于这种考虑，虽然还有威力大得多的其他燃料，但是我们迄今为止还没法很好利用这些燃料。它们的燃烧温度过高，再结实的引擎都会烧坏。"

教授停下话头，用一只手指戳着邦德的胸口。"亲爱的先生，对这枚导弹你最需要记住的是，幸亏有了德拉科斯的铌，我们终于可以在不烧毁引擎的情况下使用超强燃料了。铌的熔点是三千五百摄氏度，远远高于 V2 引擎的一千三百度。实际上，"他看着邦德，好像邦德会对此惊愕不已，"我们用的燃料是氟和氢。"

"哦，是吗？"邦德毕恭毕敬地说。

教授目光犀利地看了他一眼。"所以我们希望能达到约一万五千英里的时速,发射的垂直高度能达到一千英里。这样我们就能实现四千英里的可操作射程,从而在英国境内把全欧洲的首都城市覆盖在射程之内。”他接着干巴巴地说了一句,“在某种程度上来说,这一点很了不起。不过对科学家来说,这是人类脱离地球引力的一次重大尝试,令人期待。还有什么问题吗?”

“它的工作原理是怎样的?”邦德觉得问上一句是自己的责任。

教授粗鲁地朝着图纸挥了挥手。“先说导弹的头部吧,”他说,“首先是弹头。在实际发射中它需要装备高层大气飞行工具、雷达和诸如此类的设备。然后是保证飞行方向的回转罗盘——俯仰偏航陀螺仪和纵摇陀螺仪。然后是一些次要设备,比如说伺服电动机、供电器等。最后是巨大的燃料舱——这东西重达三万磅。

“在导弹尾部是两个小一点的涡轮机驱动舱。四百磅的过氧化氢和四十磅的高锰酸钾混合产生蒸汽,推动下面的涡轮。这一系列活动推动了离心泵的运转,产生极大的压强,将主要燃料送入导弹引擎。你听明白了吗?”

“听上去跟喷气式飞机的原理很相似。”邦德说。

教授看来很高兴。“多少有点相似吧。”他说,“不过导弹所有的燃料都在内部,而不是从外部吸入氧气。接着说,”他继续道,“燃料在引擎内被点燃,然后持续从尾部喷出。有点像一把枪在不停回火。这种冲击力像放烟花一样将导弹送上天。当然,铌的作用就是用在导弹尾部。它使我们有可能制造出一种不会被这种强热熔化的引擎。另外,尾翅在导弹飞行的前段可以使其保持稳定。尾翅也是用铌制作的,这样就不会在巨大的空气压力中断裂。还有什么要问?”

“怎么确保导弹落在预期地点呢?”邦德问道,“比如说,星期五发射时怎样才能防止它落在海牙呢?”

“陀螺仪可以保证这一点。实际上星期五我们不会有任何闪失。到时候在海面上会有装在一只橡皮筏上面的雷达导航装置来控制航向。在导弹头部装有雷达接收器,可以接收到海上传来的信号,对导弹进行自动导航。当然了,”教授咧嘴笑了,“如果我们要在战争中使用这种方法,最好在莫斯科、华沙、布拉格、蒙特卡罗等等这些我们要攻击的目标内有导航设备的信号提供支持。这可能是你们部门的任务了。希望到时候你们走运。”

邦德不置可否地笑了笑。“最后一个问题,”他说,“如果有人想破坏导弹,最简单的办法是什么?”

“有很多办法能破坏它。”教授说,“往燃料里掺沙子呀,往气泵里加沙砾呀,在外壳或尾翅的任何地方开个小洞呀。在这么大的动力下,在高速飞行的情况下,任何小小的纰漏都可以让它完蛋。”

“非常感谢,”邦德说,“看来你不像我那么担心摧月号。”

“它是部很棒的机器。”教授说,“只要没人刻意破坏,它会飞得很好。德拉科斯干得不错。他是个很好的组织者。他组建的工作团队很棒,而且都愿意为他卖命。我们真该好好谢谢这个人。”

邦德做了个赛车手似的换挡动作,在查林岔路口把他那部大型汽车转进左道。他想走奇勒姆和坎特伯雷一线车流较少的道路,不愿意去阿什福德和弗尔克斯通那边瓶颈般的道路上挤。他在三秒内加速到了八十码,然后一直保持这个挡位,保持转速表以稳定的数值驶向莫拉什的道路。

然后他又把速度升到了最快,满意地听着排气管的轰鸣声。他不禁想,今晚德拉科斯会以什么样的态度接待自己呢?他听 M 说,M 在电话里提到自己的名字时,德拉科斯沉默了片刻才说:“哦,是的,我认识他。我倒不知道他跟这件事也有关系。我很有兴趣再见见他。让他来吧,我等他吃晚饭。”然后他就挂了电话。

军需部的人对德拉科斯有自己的看法。跟他打交道的过程中他们觉得他是个工作很投入的人,全身心地忙着摧月号工程,以工程的成功为自己的生活目标,逼着自己的部下超负荷工作,跟其他部门争夺物资优先使用权,催促军需部要求内阁答应自己的请求。他们虽然不喜欢他那盛气凌人的架势,却对他的专业知识、工作热情和投入程度颇为敬重。而且他们也和全英国的人民一样把他看作国家可能的救世主。

邦德加速沿着笔直的道路经过奇勒姆城堡时想,他能理解这些,而且如果要他和这个人一起工作的话,他必须让自己适应这个人的英雄形象。如果德拉科斯愿意的话,他愿意把“刀锋”的事都抛到脑后,专心保护德拉科斯和他的伟大工程不受外敌的伤害。只剩下三天左右的时间了。安全预防措施不怎么强,但德拉科斯不会喜欢强化安保的建议的。要加强安保不是件容易的事,需要深思熟虑。深思熟虑既不是邦德的强项,也非常不符合他所了解的德拉科斯的性格。

邦德抄捷径走了老多佛路,开出了坎特伯雷。他看了看表,6点半了。开到多佛还需要十五分钟,然后还要沿着迪尔路开十分钟。还需要制订什么计划吗？那起双重死亡案件不用他插手了，谢天谢地。“由于理智不健全而导致的杀人和自杀事件”是验尸官做出的结论。那女孩甚至都没有参加庭审。他打算先在无缺屋停下来喝一杯，和酒吧老板聊几句。明天他打算去就塔隆想要告诉部里的那些“勾当”刺探一番。现在对这个还没有任何线索，塔隆的房间里什么也没找到。他说不定会被安排到塔隆的房间住呢。不管怎样，他有很多时间去仔细读一读塔隆的报告。

邦德专心开车，沿着海岸开到了多佛境内。他一路沿着左边开，很快就开出了多佛，离开了纸箱城堡。

山顶上有一片低云，他的车前窗上滴上了几滴雨点。一阵冷冽的微风从海上吹来。能见度很低，他顺着沿海道路缓慢前行时打开了车灯。斯温盖特雷达站上高高的柱子闪着红宝石般的光芒，就像古罗马时期高高的灯烛。

那个女孩？接触她的时候要小心点，还要注意不要惹她生气。他不知道她对他的工作到底会不会有帮助。作为“领袖”的私人秘书在基地待了一年之久，她一定很了解整个项目的内幕——也很了解德拉科斯。而且她和他一样有着受过训练的头脑。但他也要做好准备，也许她对他这个新来的会有所提防，甚至充满敌意。他好奇她本人看起来到底是什么样的。在苏格兰场提供的资料上的她的相片上看到的是一个有魅力却相当严肃的女孩。她身上的那么点诱惑力也被一身无趣的警服给冲淡了。

头发：红褐色。眼睛：蓝色。身高：五英尺七英寸。体重：九英石。臀围：38。腰围：26。胸围：38。显著特征：右乳房上部有一颗痣。

嗬！邦德想。

他在转弯处右转的时候已经把这些数据记在了脑中。有一个写着“金斯顿”的路标映入了眼帘，然后他看到了一家小酒店的灯光。

他停下车，熄了火。他头上有一个褪色的金字招牌写着“无缺屋”。招牌被半英里外的悬崖处吹来的海风吹动，呜呀作响。他下了车，伸展了一下身体，走到公众酒吧间门口。门锁着。正在关门做清洁吗？他又试了试另一扇门，门开着，通向一个小小的私人酒吧间。柜台后面坐着一个穿着袖套、神情冷漠的人。他正在读一份晚报。

他抬头看见邦德进来，放下了报纸。“晚上好，先生。”他说，很明显因为看到有人光顾而松了一口气。

“晚上好。”邦德说，“大份的威士忌加苏打，谢谢。”他在柜台边坐下来等着。柜台那边的人倒了两份黑瓶和白瓶威士忌，然后把杯子和苏打瓶放在他面前。

邦德把苏打和酒倒进杯子。“昨晚你们这儿可倒霉了。”他说着放下酒杯。

“糟透了，先生，”那人说，“很影响生意。你是媒体的吗，先生？一整天除了记者和警察在这儿进进出出，就没别的人来。”

“不是，”邦德说，“我是来接替那个挨枪子的人的工作的。塔隆少校。他是你们的常客吗？”

“除了那次以外从来没来过，先生。然后他就玩儿完了。他们要我歇业一周，而且公共酒吧间要上上下下重新粉刷一遍。不过我得说雨果爵士这事办得挺漂亮的，他下午给了我五十英镑弥补损失。他肯定是个有风度的绅士。这一点上人人都喜欢他。总是很慷慨，也懂得宽慰人。”

“是啊，是个好人。”邦德说，“你亲眼看见整个过程了吗？”

“第一枪我没看见，先生。我那时正在端啤酒上桌。枪响后我当然抬头看了。吓得我把那杯该死的啤酒都掉到了地上。”

“然后呢？”

“嗯，自然是每个人都吓得往后退了。这儿全是德国人，有十来个吧。地上躺着一具尸体，拿枪的家伙低头看着他。然后他突然来了个立正，高举左手。‘嗨！希特勒’他就跟战争期间那些混蛋们一样喊了一句。然后他把枪口伸进了嘴里。下一秒钟，”那人做了个鬼脸，“他就横尸在我那该死的地板上了。”

“他打死那人后只说了那一句吗？”邦德问，“就喊了句‘嗨，希特勒’？”

“就那一句，先生。他们看来不会忘记喊那个词，是吧？”

“没错。”邦德若有所思地说，“他们当然不会忘记。”

第十一章　深入腹地

五分钟后邦德在高高的铁丝栅墙的大门口向穿着制服的守卫出示了部里给他发的通行证。

那位皇家空军的军士把证件递还给邦德,行了个礼。“雨果爵士正在等你,先生。他就在树林中间那座大房子里。”他朝着悬崖方向离这里一百码远的几处灯光指了指。

邦德听到他打电话通知下一个哨点。他驱动汽车慢慢沿着从金斯顿城外的田野一直延伸过来的沥青碎石路开了过去。他能听见远处海水冲击着高崖底部砰然作响。不远处的某个方向传来尖利的机器呜咽声。这声音随着他驶近树林越来越响。

在下一个铁丝栅栏处他被一名便衣保安再一次拦下了。一扇五道闸的铁门后是树林的中心地带。保安挥手示意他通过时,他听见远处传来警犬的叫声,像是正在进行夜间巡逻。所有这些预防措施看来都很有效。邦德确信他对外部安全问题不用怎么担心。

一穿过树林,车就驶进了一片平整的水泥空地。在昏暗的光线下,它显得大得出奇,就连车头马尔恰尔头等的两束强光也无法照到它的边界。在他左手一百码的地方,就在树林的边缘,一幢大房子的灯光在高墙后忽隐忽现。墙足有六英尺厚,高度几乎和房子平齐。邦德把车降到步行的速度,调转车头,不再面向房子,而是转向大海的方向。那儿有一片藏匿于黑暗中的阴影,猛然间被遥远的海峡中的南古德温号灯塔船的强光照亮了,发出道道白光。他的车灯在漆黑的空地上辟出了一条道,他沿着这条路线开了至少半英里,然后看到就在峭壁边上出现了一座矮矮的圆顶建筑物,大约五十英尺高。它看上去就像一座天文台的屋顶,而且邦德在黑暗中还能辨别出圆顶上有一道自西往东延伸的接缝。

他将车掉了个头,缓缓地从处于一堵防爆墙和房子正面的中间地带开了过去。他把车停在了门口。门开了,一名穿着白色上装的男仆走了出来。他动作娴熟地打开了车门。

“晚上好,先生。请走这边。”

他的声音呆板,带着某种外国口音。邦德跟着他走进了房子,穿过一个宽敞舒适的大厅,来到一扇房门前。男管家敲了敲门。

“进来。”

邦德听到熟悉的粗声粗气的声音和简短的命令口气不禁笑了。

在这间狭长、明亮而朴素的起居室的另一端,德拉科斯正背向一个空荡荡的壁炉站着。他巨大的身躯上穿着一件紫红色的天鹅绒便服,和他满脸的红色须发很不搭调。他身旁站着三个人,两男一女。

“啊,亲爱的伙计,”德拉科斯嚷嚷着大步走上前来迎接邦德,热情地和他握手,“我们这么快又见面了。我还真没想到你是为我们部工作的该死的间谍呢,否则我跟你打牌的时候就会小心点了。赢的钱花光了吗?”他一边问着,一边把邦德带到壁炉旁。

“还没呢,”邦德笑着说,“我还没见到钱的影子呢。”

“当然,当然。星期六才会结账。说不定拿了支票正赶上庆祝我们发射成功,是吧?来,我介绍你们认识一下。”他先把邦德领到那女人身边,“这是我的秘书布兰德小姐。”

邦德看到了一双咄咄逼人的蓝色眼眸。

“晚上好。”他给了她一个友善的微笑。

她平静地直视着他的双眼,并没有报以同样的微笑。握手时她也只是轻轻一碰,没有什么回应。“你好。”她冷漠地说道,邦德觉得她甚至带有些敌意。

邦德突然闪过一个念头:她真是个极好的人选。活脱脱另一个洛艾莉亚·彭松贝。冷淡、高效、忠诚、洁身自好。不得了,他想,这是个行家。

“我的得力助手,瓦尔特博士。”那个上了年纪的瘦削男人眼带怒意,一头乱糟糟的黑发。他似乎没有注意到邦德伸过来的手。他听到德拉科斯的话才回过神来,微微点了下头示意。“是弗尔特。”黑色的山羊胡上薄薄的嘴唇里蹦出来这么一句,纠正着德拉科斯的发音。

“这是我的——怎么说呢——跟班。你也可以称他为我的助手。威利·克雷布斯。”一只湿漉漉的手握了过来。“很高兴见到你。”他谄媚地打着招呼。邦德看到了一张苍白的圆脸,脸色很不健康。这张脸上的假笑一闪而过,邦德刚注意到它就消失无踪了。邦德直视着他的双眼,他的眼睛就像两个滴溜溜转的黑色纽扣,避开了邦德注视的眼神。两个男人都穿着一尘不染的白色连体衣,在衣袖、裤腿和背部装着塑料拉链。他俩的头发都剃得非常短,发白的头皮清晰可见。要不是因为瓦尔特博士黑色的山羊胡和克雷布斯几绺淡淡的唇须,他俩还真有点像外星来客。他俩都像是讽刺漫画里的人物——一个疯狂的科学家和一个年轻版的彼得·洛尔。

在这群冷冰冰的人中间,德拉科斯五彩斑斓的巨怪般的身影是一种令人愉快的反差。邦德对他那热情、粗鲁的欢迎方式以及对过去的事情既往不咎,尽力和作为新的安保主管的自己搞好关系的努力心存感激。

德拉科斯是个不错的主人。他搓了搓双手。“哎,威利,”他说,“给我们调一份你最拿手的干马提尼怎么样?当然,博士那一份就不用了。他烟酒不沾,”他走回到壁炉边,向邦德解释说,“基本上就不是个活人。”他发出一声难听的笑声,“除了导弹什么都不想。是吧,我的朋友?”

博士面无表情地看着前方。“你就喜欢开玩笑。”

“好了,好了,”德拉科斯像个孩子似的说道,“我们等会再讨论那些尾翅边缘的问题吧。除了你我们人人都对它很满意。”他转身对邦德说,“咱们好样的博士总是喜欢吓唬人,”他宽容地说道,“他总是做噩梦梦到出了问题。现在他又担心起尾翅边缘的问题了。

它们已经造得跟刀片一样锋利了——几乎不受空气阻力的影响。他脑子突然冒出个想法说它们会熔化掉。空气摩擦什么的。当然任何情况都是有可能的,可是尾翅经受过三千度高温的考验。我告诉他,如果尾翅会熔化的话,那么整个导弹就全会熔化了。这种事绝不会发生。”他说着咧嘴笑了。

克雷布斯端着一个银托盘走了过来,上面放着满满四杯酒和一个结了霜的调酒器。马提尼很棒,邦德表示了赞誉之意。

“您真是太客气了。”克雷布斯露出了满意的笑容,“雨果爵士是非常挑剔的。”

“把杯子倒满,”德拉科斯说,“然后也许我们的朋友想要梳洗一番。我们 8 点整吃晚饭。”

他说话的时候传来了一阵警笛鸣叫的声音,几乎同时屋外的空地上传来了一群人齐声喊叫的声响。

“那是今晚第一次换岗。”德拉科斯解释道,“营房就在房后。现在应该已经 8 点了。我们这儿是逢双数换班。”他说着眼中闪烁着满意的光芒,“精确为上,这儿都是科学家。不过我们试图用军队的方法管理这地方。威利,你来招呼中校。我们先过去了。来吧,亲爱的。”

邦德跟着克雷布斯穿过刚才他进来的房门。他看见另外两个人跟着德拉科斯走向房间另一端。那儿的两扇门在德拉科斯说话的时候打开了。穿白色上装的男仆正在大门处等候。邦德走到大厅里的时候突然意识到德拉科斯走进起居室时一定没有让布兰德小姐先进去。咄咄逼人的性格。他对待下属就像对孩子那样。他无疑是个天生的领导者。这种领导才能是怎么来的呢？军队里的经历？还是因为金钱的力量？邦德在克雷布斯鼻涕虫般的脖颈后一边走着，一边心里琢磨着。

晚餐很美味。德拉科斯是个慷慨的主人，而且在餐桌上举止非常得体。大部分时间他都在为邦德描述瓦尔特博士，谈话中涉及很多技术术语，德拉科斯不厌其烦地为邦德做出简要的解释，以深入讨论每一个话题。德拉科斯在谈到每一个深奥的问题时所表现出来的那种自信，以及他对细节的了解程度，都给邦德留下了很深的印象。他心里渐渐产生了对这个人由衷的钦佩，冲淡了以往对他的那种憎恶之情。他尽力忘记"刀锋"里的那件事，而全心面对着这个不一样的德拉科斯，一个非凡企业的创始人和精神领袖。

邦德坐在主人和布兰德小姐中间。他几次试图跟她交谈，但徒劳无功。她只是礼貌地用最简短的单音节词回答他的问话，并且几乎从不和他目光交汇。邦德有点气恼。他觉得她的外貌非常有魅力，对自己无法从她那里得到一丁点的回应感到很烦恼。他觉得她的冷漠有点太过分了，他认为要想保护自己的安全，一种轻松、友善的方法总比这种夸张的缄默要好。他很想狠狠在她脚踝上踢上一脚。这种想法让他心情好了一点，他发现自己看她的角度变了——不是在打量一个同事，而是在欣赏一个女孩。他开始在脑中汇总关于她的印象。德拉科斯和瓦尔特就空军部和欧洲发布的天气预报之间的差异进行了长长的争论，她也被要求加入讨论。趁这段时间，邦德对她的看法慢慢成形了。

她比照片上的样子要有魅力得多。在身边这个引人遐想的女孩身上很难发现严谨干练的女警官的影子。她棱角分明的轮廓中是有一种威严,但她深蓝色眼眸上长长的黑色睫毛和宽宽的嘴唇就像法国画家玛丽·洛朗桑笔下的人物。不过她的嘴唇过于饱满,而且她那深褐色的头发在脖颈处向内卷曲,又不似洛朗桑的风格。她高高的颧骨和微微上翘的眼角表明她可能有北欧血统,但她肌肤的温暖质地却是地道的英国特质。她身体的姿态和脑袋移动的方式表现出的过于自信和威严的气质,并不是个令人信服的秘书形象。实际上她更像德拉科斯工作团队中的一员,而且邦德注意到她回答德拉科斯问话的时候,后者一直凝神听着她说话。

她身上穿着深灰色的绸缎晚礼服,袖长过肘,显得十分端庄。遮得严严实实的礼服上装正好勾勒出她丰满的胸部,正如邦德根据她资料上的数字估计的那样。在 V 字领的敞口处戴着一枚多彩浮雕宝石胸针,邦德猜是一枚塔西亚凹雕宝石,是一种便宜而充满创意的珠宝。除此之外她只在无名指上戴着一枚钻石订婚戒指。除了唇上暖色的口红外,她并没有化妆,指甲剪得整整齐齐,涂着透明的指甲油。

总的来说,邦德下了结论,她是个很可人的女孩,在冷漠的外表下有着热情的内心。而且,他想到,她可不光是女警官和柔术高手,还是在右乳上有一颗痣的尤物。

邦德对这些发现感到很满意,于是把注意力转到德拉科斯和瓦尔特的谈话上,也不再找这姑娘搭讪了。

晚餐于 9 点结束。"现在带你去认识一下摧月号吧,"德拉科斯说着突然从桌边站起身来,"瓦尔特和我们一起去。他在那儿还有好多活要干。来吧,亲爱的邦德。”他没有向克雷布斯和那姑娘打招呼就大步走出了餐厅。邦德和瓦尔特跟着走了出去。

他们离开房子,穿过水泥空地,朝着峭壁边遥远的黑影走去。月亮已经升起来了,远处建筑的圆顶在月光中微微泛着白光。

离那儿还有一百码的时候德拉科斯停下了脚步。“我先给你解释一下地形。”他说,“瓦尔特,你先过去。他们在等你对尾翅做再一次检查。不过不用太担心,亲爱的伙计。这些来自诚信合金公司的专家们对业务很熟悉。是这样的,”他转向邦德,手指着乳白色的圆顶说,“摧月号就在那儿。你现在看到的是发射井的顶盖。这个发射井很宽,向下深挖了大概四十英尺,一直挖到白垩土层。圆顶的两半的开合是液压动力控制的,可以一直下落,和二十英尺高的墙面平齐。如果现在它是打开的,就能看到摧月号的顶部正好稍稍高出墙面。再看那儿,”他指向迪尔的方向,在接近视野边缘的地方有一个方形的物体隐约可见,“那里是水泥墙面的发射站。里面全是雷达追踪装置——多普勒高速雷达和飞行路线雷达以及诸如此类的。导弹前部有十二个遥测频率可以向那里传送数据。那儿还有一个大大的电视屏幕可以监控导弹启动后在发射井内的活动情况。另一个屏幕上可以观测导弹升空后的状况。发射站旁边有一台起重机,正对着悬崖。很多设备都是从海上运过来的,然后用起重机移到上面。你听到的声响是从那边的供电房传来的,”他朝多佛的方向指了指,“虽然营房和房子都有防爆墙保护,但是发射时一英里以内不会有人,只有部里的专家和 BBC 的新闻团队会在发射站。希望它经受得住发射带来的冲击吧。瓦尔特说发射点和空地的一大部分都会被高热熔化掉。就是这样了。在我们进去之前你需要了解的就是这么多。来吧。”

邦德再次注意到了他语气中唐突的命令语气。他默默地跟在德拉科斯后面穿过月光照耀下的空地,来到了圆顶建筑的支撑墙前。一个光溜溜的红色灯泡下有一扇门,门上钉着一块钢制的警示牌。牌子上加粗的字体分别用英文和德文写着:高度危险。红灯亮时严禁入内。请按铃并等候。

德拉科斯按下警示牌下的按钮,被门挡住的警铃声隐约可闻。“估计是有人在处理氧乙炔或者在做什么其他的精细活儿,”他解释道,“如果有人进来打断了他的思路,可能会造成极大的损失。铃声响起时,所有的人都会放下手里的工具,等搞清楚状况后再继续工作。”德拉科斯朝后退了一步,往上方指去。那儿有一排四英尺宽的隔栅。“那是通风口,”他解释说,“里面用空调保持在七十度的温度。”

一个拿着警棍、挎着手枪的人开了门。邦德跟着德拉科斯走进了小小的前厅。里面除了一条长凳和一排摆放整齐的拖鞋外别无他物。

“进去要穿上拖鞋,”德拉科斯说着坐下来踢掉脚上的鞋,“否则有可能会滑倒,撞上别人。最好把外套也脱下来放在这。里面有七十度,很暖和。”

“谢谢,”邦德想起自己腋弯下的布雷塔手枪。“我其实并不觉得热。”

邦德觉得自己像一个来参观手术室的游客。他跟着德拉科斯穿过了一扇门,穿过一条四面包着铁片的窄道,突然走进了探照灯的强光中。他不由得伸手挡住了自己的双眼,眼角匆匆瞥见了眼前的护栏。

他把手从眼睛上移开时看到了一幅极其壮丽的画面,以至于他有好几分钟都说不出话来。在这件地球上最强大的武器所表现出来的惊人美丽面前他觉得目眩不已。

第十二章　超级导弹

这感觉就像是站在打磨过的枪管内部。脚下四十英尺处是地板,周围圈起了一堵圆形墙壁,由平滑的金属制成。他和德拉科斯两人就像叮在墙壁上缘的两只苍蝇。在约三十英尺宽的发射井中央耸立着用闪光的铬金属制成的导弹。它在顶部逐渐变细,最后形成一个针状的天线,似乎都能触到他们脑上二十英尺高的屋顶。闪闪发光的导弹被放置在一个锥度不大的圆锥形钢架上,三支倒三角形的尾翅尖端着地,如外科手术刀般锋利。导弹的中部被两部轻型支架细长的铁爪固定在两块厚厚的泡沫橡胶上。除此之外就只有这枚五十英尺高的镀铬钢导弹平滑如丝的表面了。

他们走近导弹时,金属外壳上打开了几扇小门。邦德低头望去,一个男人从门里爬出来,来到支架窄窄的平台上,用戴手套的手关上了门。他小心翼翼地沿着狭长的连接通道走到墙边,转动了一个把手。尖利的机器摩擦声清晰可闻,支架上带橡胶垫的铁爪松开了,停留在空中,就像螳螂的前臂。机器的响声渐渐变得低沉,支架的铁臂慢慢收回。过了一会儿铁臂再次伸出,在比刚才低十英尺的地方抓住了导弹。操作员顺着铁臂爬到导弹外壁,打开了另一扇小门,然后钻了进去,消失在视野之中。

“可能是在检查备用燃料箱的进料情况,”德拉科斯说,“是利用重力加燃料的,很巧妙的设计。你觉得怎么样?”他看着邦德全神贯注的神情不由得得意扬扬。

“这是我见过最漂亮的东西之一。”邦德说。在这儿说话很容易。巨大的钢制发射井里几乎没有什么声音,导弹尾部聚集的人群话语声听起来像是窃窃私语。

德拉科斯用手指向上方。“那是弹头,”他解释道,“现在用的是试验弹头,里面是各种仪器,诸如遥测仪之类的。我们对面的是陀螺仪。从这儿往下直到尾部的涡轮机的位置几乎全是燃料箱。导弹靠分解过氧化氢所形成的高热蒸汽推动。氟和氢,”他目光犀利地看了邦德一眼,“顺便说一下,这是机密信息,作为燃料顺着进料管进入引擎,立刻就被点燃。可以说是一种有控制的爆炸把导弹送上了天。到时导弹下方的钢制地板会滑开,露出下面巨大的排气坑。废气从那儿一直通到悬崖脚下排出。你明天就能见到,那儿看上去就像一个巨大的洞穴。我们前几天做了个静态实验,周围的白垩土都熔化了,像水一样流入大海。希望真正发射的时候不要把那著名的白色峭壁烧毁了。想下去看看他们的工作情况吗?”

邦德默默地跟着德拉科斯沿着环绕钢制墙壁的铁梯往下走去。

他对眼前这个人和他的辉煌成就感到钦佩，甚至是敬畏。他怎么能因为德拉科斯在牌桌前那点孩子气的行为就对其心生反感呢？再伟大的人也有自己的弱点嘛。德拉科斯身负如此重任，总要找个方式来释放压力。从晚餐时的谈话可以清楚地看到，他是没法指望他那精神高度紧张的副手替他分担多少责任的。所有支撑整个团队所需的活力和自信都必须以他本人为源泉。就算是在牌桌上赢钱这种小事对于他保持自信都是很重要的。他把打牌赢钱看作好兆头，哪怕是自己创造出来的好兆头也无所谓。在面临如此重大的挑战和风险时，谁都可能会紧张得大汗淋漓，不停地咬手指甲吧。

走在蜿蜒而下的旋梯上，他们的身影反射在导弹光滑如镜的镀铬表面上，因为失真而显得诡异。几小时前，邦德还带着憎恶的感情在心中无情地剖析着德拉科斯，而现在邦德就像普通人一样对他充满敬佩之情。

他们来到了发射井底部的钢板上，德拉科斯停下脚步，抬头看向上方。邦德顺着他的目光往上看去。从他的角度看去好像有一条纤细的光带直射苍穹，只是这光带并非纯白色，而是交织着珍珠母色般的瑰丽色彩。其中有一片红色是由一个巨型泡沫灭火器的红色外壳映出来的。一个身穿石棉防火服的人站在灭火器旁边，用喷嘴对准导弹底部。一抹紫色来自墙上仪表盘中发着紫光的灯泡。仪表盘是用来控制排气坑上的钢板的。一张平放的松木桌上有一盏带灯罩的绿灯，给光带又增添了些许绿色。桌边坐着一个人，正在记下摧月号尾部的人们报给他的各项数据。

看看这色彩斑斓的导弹，如此纤细、如此精致的构造很难想象是被设计用来承担星期五发射时那种巨大的压力——史上从未有过的强烈的爆炸所产生的咆哮气流;声障的冲击力;以每小时一万五千英里飞驰时大到无法计数的气压;从一千英里高空落回地面、穿越大气层时的可怕振动。

德拉科斯似乎看透了邦德的心思。他转身看着他。“这就像一场谋杀一样,”他说,然后他突然粗声粗气地大笑了起来。“瓦尔特,”他对着人群叫道,“到这儿来。”瓦尔特离开众人走了过来。“瓦尔特,我正对我们的朋友说,摧月号的发射就像是一场谋杀。”

看到博士脸上露出了疑惑不解的表情,邦德倒并不吃惊。

德拉科斯烦躁地说:“是谋杀孩子,我们的孩子,”他对着导弹打着手势,“醒醒吧。你哪根筋不对?”

瓦尔特露出了恍然大悟的表情。他仍然面色冷峻,不过露出了点笑容,表示自己能够欣赏德拉科斯的比喻。“谋杀。没错,这比喻恰到好处。哈哈!对了,雨果爵士,关于排气口处的石墨板条,部里真的对它们的熔点放心吗?他们难道不……”瓦尔特一边说一边把德拉科斯带到了导弹尾部。邦德跟着走了过去。

他们一出现,十个人便齐刷刷地转头看向他们。德拉科斯向邦德摆了摆手,简短地介绍道:“邦德中校,我们新的安保主管。”

一群人沉默地注视着邦德。他们没有任何表示招呼的动作,而且看向他的眼中也丝毫没有表现出什么好奇心。

“我说,到底石墨出了什么问题?……”人群聚拢过来围住了德拉科斯和瓦尔特。邦德一个人被冷落在一旁。

他对自己遭到的冷遇并不感到意外。如果一个门外汉来干涉他那个部门的机密事务，他也会同样用厌恶和冷漠的态度来对待的。而且他对这些经过精挑细选的技术员们深表同情。几个月来他们一直和航天学中最尖端的技术打着交道，现在到了最后接受考验的时候了。不过他提醒自己说，这些人中间那些清白的人应该明白，邦德自己也有自己要履行的职责，在这项计划中也扮演着重要的角色。假如那些冷漠的眼睛中有一双背后藏着一个伪装的敌人，也许心知肚明瓦尔特所担心的那些石墨确实质量不过关，因此正幸灾乐祸。眼前这支队伍看起来确实很团结，甚至几乎像是手足骨肉。他们围在德拉科斯和瓦尔特周围，用心聆听，专注地看着两人。然而，免不了这些人中有某个人的脑袋其中一部分正以一种不一样的轨道运转着，打着自己的鬼主意，就好像定时炸弹内部那种神秘的引爆装置那样。

邦德漫无目的地在三叶尾翅的尖端构成的三角区域旁踱着步。尾翅的尖端正好处于垫着橡胶的定位孔中。邦德对所有的事物都感到新奇，但时不时会把注意力放回到这群人身上，换个角度观察他们。

除了德拉科斯外，所有的人都穿着同样的尼龙紧身衣，塑料拉链拉得紧紧的。他们全身上下都没有金属物品，也没有人戴眼镜。他们的头发同瓦尔特和克雷布斯的一样，剪得很短。邦德猜想这是为了防止脱发掉进机器中。然而，邦德惊讶地发现这个团队有一个怪异的特征：每个人的唇上都蓄着胡须。从胡须的茂盛程度和整齐的外观可以看出每个人对之都是用心打理的。所有人的胡须都有着不同的形状和颜色：有的浅色、有的灰色、有的乌黑；有八字胡、有海象胡须、有皇帝似的大胡子、有希特勒似的小胡子——每个人的脸上通过须发的不同标志着身份,其中德拉科斯的红色须发熠熠生辉,仿佛表现着至高无上的领导权。

为什么?邦德琢磨着。为什么这里每个人都留着胡须呢?他一向不喜欢这类玩意儿,而且所有这些人的头发近乎剃光,却留着茂盛的胡须,他总觉得其中一定有什么见不得人的原因。如果所有人的胡须都是一个式样倒也罢了,可是在千篇一律的光头的映衬下,这种风格各异的个性化显得乱糟糟的,令人毛骨悚然。

除此之外就没有什么值得注意的了:每个人身高都差不多,都属于身材偏瘦的类型——邦德估计是出于工作的需要加以甄选的结果。在支撑架上作业要求身手灵活,在舱门和导弹内部的小隔间里进进出出又要求身材匀称结实。他们的双手都很放松,显得异常干净,穿着拖鞋的脚站得很规矩。他观察了良久,发现没有人朝他的方向看上一眼。至于洞悉他们内心、估量他们的忠诚度这项任务就更难了。邦德不得不承认,想在三天之内了解这五十个机器人般的德国人的内心世界几乎是毫无希望的。他突然想到,其实没有五十人了,只剩四十九个了。其中一个机器人已经气炸了脑袋(邦德对自己的文字游戏觉得很满意)。那个巴尔奇的脑袋里到底有什么秘密呢?对女人热情追逐,临死前却高呼希特勒万岁?邦德不由得想,如果他不考虑摧月号的问题,认为剩下这四十九个人的脑袋里也有着这些秘密念头,真的是离谱的推测吗?

“瓦尔特博士!这是命令!”德拉科斯强压怒火的声音打断了邦德的思绪。他那时正抚摸着其中一支铌做的尾翅锋利的顶端。

“回去工作吧。时间浪费得够多的了。”

众人迅速散开回到自己的工作岗位。德拉科斯走到邦德身边，留下瓦尔特一个人在导弹排气口处心神不定地徘徊着。德拉科斯的脸色很难看。“该死的笨蛋。他总能找到什么问题。”他咕哝着。然后他好像不愿再理会自己的助手似的，突然对邦德说道，“去我办公室吧。我给你看看飞行路线，然后我们就该睡觉了。”

邦德跟着他走过钢制地板。德拉科斯转动了嵌在钢壁中的一个小把手，随着轻微的嗞嗞声，一道窄门出现在墙上。门里三英尺开外是另一扇钢门，邦德注意到两扇门都用橡胶封住了边缘。这是隔绝空气用的。德拉科斯关上第一道门之前停了停，站在门槛处指着环形墙壁上一连串平面拉手。“车间、电工室、发电机室、燃料控制室、盥洗室、仓库。”他指了指紧挨着的那扇门，“这是我秘书的房间。”他关上了第一道门，接着打开第二道门，走进了办公室。邦德进来后他关上了房门。

房间的摆设很朴素。整间屋子被漆成浅灰色，有一个大大的书桌和几把用金属管加深蓝色帆布做成的椅子。屋里铺着灰色的地毯，两个绿色的文件柜和一台大大的金属收音机。一扇半掩的门后是铺着瓷砖的浴室。书桌对面是一面光秃秃的墙壁，看上去是用不透明玻璃做成的。德拉科斯走到墙边，按下最右边的两个开关。整面墙亮了起来，邦德看到在玻璃背后绘有两张各六英尺宽的地图。

左手的地图标示着英国东部地区，范围从朴次茅斯直到赫尔，以及北纬 50 度到 55 度之间的水域。多佛附近的红点是摧月号的发射点，地图上从这一点开始用弧线标志着导弹的射程范围，每隔十英里标示一条射程线。离发射点八十英里,处于弗里西亚群岛和赫尔之间的海洋上,绘着一个红色的钻石形图案。

德拉科斯朝地图右侧密密麻麻的数学图表和一栏栏的罗盘读数挥了挥手。“这些是风速、气压、陀螺仪设置所需的数据。”他说,“这些数据都是以导弹的速度和射程为常量计算的。我们每天从空军部获取天气情况,皇家空军的喷气机所能收集到的高层大气的各种读数也会传到这里。飞机在飞到最高点时释放氦气球,气球则能到达更高的位置。地球的大气层高达约五十英里,而二十英里以上的区域中空气密度就不足以影响摧月号的飞行了。接下来的航行基本上就相当于在真空中飞行了。关键就是最开始二十英里高度如何能顺利通过了。地球引力是另一个问题,如果你感兴趣的话,瓦尔特什么都说得明白。星期五发射前的最后几个小时我们会持续不断地收到气象报告。发射前我们会把陀螺仪安置妥当。目前是由布兰德小姐每天早晨汇总各项数据,制作陀螺仪设置图表以备用。”

德拉科斯又指向第二张地图。这一张图上是导弹的起点和终点之间的飞行轨迹。这上面的数据更多了。“这里记录的是地球转动的速度及其对导弹轨迹的影响,”德拉科斯解释道,“导弹飞行过程中地球会由西向东自转。需要考虑到这一因素,结合另一张图上的数据一起计算。很是复杂。幸好你没有什么必要去弄懂这些。布兰德小姐会处理的。那么,”他关掉灯,墙壁恢复成一片空白,“对你的工作还有什么特别要问的吗?我想你要做的并不很多。你看得到,这里的安保措施面面俱到。部里从一开始就在强调安全的重要性。"

"一切看来都很妥当,"邦德说着,一边审视着德拉科斯的脸。他那只没有受伤的眼睛正严厉地注视着自己。邦德停顿了一下。"你认为塔隆少校和你的秘书之间真的有什么关系吗?"他问道。这个问题迟早是要问的,他想不如现在就问。

"有这种可能性,"德拉科斯随意地说道,"我的秘书是个迷人的姑娘,他们在这儿待在一起的机会很多。不知怎么地她好像也让巴尔奇这家伙神魂颠倒了。"

"我听说巴尔奇饮弹自尽之前还行了军礼,高呼'嗨,希特勒'。"邦德说。

"他们跟我说过这个,"德拉科斯平静地说,"怎么了?"

"这些人为什么都留胡子呢?"邦德没有理会德拉科斯的问话,反问道。他觉察到这问题令德拉科斯颇为愠怒。

德拉科斯发出了一如既往嘶哑的笑声。"是我的主意。"他说,"这些人都穿一样的白色连体服,都剃了光头,很难区分,因此我就让他们留起胡子。结果这东西就变成了他们的宝贝。就像战争期间空军内部流行的那种情况。你觉得有什么不妥吗?"

"当然没有,"邦德说,"只是猛然见到有些吃惊罢了。我倒觉得在制服上用醒目的颜色给他们编上号可能更有利于辨认吧。"

"嗯。"德拉科斯说着走向门口,好像谈话已经结束了,"总之我还是决定了留胡子这种方法。"

第十三章　精准航线

星期三早晨邦德早早地在死去的军官的床上醒了过来。

他睡得不好。昨晚回住处的时候德拉科斯一言不发，只在他上楼梯前简短地道了声晚安。邦德沿着铺了地毯的过道来到一间亮着灯的房门前，发现自己所有的东西都整齐地摆放在这间舒适的卧室中。

房里的摆设和楼下一样豪华。一张希尔牌的床铺旁摆放着一些饼干，还有一瓶维希矿泉水（邦德确认那并不是维希的瓶子装的自来水）。

房间里除了梳妆台上放着的带皮匣子的双筒望远镜和一个锁着的金属文件柜外，没有原主人的任何痕迹。邦德推动柜子，让它斜靠在墙上。他伸手摸索着柜子底部，摸到杆式锁的底端。它向下伸出，表明柜子的上部确实上了锁。邦德朝上一用力，柜子的抽屉就一个接一个打开了。他动作轻柔地将柜子的边缘放回地面,有点恶意地想到,塔隆少校如果在情报局里工作,可待不了多长时间。

最顶上的那个抽屉里装着几张发射场和整个工作区域中各建筑的比例图,以及编号海军部图表 1895 号的多佛海峡航海图。邦德把每张图表都放在床上仔细研究了一番,发现航海图的褶皱中有烟灰的痕迹。

邦德伸手拿过自己的工具箱——那是摆在梳妆台边上的一个皮箱子。他仔细检查了皮箱转动密码锁,满意地发现没有别人试图打开的迹象。他把转轮转到符合密码的数字打开了箱子。箱子里密密麻麻地摆放着各种仪器。邦德找出指纹粉和一个高倍放大镜。他把指纹粉一点点喷满了那张航海图,一大片指纹随之显现出来。

邦德用放大镜检查过后得出结论,上面的指纹分别属于两个人。他分离出两组最清晰的指纹,从皮箱里拿出带闪光灯的莱卡相机将它们拍摄下来。随后他又用放大镜仔细观察着被纸上的粉末层显现出来的两条细细的划痕。

看上去是两条从海岸上某处起始画出的交叉方位标志,覆盖的面积很窄。两条线的起始点都是邦德现在所在的这幢房子。邦德认为这两条线很有可能表明了分别从房子的两翼对海面上某个目标观察的结果。

线不是用铅笔画的,而是为了掩人耳目用铁笔尖在图上浅浅划出的两道。

两条线交汇的地方有一个问号的痕迹。这一点位于距悬崖五十码处、水深十二英寻的海面上,正处于房子和南古德温号灯塔船之间的航线上。

图上没有什么其他收获了。邦德看看表,差二十分钟到深夜1点。他听到门外走廊上远远传来的脚步声和关掉电灯的咔嚓声。他猛然起身,轻轻关掉房灯,只开着床边罩着灯罩的台灯。

他听到德拉科斯重重的脚步声在楼梯上越来越近。又是一声关灯的声响,然后就悄无声息了。邦德可以想象那张多毛的大脸面向走廊观察和聆听时的表情。接下来传来了门轻轻开合的声音。邦德等待着,想象着德拉科斯准备床铺时的动作。开窗的声响沉闷地传了过来,然后擤鼻涕的声音在远处隐约可闻。不久一切又重归寂静。

邦德多等了五分钟,然后走到文件柜前轻轻打开其他的抽屉。第二和第三个抽屉中空无一物,不过最下面的抽屉中放满了文件,用首字母顺序排序。这些是在这里工作的所有人的卷宗。邦德抽出A卷,躺倒在床上开始看起来。每份卷宗的格式都是一样的:全名、地址、出生日期、外貌描述、辨认特征、战时迄今的职业、参战记录、政治履历、目前的政治立场、犯罪记录、健康状况、家庭成员等。有妻儿的人他们家人的详细情况也会有记录,每份卷宗都附有照片,包括正面像和侧面像,此外还有双手的指纹照。

邦德花了两个小时,抽了十支烟才读完了所有的材料。他发现了两点值得注意的地方:首先,五十个人中,每个人的人生都无可指摘,没有一丝一毫的政治敌意和犯罪倾向。这一点非常不可思议。他决定一有机会就对这些卷宗逐一进行彻底核查。

第二点有意思的地方是,照片上所有人都没有留胡子。不管德拉科斯怎么解释这一点，这一事实还是在邦德脑中留下了一个小小的问号。

邦德从床上起来，把所有的东西重新锁了回去，只把那份航海图和其中一份档案放进了自己的皮箱。他锁上密码锁，把箱子用力推进床底下，使其正好处于枕头下方，贴近墙角。然后他走进浴室轻声洗脸刷牙，轻轻打开了窗户。

夜空中月光依旧皎洁。邦德想，某一天在同样明亮的月光下，塔隆可能被某种奇怪的声响惊醒了。他爬上屋顶，可能就是在几天前的某个晚上，他看见了海上的某样东西。他当时可能带着自己的望远镜。邦德想到这儿，离开窗前，拿起那副望远镜。这是一副德国产的高倍望远镜，可能是战争中缴获的战利品。望远镜顶部的金属铭牌上标示着“7×50”的字样，邦德知道这意味着这是一台夜用望远镜。接下来塔隆可能小心翼翼地（也许还不够小心）走到了屋顶的另一端，重新举起望远镜，估算了一下悬崖边缘到海上那件东西的距离，以及它距离南古德温号灯塔船的距离。接着也许他沿原路悄悄返回了屋内。

邦德第一次开始想象塔隆在这间屋子里的活动。他仿佛看见塔隆小心地锁上房门，走到文件柜边拿出了那张航海图。他之前很少看这张图。他现在轻轻地将自己刚才粗略估算的方位用线标注出来。塔隆可能对这幅图端详良久，然后在旁边留下了一个问号。

那么这个神秘的海上目标到底是什么东西呢？很难猜测。也许是一艘船？一盏灯？还是一阵声响？

不管那是什么，都是塔隆不该看到的东西。有人可能猜到塔隆已经看到了这东西,于是等他第二天离开房间时,这个人潜入他的房间进行了搜查。可能从航海图上没有发现什么,但他却看到了窗边的夜用望远镜。

这就足够让塔隆在当天晚上一命呜呼了。邦德站直了身体。他可能想得太多了,仅仅根据最薄弱的证据是无法证明蓄意谋杀的。巴尔奇可能确实枪杀了塔隆,但他并没有听到塔隆发出的声响,也没有进房间来搜查,并把指纹留在了航海图上。邦德的皮箱里现在就放着留下指纹的那个人的卷宗。

那个人就是那个油腔滑调的副官克雷布斯。脖子长得像白色鼻涕虫的那个家伙。就是他的指纹留在了航海图上。邦德用了一刻钟来比较图上的痕迹和他档案中的指纹记录。有什么理由相信克雷布斯就是听到响声后干了这一切的人呢?嗯,他看起来就是个天生的偷窥者。他长了一双贼贼的眼睛。可以确定航海图上他的指纹一定是在塔隆看过之后留下的。克雷布斯的指纹在多处覆盖在塔隆的指纹上面。但是克雷布斯怎样在德拉科斯的眼皮底下卷进这么一桩事件的呢?他可是深受德拉科斯信任的助手啊。但是想想大战中英国驻安卡拉大使的贴身男仆西塞罗吧。他把手伸进大使挂在椅背上的条纹长裤口袋里。大使的钥匙被窃。保险箱。机密文件。听起来和眼前这一幕颇为相像。

邦德打了个冷战。他突然意识到自己已经在窗边站了太久,应该上床去睡觉了。

上床前他从椅背上拿起挂在衣服旁的肩挂式枪套,从固定枪架中抽出自己的布雷塔手枪,塞到枕头下面。这是要防备谁呢?邦德自己也不知道,但是他的直觉告诉自己这儿有危险存在。这种对危险的嗅觉非常强烈,尽管它并不怎么清晰,而且还只是盘旋在他潜意识的边缘。实际上他知道这种感觉来自于一系列没有解决的小小问号,在过去这二十四小时内这些问号相继出现——德拉科斯身上的迷;巴尔奇的"嗨,希特勒";古怪的胡须;五十个身世清白的德国人;航海图;夜视望远镜;克雷布斯。他必须先把这些疑点告诉瓦兰斯。然后他应该去调查一下克雷布斯。接下来要核查一下摧月号的防卫情况,特别是海面方向的防卫。他还要找机会跟那位布兰德姑娘联络,一起制定接下来两天的计划。时间很紧张。

邦德尽力让自己思绪满满的脑子接受睡眠。他在脑中想象了一个指向 7 点的钟面,然后把它隐藏在自己的记忆深处,好让自己到时会醒过来。他想尽早起床到房子外面去给瓦兰斯打个电话。他不担心自己的行为会招致怀疑。他的目的之一就是吸引那些对付塔隆的人来关注自己,因为他至少有一点是非常肯定的:塔隆少校一定不是死于对嘉拉・布兰德的爱。

他的第六感闹钟准时起作用了。他在 7 点整醒来,嘴里因为昨夜抽了太多烟而感到干涩。他强迫自己从床上爬下来,冲了个凉水澡。他刮好胡子,用一把硬邦邦的牙刷刷了牙。现在他正身穿一件有些旧的黑白相间的上衣,里面配着深蓝色的海岛棉布衬衫和黑色丝织领带,轻手轻脚但又并非鬼鬼祟祟地沿着走廊走向楼梯口,左手提着那只方形皮箱。

他在屋后找到了停车房。手一按上启动按钮,宾利车的大引擎就发动起来了。在墙上一扇扇帘幕低垂的窗子默然的注视下,他驾车慢慢驶过水泥空地。然后他在林子边停下车,让引擎在空挡待命。他回望房子,估算着一个人站在屋顶应该可以看到防爆墙后面的悬崖边缘,以及后面的海面。放置攉月号的圆顶建筑那边没有什么动静。晨光中,水泥路面熠熠生辉,一直向迪尔方向延伸。这片空地看上去就像一个小型机场,或者不如说,因为建于其上的这三个毫不相干的水泥物件——蜂巢般的圆顶,平整的防爆墙,还有远处方方正正的发射站朝邦德所在的位置一同投下黑影——的影响,更像是法国超现实主义画家达利那幅荒漠风景画:三样物品以一种精心设计的随意性分布在图中。今天应该是个好天气,远处的海面上,南古德温号灯塔船在清晨的薄雾中隐约可见。这艘暗红色的三桅帆船永远定格在同样的罗盘位置上,似乎是德鲁里巷的剧院舞台上被诅咒的船,只能日复一日看着波浪和云朵的影像匆匆移动到舞台两侧。船上没有通关文件,没有乘客,也没有货物。它永远停靠在岸边,它的起点就是自己的终点。

每隔三十秒,它就在晨霭中响起两声幽怨的汽笛声。笛声自高而低,渐渐消逝。海妖的歌声,邦德想,不过毫无诱惑力,令人反感。他想着船上那七名船员是怎样一边嚼着猪肉和豆子,一边忍受着这样的噪音。他们挤在狭小杂乱的舱室里用收音机的最大音量收听《主妇首选》节目时不停被这声音打断,会不会让他们厌倦这份工作呢? 不过这种生活至少是安全的,邦德想道,尽管他们被禁锢在了墓地的门边。

他提醒自己要去了解一下这七名船员是否看到或听到了塔隆在航海图上标示的东西,然后他驾车快速通过了一个个哨岗。

到达多佛后,邦德把车停在皇家咖啡馆旁。这是一家不起眼的小餐馆,厨房也不大,不过邦德从以往的光顾中了解到这里会烹调非常棒的鱼和鸡蛋。店里的瑞士籍意大利母子像老朋友一样招待了他。他点了一盘炒蛋配培根,和大量的咖啡,请他们在半小时内准备好。然后他驱车来到警察局,通过苏格兰场的总机接通了瓦兰斯的电话。瓦兰斯正在家中用早餐。他默默听着邦德有所保留的汇报,没有发表什么意见。不过他表示对邦德现在还没同布兰德小姐单独交谈过表示惊讶。“她是个聪明姑娘,所以,”瓦兰斯说,“如果K先生有什么企图,她一定会有所察觉。如果T星期日晚上听到了什么响动,她可能也会听到。当然,我得承认她并没有向我报告过这些情况。”

邦德对瓦兰斯的这位下属对自己的态度只字未提。“我准备今天上午找机会跟她谈谈,”他说,“还有,我想应该把那份航海图和我的莱卡相机拿给你看看。我把它们交给这儿的督察吧,也许他们可以找一个巡警给你送去。顺便问一句,T星期一给他上级的那通电话是从哪儿打出的?”

“我让人去查一下告诉你,”瓦兰斯说,“还有,我会让港务局调查一下,看看南古德温号和海岸警卫队那边有没有人能提供些信息。还有什么吗?”

“没有了。”邦德说。这条线路转接的次数太多了。如果是跟M谈,他可能会透露更多信息。对瓦兰斯来说,提到胡须的事或者跟他描述自己昨晚那种危险的直觉似乎很可笑,而且这种危险感到了今天早上已经荡然无踪了。警察们要听的是确凿的事实。他们更擅长破案,而不是预测罪行的发生。“就这些了。”他挂了电话。

吃过一顿可口的早餐后,邦德感觉精神振奋。他读了读《快报》和《泰晤士报》,只发现了一篇关于塔隆案件的报道。《快报》放上了那姑娘的大幅照片,邦德津津有味地欣赏着瓦兰斯费力找来的那张似像似不像的照片。他决定设法同布兰德合作。不管她愿不愿意,他都要完全信任她。也许她也有某种怀疑或者直觉,但是因为太过模糊而不愿向别人提起。

邦德驾车快速返回了房子。刚过 9 点的时候他正穿过树林开到水泥地上。这时响起了警笛声,房后的树林中跑出来两排人,步伐整齐地跑向发射井上的圆顶。他们对了对时间,其中一人按响了门铃。门开了,他们列队进入建筑,消失了身影。

老话说,想知道什么是精确,就去找德国人。邦德这么想着。

第十四章　蠢蠢欲动

半小时前,嘉拉·布兰德掐灭她早餐后抽的香烟,喝光杯里的咖啡,离开卧室,穿过空地来到了基地。她穿着一件一尘不染的白衬衣和蓝色的百褶裙,俨然一副私人秘书的打扮。

8点半钟她准时来到办公室。办公桌上放着一札空军部发来的电传稿。她马上把其中的要点记录下来,标注到一张气象图上,然后从边门走进德拉科斯的办公室,把气象图钉在与空荡荡的玻璃墙交界的另一面墙角落里的木板上。然后她打开了投射图表的灯光,根据图上的几栏数据进行计算,再把得到的结果写到刚钉到木板上的那张图上。

从基地建成、导弹开始动工那天起,她每天都做着这样的工作。随着发射日期的临近,空军部提供的数据也越来越精确。她现在已经是这方面的专家了,心中已经对不同高度的气象变化以及相应的陀螺仪设置了如指掌。

因此她对于德拉科斯并不打算采用她的数据这一点越发感到气愤。每天早上9点,警钟准时响起,德拉科斯一如既往地沿着高高的钢铁旋梯走下来,走进办公室。他做的第一件事总是把那位讨厌的瓦尔特博士找来,跟他一起重新计算她的数据,然后把结果记到他那本薄薄的黑皮笔记本上。那本子他一直放在裤子的后口袋里。她知道这是他一成不变的程序。她在两间办公室之间的墙上钻了个很难发现的小孔,每天从里面窥探德拉科斯的行踪,每周定期向瓦兰斯汇报德拉科斯都见了什么人。做这些事已经让她感到厌倦了。这种方法看上去有点业余,不过效果不错,她已经慢慢掌握了他每天遵循的一些例行做法,其中有些让她感到不快的地方,原因有二。

首先是因为德拉科斯不相信她的数据。这就让她很难有机会参与到导弹的最后发射中去,哪怕是稍微的参与都不可能。

另一方面,经过几个月的卧底调查,她对于自己的伪装身份已经像自己真正的职务一样投入了。她要伪装得成功,就必须尽可能地让自己的人格分裂。到了现在这一阶段,她一边为自己在伦敦的上司刺探、窥视、注意德拉科斯身边的风吹草动,一边对摧月号的成功也充满了热情。实际上她像基地中其他所有人一样忘我地投入到工作中。

作为德拉科斯私人秘书的其他职责就非常枯燥无聊了。每天德拉科斯在伦敦的信箱会收到大批邮件,部里会把信件转发到这里来。今天早晨在她的办公桌上就摆放着与平常一样多的五十几封信。信可以分成三类。求助的信件、导弹迷的来信以及德拉科斯的股票经纪人和其他商业代理人寄来的商函。对于上述信件，德拉科斯简短地口述回信内容，她接下来一整天干的就是不停地打字和把信件归档。自然她唯一一件跟导弹有关的工作在这些无聊的琐事中就显得意义重大了。今天早晨她反复核查了自己做的飞行方案，比以往都要确信自己的数据应该在发射当天被采用。当然她总是提醒自己，她也无法肯定自己的数据就不会被采用。说不定德拉科斯和瓦尔特每天的计算工作只不过是再次核查而已。至少德拉科斯从来没有对她做的气象或者罗盘数据表示过异议。有一次她直截了当地问过，自己的数据是否准确。他非常诚恳地回答道："你干得好极了，亲爱的。非常有价值。没有你的数据我们就没法干下去。"

嘉拉·布兰德走回自己的办公室，开始动手拆开那些信件。只需要再做最后两个飞行方案，星期四和星期五。然后根据她的数据，或者根据德拉科斯口袋里那一组可能完全不同的数据，陀螺仪会调试妥当，然后导弹的开关在发射站里被按下。

她看着自己的指甲出了会神，然后手背朝向自己，将手臂伸直。她还在警校受训时，有多少次和其他学员一起被派出去，然后被告知要偷到一本书、一个梳妆盒、一支钢笔或者甚至一块手表才能回来。常常教官四处巡视的时候会抓住她的手腕叫道："喂，喂，小姐，这可不行。你干得就像大象在饲养员口袋里讨糖果吃似的。再来一遍！"她平静地活动了一下手指，然后下定了决心，重新开始处理信件了。

9 点差几分的时候警铃响了，她听见德拉科斯走进办公室的声音。片刻之后她听见他打开了两层房门叫瓦尔特进去。然后是跟平常一样含糊的交谈声，被通风口传来的嗡嗡声掩盖着，几不可闻。

她把信件分成三堆，身体朝前倾，放松了下来。她坐在桌前，双肘放在桌上，左手托着下巴。

邦德中校。詹姆斯·邦德。他显然是个自负的年轻人。情报局里尽是这种人。为什么要派他来，而不是派一个真正能和自己合作的人呢？比如说自己在特勤处的哪个朋友，或者干脆从军情五处派个人来？助理警务处长说时间仓促，找不到别人了。而且这个人是情报局的新星，也得到了特勤处和军情五处的充分认可。甚至首相都亲自批准他跨越职权范围，破例在英国国内执行这项任务。但是在剩下的这短短数日，他又能起什么作用呢？他估计枪法不错，精通外语，会很多在国外吃得开的花招。但是在这里又没有什么美丽的间谍跟他调情，他有什么可干的呢？他倒是长得很帅。（嘉拉·布兰德不由自主地伸手去包里拿自己的化妆盒。她在小镜子里仔细端详了自己的容貌，用粉扑给自己的鼻翼补了补粉。）他长得有点像霍依基·卡迈克尔。同样的一绺黑发垂在右眼上方。同样的脸型。但他的嘴角带着一丝冷酷，眼神也是冷冰冰的。是灰色眼睛还是蓝色的呢？昨天匆匆一瞥倒没看清楚。不管怎么样，她昨天没有让他有什么出格的行为，而且清楚地让他知道自己对于情报局故作潇洒的小伙子没什么好印象，不管他们看上去如何罗曼蒂克也好。特勤处长得漂亮的男人也不少，而且他们可是真正的侦探，不是什么菲利浦·奥本海姆想象出来的开着跑车、抽着镶金边的香烟、挎着肩式枪套的家伙。哦，她对他看得很清楚，而且不惜让他受到冷遇让他明白这一点。唔，也许她还是得做出跟他合作的姿态吧，不过天知道能合作些什么呢？她从基地建成起就一直在这儿了，可是并没有发现什么不寻常的情况。这个叫邦德的家伙短短一两天内又能有什么发现呢？再说了，需要发现什么呢？当然是有那么一两件事情她自己也没有弄得很明白。比如说，她要不要跟他讲讲克雷布斯的事？不过首先要确保他不要干什么蠢事暴露她的身份。她一定要冷静、镇定、多加小心。当然这倒并不意味着她不可以对他稍稍友善一点。她听到门铃响了，一边拿起信件和她的速记本，一边这么想着。当然了，一切都得按照她的方式来。

她在心里做出了第二个决定，然后打开中间的房门，走进了雨果·德拉科斯爵士的办公室。

半小时后她回到了自己的办公室，发现邦德坐在她的椅子上，面前放着摊开的惠特克年鉴。她噘了噘嘴表示不满。邦德看见她，站起身来高兴地道早安。她只是简单点了点头，绕过桌子坐了下来。她小心地把那本年鉴挪到一边，将手上的信和笔记本放好。

“你该给客人准备把椅子，”邦德笑着说，她觉得他的样子很无礼，“还应该放几本比工具书有趣点的读物。”

她没有理他。“雨果爵士要见你。”她说，“我正准备去看看你有没有起床。”

“瞎说，”邦德说，“7 点半的时候你明明听见我离开的。那会儿我看见你躲在窗帘后面往外看来着。”

“我没干过这种事，”她生气地说，“我干吗要对一辆车开过也感兴趣?”

“被我说中了吧,你确实听见了车开过的声音。”邦德得寸进尺地接着说,“顺便说一下,记回信内容的时候不要用铅笔尾部挠你的脑袋。好的私人秘书可不会这样做。”邦德示意地瞟了一眼门边的某处,耸了耸肩膀。

嘉拉不再跟他争辩。该死的家伙,她想。她勉强地向他报以笑容。“得了,”她说,“快走吧。我可没工夫一上午跟你玩猜谜游戏。他要我们俩一起去见他。他可不喜欢等太久。”她站起身,走过去打开门。邦德跟着她走了过去,在身后关上了门。

德拉科斯正在看地图,听到他们进来转过了身。“啊,你来了。”他目光锐利地看了邦德一眼,“还以为你抛下我们跑了呢。警卫说你 7 点半就出去了。”

“我去打个电话,”邦德说,“希望没打扰到谁吧。”

“我书房里就有电话。”德拉科斯简短地说,“塔隆就用的那部电话。”

“啊,可怜的塔隆。”邦德不动声色地说。他不喜欢德拉科斯声音里那种恫吓的口吻,本能地想要杀杀他的威风。这一次他收到了效果。

德拉科斯恶狠狠地看了他一眼,随即又轻笑了一声,耸了耸肩膀掩饰自己的情绪。“你想怎么干都可以,”他说,“你也有自己的职责。只要你不扰乱这里的秩序就好。你必须记住,”他一板一眼地说,“我手下所有人现在都像小猫一样敏感,我可不想他们因为什么神秘事件而搞得心神不定。我希望你没有打算在今天问他们一大堆问题。我不希望他们再担心这事了,他们还没完全从星期一的事件中恢复过来。布兰德小姐可以告诉你他们所有人的情况,另外塔隆的房间里有他们所有的资料。你看过了吗?”

“我没有文件柜的钥匙。”邦德这是实话实说。

“对不起,是我的错。”德拉科斯走到桌前,打开一个抽屉,拿出一小串钥匙递给邦德,“应该昨天晚上给你的。办这个案子的警官是让我转交给你的,抱歉我忘了。”

“多谢,”邦德停了一下接着说,“顺便问一句,克雷布斯为你工作多久了?”他猛然间问了这么个问题,房间里一时间鸦雀无声。

“克雷布斯?”德拉科斯若有所思地重复着这个名字。他走回到桌边坐下,伸手到裤袋里拿出一包带软木烟嘴的香烟。他用笨拙的手指扯着烟盒外面的玻璃纸。他抽出一支烟,塞进红胡子下的嘴里,点着了。

邦德有点吃惊。“我不知道这里还可以抽烟。”他说着掏出了自己的烟盒。

德拉科斯回答邦德的问话时没有把香烟从嘴里拿出来。那张大脸上小小的一束白色随着他的话语一起一伏。“这儿可以。”他说,“这些房间都是密封的。门的边缘都是用橡胶封起来的。每间房有独立的通风系统。车间和发动机都需要和发射井隔绝。不管怎么说,”他含着烟的嘴咧开笑了,“我不抽烟可活不下去。”德拉科斯把烟从嘴上拿开,看着它。他好像在下着什么决心。“你刚才问起克雷布斯,”他说。“嗯,”他意味深长地看着邦德,“这只是你我私下说说,我并不完全信任那家伙。”他举手做了个警告的手势,

“当然了,没有什么确切的证据表明他有问题,要不我早让他走人了。不过我确实发现他在房子里鬼鬼祟祟地转来转去,有一次他在我的书房里翻我的私人信件,被我抓个正着。他当时的解释合情合理,我只有警告他一番,没有过于追究。不过说实话,我对这个人是有所怀疑的。当然,他坏不了什么事。他只是我的家事职员,不可能到工作现场来。不过,”他看着邦德坦率地说,“我得说你应该多注意他。你这么快发现他有问题,确实很能干,”他一副佩服不已的样子,“你怎么怀疑到他的?”

“哦,其实没有什么,”邦德说,“我只是觉得这家伙贼眉鼠眼的。不过你这么一说,我倒感了兴趣,我会好好看着他的。”

他转身看着一直沉默不语的嘉拉·布兰德。

“你又是怎么看克雷布斯的呢,布兰德小姐?”他彬彬有礼地问道。

那姑娘的回答是说给德拉科斯听的。“我对这些事情不是很清楚,雨果爵士,”她的回答不卑不亢,邦德颇为佩服,“但我一点也不信任这个人。我本不打算告诉你这些,不过他确实曾经在我房间里翻来翻去,干些偷拆我的信件之类的事情。我知道他干过。”

德拉科斯很吃惊。“真的?”他重重地把烟头按熄在烟灰缸里,然后把旁边的火星一点点压熄,“别再提克雷布斯了。”他头也不抬地说着。

第十五章　以暴制暴

房间里一片沉寂。邦德趁机在脑袋里分析了一下这件事。突然所有的嫌疑都无一例外地指向同一个人,这一点很奇怪。这是否证明了其他人的清白呢?克雷布斯会不会是某个组织派来的内奸呢?还是他只是一个人单干?那么他的目的又是什么呢?他在这里鬼鬼祟祟的行径到底和塔隆以及巴尔奇的死有什么关联呢?

德拉科斯的话打破了沉默。“嗯,就这样吧。”他说着看向邦德,似乎在征求他的同意。邦德不置可否地点了下头。“就把他交给你吧。不管怎么样,要确保不要让他接近基地。实际上我明天准备带他去伦敦。要跟部里商议一下最后的一些细节,而瓦尔特又走不开。克雷布斯是给我处理杂务的最好人选。让他待在伦敦,这样他就不会坏事了。当然出发前我们要紧紧盯着他,除非你更希望把他扣押起来,锁在房里。我倒不希望那样,”德拉科斯坦白地说,

"我不想再造成什么新的恐慌。"

"没有那个必要。"邦德说,"其他人里面有谁和他走得特别近的吗?"

"除了瓦尔特和家务仆人,倒没有见他和谁说过话。"德拉科斯说,"大概他自认为比那些人层次高。我个人倒不觉得这家伙能有多大的危害,要不我也不会留着他了。每天他一个人待在房子里未免无聊,我想他是那种喜欢扮演侦探角色的人,喜欢窥探别人的隐私而已。你觉得这样行吗? 不要再过分追究了?"

邦德点了点头,没有说出心里的想法。

"好了,那么就这样。"德拉科斯显然很高兴抛开这个令人不快的话题而谈回正事,"我们还有别的事要商量。只剩两天了,我最好把整个流程跟你说一遍。"他站起身,在桌后重重地踱着步,"今天是星期三,"他说,"1 点钟的时候,基地补充燃料,需要关闭。瓦尔特博士、我自己和两个部里来的人会监控这一过程。一台摄像机会记录我们所有的活动,以防有什么闪失。如果发生了爆炸,后来的人会从中吸取教训,"他又粗声粗气地笑了一声,"如果天气允许的话,今晚会打开顶盖换气。基地方圆一百码都有我的人每隔十米设岗警戒。悬崖底部通风口对面的海滩上有三个武装哨兵守卫。明早基地会重新开放进行最后的检查,中午再次关闭。接下来就是陀螺仪的设置了,然后摧月号就整装待发了。基地四周将会有守卫不间断地巡视。星期五上午我会亲自监督陀螺仪的准备工作。部里的人会接受发射站那边的工作,空军负责监控雷达。BBC 会把转播车停在发射站后面,11 点 45 分开始直播发射情况。正午时分我会按下发射钮,一道无线电波会引发电路断路,然后,”他咧嘴大笑道,“我们就会看到期待的那一幕了。”他停下来用手指摸摸下巴,“还有什么？对了。从星期四午夜开始,发射目标区域的海面禁止船只航行。海军整个上午都会沿着目标区的边界巡逻。其中一艘巡逻艇上也会有BBC的转播员。军需部的专家会带着深海摄像机待在一艘打捞船上,导弹一落水就开始打捞遗骸。你可能想知道,”德拉科斯一边说一边搓着双手,像个孩子一样显得兴高采烈,“首相派人给我带来了令人振奋的好消息。这次的发射不仅整个内阁会一起收听直播,就连皇室成员也会收听发射的实况。”

“了不起。”邦德说着,为他感到高兴。

“谢谢,”德拉科斯说,“现在我想知道的是,你是不是满意基地这里的安保措施。外面的情况没有什么好担心的。空军和警方的工作都做得很细致。”

“确实一切都按部就班、井井有条。”邦德说,“看起来这段时间内我没什么要做的了。”

“我也想不出有什么需要你做的,”德拉科斯赞同地说道,“除了我们的朋友克雷布斯。今天下午他会待在电视转播车上做一些记录,所以不用担心。你为什么不趁他手里有事要干的时候去海滩和悬崖脚下看看呢？我觉得那里是唯一防范不太严密的地点。我总是想,如果真有人想要潜入基地的话,排气坑是可能选择的通道。你可以带上布兰德小姐一起去。多双眼,多点保险。再说明天早上之前她也没法使用办公室。”

“好,”邦德说,“我确实想在午饭后去海边看看,如果布兰德小姐没有什么别的安排……”他转身看着她，扬了扬眉毛。

布兰德低垂着双眼。“我可以去，如果雨果爵士想让我去的话。”她的话里听不出什么热情。

德拉科斯又搓起了双手。“那就这么定了，”他说，“现在我得开始工作了。布兰德小姐，请你去问问瓦尔特博士有没有空过来一趟。午餐时见。”他对邦德下了逐客令。

邦德点点头。“我想先去发射站那儿看看。”他自己也不清楚撒这个谎的用意何在。他转身跟着嘉拉·布兰德走出双层房门，来到了发射井底部。

一条巨大的黑色橡胶管盘旋在锃亮的钢制地板上。邦德看着那姑娘在管子形成的圆圈中拾步前行，走到瓦尔特站的地方。瓦尔特正抬头看着输料管被吊起来，升到一组钢架旁。钢架是从导弹中部的一扇门里伸出来的，看来这里就是主燃料舱。她对瓦尔特说了几句话，然后站在他身边一起看着管子被工人小心地接入导弹内部。

邦德看着她褐色的头发在脑后飘扬，她象牙般洁白的脖颈优美的曲线平滑地融入一身纯白的裙装，邦德觉得她看上去是如此单纯。她双手背在身后，全神贯注地看着“摧月号”熠熠生辉的五十英尺高的身躯，就像一幅小女孩抬头仰望圣诞树的画面。当然她因为后仰而显得越发丰满的胸部表明她已经不是小姑娘了。

邦德笑着走向铁制旋梯的底部，开始爬楼梯。这个单纯而诱人的女孩其实是位干练的女警察。她知道该在什么部位踢上一脚，估计交起手来，她能比我更快地拧断我的胳膊。至少她的一半是听命于苏格兰场特勤处的。他朝下看去,正好看见瓦尔特博士走进德拉科斯的办公室。他心里想着,当然了,她还有另一半。

外面五月明媚的阳光在蓝天白云的映衬下显得分外耀目。邦德穿过水泥空地走向房子时感觉背上都被烤热了。南古德温号已经不再发出雾角的呜咽声,四周非常宁静。他能听到一艘小船引擎有节奏的振动声。那是一艘近海船正穿过南古德温号和海岸间的内部航线,朝北驶去。

他在宽阔的防爆墙的掩护下走近房子,快速穿过屋前几码的区域走到门口。他钉了绉片胶的鞋跟没有发出一点声音。他轻轻推开门,让它半开着,然后轻步走进大厅,侧耳倾听。耳边传来夏日常见的野蜂在窗边乱闯的嗡嗡声,从远处的营房那边隐约传来敲击声。除此之外,周围一片令人安心的宁静。

邦德小心地穿过大厅,走上楼梯,双脚尽量放平,踏着楼梯外缘上行,尽量不发出声响。走廊里悄无声息,但是邦德看见走廊尽头自己的房间门打开着。他从腋下掏出手枪,快步走过铺着地毯的过道。

克雷布斯正背对着他,双膝着地跪在地板中央,身体俯了下去,手肘支在地上。他的手放在邦德皮箱的密码锁旋钮上,正全神贯注地拨动着机关,听着里面的咔嗒声。

眼前的目标正中下怀。邦德没有犹豫,他冷酷地露齿一笑,飞快地两步跃进房中,狠狠地一脚踹出。

这一脚使上了全身力气,而且平衡和时机都掌握得很好。

克雷布斯发出一声惨叫,身体犹如漫画里的青蛙那样直飞出去,越过了邦德的皮箱,在地毯上方飞过了一码远的距离,最后一头撞在红木梳妆台上。他的头重重地撞在梳妆台中部,让这件厚实的家具不停地晃动。惨叫声戛然而止,他四肢软塌塌地摊开,趴在地上一动不动。

邦德站在那儿看着他,仔细听着有没有人赶过来的脚步声,但房子里仍然非常安静。邦德走到摊在地上的人身旁,弯下腰一把把他的身体翻过来。他脏兮兮的黄胡子四周的脸苍白不堪,头顶有血慢慢地渗出来。他紧闭双眼、呼吸困难。邦德单膝跪地开始仔细搜查克雷布斯身上高档灰色条纹西装的口袋,把一样样东西放在他身旁的地上。一无所获。没有笔记本,也没有文件。唯一值得注意的东西是一串万能钥匙、一把打磨锋利的弹簧刀和一根看上去很恶心的小黑皮棍。邦德把这些装进自己的口袋,走到床边的小桌旁拿起那瓶还没打开的维希矿泉水。

邦德用了五分钟让克雷布斯苏醒过来,让他背靠着梳妆台坐起身来。他又过了五分钟才能开口说话。他渐渐恢复了脸色,眼中闪烁着狡猾的光芒。

"我只回答雨果爵士的问话,"邦德刚准备审问他,他就开口说道,"你没权力审问我,我只是在执行任务。"他的声音显得粗暴而狂妄。

邦德伸手抓住空矿泉水瓶的瓶颈。"再想想,"他说,"否则我一直打到这瓶子碎掉,然后用这瓶子给你整个容。说,到底是谁派你到我房里来的?"

"去死吧。"克雷布斯恶毒地骂道。

邦德弯下腰,用瓶子重重砸在他的小腿骨上。

克雷布斯的身体疼得缩成一团,不过当邦德再次举起拳头时,他突然从地上一跃而起,试图躲过这一击。瓶子还是重重砸在了他肩上,可是没有阻止他的行动。邦德想要追上去的时候他已经冲出了房门,跑过了半条走廊。

邦德站在门口,看着他飞也似的冲下楼梯,消失在视野外。然后他听到鞋跟踏在楼梯上、跑过大厅时发出的吱吱声,他突然笑了起来,走回房间里锁上了门。就是把克雷布斯的脑袋打开花,也问不出什么来。但他也让克雷布斯尝到了厉害。这个疯狂的畜生。他的伤应该不那么重。惩罚他的事就交给德拉科斯吧。当然,如果克雷布斯就是在执行德拉科斯的任务,那就另当别论了。

邦德把房间清理干净,坐到床上,望着对面的墙壁走神。他刚才对德拉科斯说自己要去发射站,而没有告诉他其实自己是要回房间里来,并不完全是出于本能。他认真考虑过克雷布斯是在德拉科斯的授意下干了这一切的可能性。德拉科斯可能有一套自己的安保机制,但是这一切和塔隆还有巴尔奇的死到底有什么联系呢?难道说这两起命案只是巧合,跟塔隆留在航海图上的记号,还有克雷布斯的指纹毫无关系?

他这么想着的时候屋外响起了敲门声,管家走了进来。他后面跟着一位穿制服的巡警。这位警官向邦德敬了个礼,递给他一封电报。邦德走到窗边打开。署名是巴克斯特,这是瓦兰斯的化名。电报上是这样的内容:

一、电话是从房间里打出的。

二、雾天要求鸣雾笛，船只只听到这种声音，没有观察到别的。

三、你提供的罗盘方位离海岸太近，不在圣玛格丽特和迪尔的海岸警卫队巡查范围。

“谢谢，”邦德说，“没有回电。”

邦德关上门，拿出打火机点着了电报纸，把它扔进壁炉，然后用脚跟把烧焦的纸碾成粉末。

没有什么结果。只搞清楚了一点：塔隆在房子里打电话时很可能确实被人偷听到了。这也许就是他的房间被搜查的原因，也许也是他送命的原因。但是巴尔奇跟这有什么关系呢？如果这里面还有什么更大的阴谋的话，是不是和破坏导弹的发射有关呢？比较简单的推理是，克雷布斯这人生性爱窥探隐私，或者更可能的情况是他是在德拉科斯的授意下干的。德拉科斯是个小心谨慎的人，对自己的秘书、对塔隆都不完全信任。经过“刀锋”那件事以后他应该对邦德也起了戒心。说不定他只是像战争中的某些首长那样（实际上邦德认识的很多首长也都是这样），因为负责某项高度机密的任务，而在官方安保之外搞了一套自己的监控系统。

如果这种推测成立的话，只有那两桩命案需要弄清楚了。邦德现在已经见识到围绕着摧月号的一系列神秘兮兮、剑拔弩张的气氛了，这就使得这里的人们关于导弹发射的那种情绪激动的表现显得可以解释了。至于航海图上的那些记号嘛，说不定是之前的某个时间留下的;夜视望远镜也许只不过就是普通的一台望远镜而已;那些留着胡子的人也许也就只是留了点胡子,没有什么值得深究的。

邦德坐在一片寂静的房间中,试图在脑中把一片片的碎片拼成完整的图像。他得到了两个结果:一幅图中,一切都和今天的天气一样明亮、晴朗、清清白白;而另一幅图中充斥着邪恶的企图、语焉不详的疑点和可怕的问号,是各种因素杂糅的一片黑暗。

提示午餐开饭的锣敲响了。他还是不知道自己应该选择哪一幅画面。他把一切杂念从脑中抛去,开始期待下午和嘉拉·布兰德的独处可以给他一些决定性的提示。

第十六章　风和日丽

真是一个美妙的下午,蓝天、绿地、金色的阳光。他们穿过水泥空地,穿过发射站附近的岗哨。发射站现在用一根粗粗的电缆与发射点连接起来。他们在高耸的白垩岩悬崖边稍事停留,远眺着英伦风光的一角。两千年前恺撒来到这个岛上就是从这儿登陆的。

他们左边是一片绿色的草皮,点缀着一簇簇色彩明快的小野花。这片草坪形成了一个斜坡,一直延伸到遍布着鹅卵石的海滩。这片海滩一直蜿蜒到沃尔默和迪尔,然后拐了个大弯通向桑德维奇和海湾地区。稍远一点的地方是马盖特悬崖,在遮挡着北角的薄雾中依稀可见它的白色石壁。那片悬崖包裹着曼斯顿机场,机场区域有一片灰色刀疤状的痕迹,正是当年美国雷电战机在天空中留下道道白痕的地方。再远处是塔内岛,那后面就是视野之外的泰晤士河入海口。

现在是退潮期，南古德温号在波光粼粼的海峡里发出金光，只有船上的桅杆随着波浪微微起伏，才让人感觉到并非身处画中。灯塔船上白色的字母清晰可见，甚至它北边的姐妹舰上的字样在它红色船体的映衬下也同样显出醒目的白色。在一片片沙滩之间，五六艘小船穿行在十二英寻的内部航线里，绕过一座座小丘，它们引擎的轰鸣声打破了海面的平静气氛。在险滩和对岸法国清晰的海岸线之间，挂着各国国旗的船只川流不息。有载客的航班，有来往的商船，有笨重的荷兰捕鱼船，甚至还有一艘轻型巡洋舰匆匆往南驶去，可能是去朴次茅斯的。在目光所及之处，英国的东海岸附近海面上，来来往往的船只星罗棋布，或即将归航，或正驶往世界的远端。这是一幅五彩缤纷、浪漫温馨的全景图。站在悬崖边的两个人静静地欣赏着这一幕。房子那边传来的两声警笛打破了静谧，他们扭头看向似乎已经被自己遗忘的那幢水泥建筑。发射点的圆顶上升起了一面红旗，两辆画着红十字的空军急救车从林子里开出来停到了防爆墙边。

“开始加燃料了。”邦德说，“我们继续往前走吧。这儿没什么好看的。如果发生了什么值得看的情况，我们站得这么近，可能会送命的。”

她对他笑了笑。“没错，”她说，“而且我看这些水泥房子也看腻了。”他们顺着缓缓的斜坡往下走去，很快就看不见发射站和高高的篱笆墙了。

嘉拉的矜持的冷漠在阳光下很快融化了。

她穿得很俏皮，具有异域风情。黑白条纹的棉布衬衫扎在宽宽的黑色皮带里，下面是亮粉色的中长裙。这身打扮好像也影响了她的心情，邦德觉得她和头一天晚上那位冷若冰霜的女人判若两人。现在她走在自己身边，开心地大笑着，嘲笑他连脚下海蓬子、蓝蓟和烟雾花这些野花的名字都叫不出来。

她在路上发现一枝双叶兰，马上兴高采烈地把它摘下来。

“如果你知道花儿被摘的时候会痛苦地呻吟，你就不会这么干了。”邦德说。

她抬眼看着他。“你是什么意思？”她问道，觉得他可能是在开玩笑。

“你不知道吗？”他笑着回应说，“有个叫博思教授的印度人写了一篇有关花朵神经系统的论文。他还测量了花朵的疼痛程度，甚至还录下了玫瑰被摘下时的尖叫声。那真是痛彻心扉的呻吟声啊。你刚才摘花的时候我好像就听到了这种声音。”

“我不信。”她怀疑地看着折断的花枝说，“不管怎样，”她愤恨地说，“我觉得你也不是这种多愁善感的人。你们部门的人不是对谋杀习以为常吗？你们可不只是夺取花朵的生命，你们夺取的是人命。”

“花不会还击。”邦德说。

她低头看着手里的双叶兰。“现在你让我觉得自己是个杀人犯了。你真讨厌。不过，”她不情愿地承认道，“我回去查一查这个印度教授的理论，如果证明你是对的，那么我一辈子也不会再摘花了。那这一朵花我该拿它怎么办呢？你说的话让我觉得自己双手沾满了它的鲜血。”

“给我吧。”邦德说，“根据你的理论，我的手上已经血债累累了，不在乎多上一条性命。”

她把花递给他，两人的手碰到了一起。“你可以把花插在你的左轮手枪枪口。”她急忙说，试图掩饰肌肤接触带来的情绪波动。

邦德大笑起来。“看来你漂亮的双眼也很善于观察啊。”他说，“不过我那把是自动手枪，而且放在房间里了。”他把花梗插进蓝色棉布衬衫上的一个扣眼里，“我想不穿外套的话，肩挂式手枪的枪套未免也太显眼了点。我想今天下午不会有人去我房里的。”

两人默契地拉开了距离。邦德把发现克雷布斯在他房里这件事告诉了她，也告诉了她后来的情况。

“他也该受点教训了，”她说，“我一直不信任这个人。可雨果爵士怎么说呢？”

“午饭前我和他谈了几句，”邦德说，“把克雷布斯的刀子和钥匙作为证据给他看。他非常生气，直接就去找那家伙了。后来他说克雷布斯伤得挺重的，应该惩罚得够了。然后不外乎不要在最后关头让他的团队分心之类的话呗。所以我就同意了他的处理方法。他下个星期会把他遣送回德国去，目前他会严密监视克雷布斯的一举一动。”

他们顺着一条陡峭的悬崖小道下到了海滩，然后右转来到了废弃的皇家海军迪尔小型武器靶场。他们继续一言不发地往前走着，一直走到长达两英里的满是鹅卵石的海滩。这片海滩从白色的悬崖下经过，在退潮时能看到它一直延伸到圣玛格丽特海湾。

他们慢慢沿着光滑的鹅卵石路往前走，邦德把这几天想到的念头对她和盘托出。他没有任何保留,一五一十地告诉她自己的每项怀疑是怎样开始的,又是怎样被证实是错误的,最后只剩下一些不太清晰的疑惑以及一大堆杂乱无章的线索。这些线索最后也只能指向同样一个问题:这是什么类型的犯罪行为呢?是什么样的一个计划可以解释所有这些线索呢?答案也总是同样的那一个:邦德所有怀疑过或者了解过的情况没有任何迹象会对摧月号的发射不利。不管怎么样,他和这姑娘真正关心的只有这个问题。既不是塔隆和巴尔奇的死,也不是克雷布斯的卑劣行径,而是确保整个摧月号计划不受潜在的敌人的破坏。

"难道不是这样吗?"邦德用这句话结束了自己的讲述。

嘉拉停下脚步,目光越过嶙峋的怪石和丛生的海草,望向波光粼粼的海面。从满是鹅卵石的海滩走过来,她觉得浑身燥热、气喘吁吁。她想,如果能洗个海水澡该多舒服啊。如果能够回到儿时尽情享受大海的拥抱,回到还没有进入这个时刻处于紧张和恐怖中的冷冰冰的职业之前,该多好呀。她瞥了一眼身边这个男人冷峻的棕色脸庞。他会不会也有那么一刹那非常渴望生活得平静简单呢?肯定没有过。他喜欢的一定是在巴黎、柏林和纽约之间穿梭的生活,是不停地在火车和飞机中奔波的日子,当然还有美酒佳肴以及美女贵妇。

"怎么样?"邦德问道,希望她能找到什么他所忽略了的线索,"你怎么看?"

"对不起,我走神了。我没有什么新的发现,"她回答道,"我认为你想得对。我从一开始就在这里工作,尽管时不时会有些怪事发生，包括那场枪击事件当然也很蹊跷，但是我真没发现什么不妥的地方。包括雨果爵士在内的所有团队成员都全心全意地扑在导弹上。他们把这项事业视作生命，而且因为这项工作逐步步入正轨而欢欣鼓舞。那些德国人都是很棒的员工——我相信巴尔奇只是因为压力过大崩溃了。他们乐于被雨果爵士使唤，当然他也喜欢使唤他们。他们都崇拜他。这儿的安保工作可以说是无懈可击，我相信有人如果想要偷偷靠近摧月号，结果一定会被撕成碎片。我同意你关于克雷布斯的看法，他确实有可能是按照德拉科斯的命令行事。我就是因为考虑到这一点才没有报告他偷翻我东西的事。当然了，他在我那儿也找不到什么东西。只有几封私人书信之类的东西。雨果爵士的个性是希望对身边的人查个彻底才能绝对放心。而且，我得说，”她坦率地说，“我还很钦佩他这一点。他冷漠无情、举止粗野，一头红发的脸也不怎么好看，不过我还是很喜欢为他工作。我也非常希望摧月号能顺利发射。我在这件事上花了太多时间，现在我就像他手下其他人一样充满期待。”

她抬头看看他的反应。

他点了点头。“在这儿只待了一天，我也能明白这种感受。”他说，“我想我同意你的看法。我并没有什么真的发现，只是一点直觉，不用特意理会。最重要的是让摧月号像皇冠上的宝石一样安全，或者比那更安全。”他烦躁地耸耸肩膀，对于自己如此贬低自己赖以完成任务的直觉感到很不快。“走吧，别耽搁时间了。”

她会意地一笑，跟上了他的脚步。

在悬崖的下一个拐弯处他们看到了覆盖着海草和贝类的起重

机。再往前走了五十码后他们来到了码头。它由一组结实的钢管搭成,上面铺着网状的钢条,覆盖了岸边的岩石,直伸到海中。

在起重机和码头中间,在峭壁上大约离地二十英尺高的地方就是排气道黑洞洞的大大的出口。它在悬崖内部呈一个坡度上斜,直通到导弹脚下的钢板。岩洞上缘的白垩土被熔化了,流淌下来形成熔岩的形状。下面的鹅卵石和岩石上也都是白垩土的痕迹。邦德的脑海中浮现出一道耀眼的白光吐着火舌呼啸着冲出岩壁的景象,他仿佛还能听到液态的白垩土滴入海水中时嗞嗞作响,咕噜咕噜冒着气泡的声音。

他抬头看了看悬崖边露出来的发射点圆顶建筑的一角,那儿离地足有二百英尺高。他想象着四个头戴防毒面具、身着石棉防火服的人注视着仪表盘,而威力骇人的液态炸药一下一下顺着黑色的橡胶管灌入导弹的肚子。他突然意识到,如果有什么地方出了差错,他们现在正好站在危险区域内。

"我们快离开这儿。"他对那姑娘说。

他们走到离开洞口一百码的地方。邦德停下脚步回头看去。他想象着自己和六个硬汉全副武装来到这里,考虑如何从海上对发射点发动袭击——可以利用退潮期用皮划艇在码头上岸,用梯子爬上洞口。下一步呢?顺着光溜溜的排气道往上爬是不可能的。可行的方案是用某种反装甲武器击破导弹下方的钢板,然后发射磷弹,希望这样能引燃某些物品。这个计划不是很周密,不过也许可以奏效。事后撤退是个大问题。从悬崖上要击中他们简直易如反掌。不过苏联自杀式敢死队不怕干这事。还是行得通的。

嘉拉站在他身边，注视着他观察、思索着的双眼。“这没你想的那么简单。”她看着他皱起的眉头说，“即使在涨潮时段，天气极其恶劣的时候悬崖上也有人整夜守卫。他们装备有探照灯、布朗式轻机枪和手榴弹。他们收到的命令是先斩后奏。当然在夜间用泛光灯照亮岩壁也是一种办法，不过那样容易暴露发射点的位置。我真的相信他们已经考虑周全了。”

邦德的眉头还是紧皱着。“如果有潜艇或小型潜艇提供火力支援的话，一支精锐部队还是可以完成破坏的，”他说，“这活儿不好干，不过我想下海游个泳。航海图说那边有条十二英寻深的通道，我想去看看是不是这样。码头那边的水可能很深，不过我很乐意自己去体验一下。”他笑着对她说，“你要不要也下去游个泳？水会很冷，不过你在那个水泥圆顶里蒸了一上午了，游泳对你有好处。”

嘉拉眼睛一亮。“你觉得行吗？”她有点迟疑地问道，“我热坏了。可我们穿什么游泳呢？”她想到自己短小而近乎透明的内裤和胸罩不禁脸红了。

“管他呢，”邦德快活地说，“你下面总穿了点什么吧，我穿着短裤。我们光明正大地游泳而已，而且周围也没人看见。我保证不看你。”他一边兴高采烈地撒着谎，一边把她带到悬崖的下一个拐角处。“你到那块岩石后面去脱衣服，我在这儿。”他说，“去吧。别扭扭捏捏的，都是为了完成任务。”

没等她答话，他就走到高高的岩石后去了，一边走一边脱下了衬衣。

“呃，好吧。”嘉拉说着，因为邦德为自己做了决定而感到一阵轻松。她走到邦德指给她的那块岩石后面,慢慢解开裙子。

她正紧张地向外张望的时候,邦德已经在那片粗粝的褐色沙滩上走出了很远。海水涨潮时卷过岩石或黑或绿的凸起,在沙滩上形成一片片水潭。他古铜色的身体看上去很柔软。那条蓝色的短裤看上去很令人放心。

她小心翼翼地跟着他,然后一下跳进水里。突然间,一切仿佛都不再重要了。她把头埋进水里,沿着与海岸平行的方向快速地划水。她全身心地感受着海水冰冷柔滑的质感,欣赏着身下清澈碧绿的海水中漂浮的水草间露出的海底沙地。

她游到和码头平行的地方时停下来换气。四处不见邦德赤裸的上身。就在刚才,他还在她身前一百码处游着。她用力踩水,以保持身体里血液的循环,然后往回游去,心里不太情愿地想着他,想着可能就在自己身边的那具古铜色身体,也许他被岩石挡住了,或者潜到水底去估算水深、预测敌情了。

她又回头去找他,这时他突然从她身下冒出头来。她感觉到他的双臂迅速、有力地抱紧了她,双唇敏捷地重重压上了她的嘴唇。

“该死的。”她恼怒地说,可他已经一个猛子潜回到水里。等她终于吐出呛进嘴里的海水,搞清楚方向时,他已经欢快地游到二十码开外了。

她转身向海中游去,觉得这事太荒唐了,必须要冷落他一下。她想得没错,情报局的这帮家伙不管在执行什么重要任务,总要找机会寻欢作乐。

然而,她的身体不由自主地因为刚才那个突如其来的吻而骚动不安了。明媚的天空仿佛又增添了一抹亮丽的色彩。她又往远处游了一会儿,回首远望英格兰乳白色的海岸线如犬牙交错,绿色的田野上乌鸦和海鸥如黑白两色的纸屑般四处散落。在这么美好的日子里,什么都是可以容忍的。她决定原谅他这一次。

半小时后他们躺在悬崖脚下等阳光把身上晒干。两人之间隔着一码距离的沙滩,保持着适当的礼节。

没人再提刚才那个吻,不过嘉拉的超然姿态很快就被破坏了。她盯着邦德刚潜到水下捉上来的大龙虾兴奋不已。他们不太情愿地把它放回到岩石围成的水潭里,看着它仓皇地倒退进海草丛生的隐蔽处。现在他们躺回到沙滩上,因为在海水里游过泳而感到疲惫,但同时也很兴奋。他们祈祷太阳不要过早落到高高的悬崖后面去,让他们有时间暖暖地晒干身体,穿上衣服。

邦德浮想联翩。躺在身边的这具美丽、结实的女孩的身体因为紧紧贴在身上的内衣让他欲望难抑,无法认真思考摧月号的事情。不管怎样,接下来的一个小时里他也没法为摧月号做什么贡献。现在还不到5点,加燃料的工作不到6点是不会结束的。那时他才有机会去找德拉科斯,确认一下接下来两个晚上悬崖这边要配备更多人手、加强武器装备。刚才探察时他已经发现这块地方即使在退潮期还是有足够的水量泊下一艘潜艇。

他们至少还可以在这里消磨一刻钟的时间再起身往回走。

身边还有这位姑娘。刚才她半裸的身体舒展地浮在水面,而自己在她下方潜泳;那温柔而有力的一吻;她胸部高耸的峰峦刚才是如此靠近自己,还有她柔软平坦的小腹和夹紧的双腿。该死的!

邦德强迫自己停下脑袋里的狂想,欣赏起广袤的蓝天美景。银鸥曼妙的身姿冲天而起,借助悬崖边上升的气流轻盈地在空中翱翔。鸟儿雪白的下腹不由得又将他的心思带回她身上,让他静不下心来。

“你为什么取名叫嘉拉呢?”他问道,想要压制自己蠢蠢欲动的念头。

她笑了。“我在学校里总因为这个被人笑话,”她说,她松弛、清脆的声音让他更悸动不安了,“后来我在皇家海军女子服务队和伦敦警队的时候也没少被嘲笑。不过我的真名其实更难听。嘉拉蒂尔。那是我出生时我爸爸服役的战舰的名字。我想嘉拉这名字还不算太糟吧。实际上我都快忘了自己叫什么名字了。在特勤处工作,我总得不停地换名字。”

“在特勤处。”

“在特勤处。”

“在……”

在炸弹引爆的那一刻,当飞行员计算错误没有及时降落的一刻,当血离开心脏、意识离开身体的一刹那,脑中会有一丝念头、几个词或者一段旋律如即将消逝的钟声一样最后奏响。

邦德没有死,但事情发生几秒钟后那几个词仍旧在他的脑袋里回响。

那时他们紧贴岩壁躺在沙滩上。他脑中想着嘉拉,目光随意地落在两只海鸥身上。鸟儿绕着悬崖边缘往下十英尺处的巢边一绺稻草起舞,时而伸长脖颈,时而弯下身躯,在表述爱慕之情。邦德只能在一片白得耀眼的白垩岩中看见它们的头部。雄鸟忽而高飞如云,倏然又折回岩壁继续求爱的舞蹈。

邦德神志恍惚地看着它们,耳边听着嘉拉的轻语。猛然间两只鸟儿厉声尖叫,快速飞离了岩面。同时一阵黑烟在崖边升起,伴随着一阵低沉的轰鸣声。邦德和嘉拉正上方的大片白垩岩好像在疯狂地扭动着,顺着崖面砰然下落。

邦德下意识地扑到嘉拉身上,脸紧贴着她的面颊,他耳边发出雷鸣般的巨响,邦德感到喘不过气来,眼前暗无天日。他的背上一阵麻木,然后被巨大的重量压得生疼,他耳边回响着那雷鸣般的轰响,同时听见了一声窒息的尖叫。

他几乎失去了直觉,只能等着自己的感官部分恢复。

特勤处。她那会儿在说关于特勤处的什么事来着?

他竭尽全力想挪动身体。只有紧挨着崖壁的右手能动一动。他用力把肩膀向后一挣,手更宽松了。最后他终于用力把身体后移,让光线和空气透进来。他在尘土飞扬的空气里干呕了一阵,尽力把开口弄大一点,让自己重压在嘉拉身上的脑袋抬起来。他感觉到她无力地转了转头,朝向光线和空气进来的地方。他挖开的洞口处有更多的尘土和碎石落下,他只能再拼命把它挖大一点。终于空间扩大了一些,他的右肘也可以活动了。他猛烈地咳嗽起来,仿佛肺都要炸开了。他一点一点地抬高右肩,终于把手臂和脑袋伸了出去。

他的第一个反应是摧月号那儿发生了爆炸。他抬头看了看悬崖,接着顺着海岸看了过去。不是这样。他们这里离发射点还有一百码远。悬崖只是在他们正上方的地方缺了一块。

这时他想到了目前的险境。嘉拉呻吟了一声,他的胸口能感受到她的心跳得飞快。不过至少她那苍白的脸已经露在外面了。他的身体左右翻动着以减少对她肺部和腹部的压力。他慢慢移动着身体,一英寸一英寸在重压下朝着岩壁的方向挪动,那里受到的压力会小一点。

终于他的胸部松动了,这样他就可以跪在她旁边了。他背上和手臂上的伤口不停地流着血,混合着尘土从他挖出的洞口向外淌去,不过他能感觉到骨头没断,而且求生的欲望让他感觉不到疼痛。

他喘着粗气,不停地咳嗽,但是没有停下来休息,一直用着力把她扶成坐姿,用滴血的手拂去她脸上的尘土。然后他把两腿从岩石堆里拔了出来,用尽力气把她举到了石堆上面,让她靠坐在岩壁上。

他跪下来看着她。几分钟前她还是他所见过最美的姑娘之一,而现在却变成了面如死灰的稻草人。他一直看着她,看着自己身上的血一滴滴落在她身上,心里祈祷着她能醒过来。几秒钟后,她终于睁开了双眼。邦德如释重负,翻了个身,无比痛苦地呕吐起来。

第十七章　异想天开

剧痛过后,他感觉到嘉拉的手摩挲着自己的头发。他一回头,正看见她避开了自己的目光。她轻轻拽了拽他的头发,伸手指向了悬崖。这时一阵小型的岩石雨在他们身边滚落。

他虚弱地直起身子,然后站了起来。他们互相搀扶着,步伐踉跄地离开了岩石堆,离开了刚刚从中死里逃生的悬崖缺口。

脚下粗粝的沙石这时踩上去软得就像天鹅绒。他们同时重重跌倒在地,用力抓着身下的沙子,好像希望金黄色的沙粒能冲淡手上可怕的白色。接着嘉拉也开始呕吐了,这是个令人宽慰的现象。邦德爬开几步,让她自己平息下来。他挣扎着再次站起身来,靠在一个足有摩托车那么高的孤零零的沙堆上。良久,他终于回过神来,用布满血丝的双眼打量着差一点让他们葬身的地狱。

悬崖岩面上掉下的大大小小的白垩岩碎片一直散落到海边的

岩石处,被涨潮的海水轻轻拍打着。岩石崩落形成的白色粉尘洒满了一英亩见方的区域。在它上方,悬崖的边缘有一片锯齿状的缺口。原本接近一条直线的崖边仿佛被咬了一大口,露出了后面的蓝天。附近的海鸟已不见踪影。邦德想,这场灾难留下的味道会让它们好几天都不敢靠近这儿了吧。

他们之所以幸免于难,是因为当时他们的位置非常靠近崖边,而且上方被海水冲刷出来的凸起稍微帮他们挡了一下落下的岩石。幸好埋住他们的是一堆小石块,那些足以一下把他们压扁的大块岩石都落到比较远离崖边的位置了,其中一块的落点离他们只有几英尺远。他们靠近崖边的另一个结果是邦德的右手可以处在勉强能够活动的位置,这样他才有机会在窒息前把他们俩从石堆里挖出来。邦德明白,如果不是自己在岩石滚落时条件反射般扑到嘉拉身上,他们俩现在就都没命了。

他感觉到她的手放在了自己肩上。他没有看她,而是搂住了她的腰。他们俩一起走进了神奇的海水中,让自己的虚弱的身体躺倒在浅滩中。

十分钟后他们算是稍微恢复了一点生气。两人走到沙滩上,来到放衣服的岩石旁,离悬崖崩落的地方几码远的地方。现在他们俩都一丝不挂了。身上的衣物都在逃生过程中被撕碎,掉下来的布片不知埋在哪堆石块下面了。他们现在就像从沉船里逃生的幸存者一样,对彼此的裸体没有任何的想法。他们洗净了身上黏黏糊糊的石屑和尘土,用咸咸的海水清洁了口腔,觉得自己身心疲惫、邋遢不堪。但在他们穿好衣服,用嘉拉的梳子整理好头发之后,几乎已经看不出刚才他们经历了怎样的磨难了。

他们背靠着岩石坐了一会儿,邦德点上一支烟,贪婪地吸着,把烟雾深深吸入肺中,然后缓缓从鼻孔里喷出。等嘉拉用粉底和口红尽量整理好自己的妆容后,他给她也点了一支烟。他递烟给她的时候两人的目光终于交汇了。他们彼此会心一笑。接着他们并肩坐着,静静地眺望大海,凝望着似乎没有改变,又似乎焕然一新的金碧辉煌的景象。邦德打破了沉默。"感谢上帝,"他说,"真是九死一生啊。"

"我现在还没回过神来,"嘉拉说,"我只知道你救了我的命。"她握了握他的手,又把手抽了回来。

"如果不是有你在,我也会没命。"邦德说,"如果我躺在原地不动,那么——"他耸了耸肩膀,然后他转头看着她,"我想你很清楚,"他平静地说,"是有人做了手脚想把我们砸死。"她睁大眼睛看着他,"如果我们仔细搜寻一下那边,"他指了指悬崖上岩石崩落的地方,"一定能找到几个打孔的痕迹和残留的炸药。岩石崩落的一刹那我看见了浓烟 ,听到了爆炸声。海鸥也发现了,所以提前飞走了。"他补充说。"另外,"邦德顿了一下,继续说道,"不可能是克雷布斯一个人干的。所有这些行动都处于发射点的视野中,而且这件事明显是几个人合作的结果,经过精心谋划。从我们走下悬崖小道来到海边起就一直有人在监视我们。"

嘉拉露出来恍然大悟的神情,眼里掠过一丝恐惧。"我们该怎么办?"她焦虑地说,"到底是怎么一回事?"

"他们想把我们置于死地,"邦德镇定地说,"所以我们更要活得好好的。至于这件事的前因后果,我们总会弄明白的。"

"你知道,"他继续说,"我恐怕瓦兰斯帮不了太多忙。他们肯定一确认我们已经被石块埋住了就逃之夭夭了。他们知道即使有人看到或听到岩石崩落也不会太在意的。这儿的悬崖足有二十英里长,而且不到夏天也没什么人来。如果海岸警卫队听到动静,也只不过会在日志上记一笔而已。春天的时候岩石崩落是常见的事。冬天的冰雪融化后渗入那些岩上已经几百年的缝隙时就会这样。我们的朋友会等到我们今晚没有出现在房子里,然后通知警察和海岸警卫队过来搜查。他们一定会等到涨潮把这里弄得乱七八糟、看不出破绽的时候再做这件事。"他指着岩石崩落处那一片狼藉的景象说着,"整个计划设计得很漂亮。即使瓦兰斯相信我们的话,也没有足够的证据说服首相干预摧月号的发射。这件事太他妈的重大了,全世界都在等着看它是否能成功。再说,我们有什么实在的情况可以汇报呢?到底是怎么一回事呢?那些该死的德国人里有人想要我们俩的命,但又是为什么呢?"他停顿了一下,"这事只能靠我们自己了,嘉拉。很棘手,但是我们只能自己解决问题。"

他注视着她的眼睛。"你觉得呢?"

嘉拉突然笑了起来。"别傻了,"她说,"我们拿薪水就是来解决问题的。我们当然要一起对付他们。我同意不用向伦敦汇报这件事。给他们打电话报告说差点被悬崖上的石头砸死,那也太傻兮兮了。说起来我们不穿衣服在这儿乱跑,而不去干正经事又怎么交代呢?"

邦德咧嘴一笑。"我们不过是在海滩上躺十分钟把身上晒干嘛。”他温和地反驳道，“要不你觉得我们一下午要忙些什么呢？去把每个人的指纹再核对一遍？你们警察就只会这一套。”他看见她面色一变，不免有些后悔，便举起手以示歉意，“我不是那意思，不过你想想我们今天下午的经历吧。这才是正事。我们迫使敌人暴露了行迹，下一步就是找出这幕后的黑手到底是谁，他到底为什么要除掉我们。如果我们掌握了足够证据证明有人要对摧月号不利的话，我们就可以对这儿做一番彻底的调查，而且要推迟试射的计划。去他的政治吧。”

她一跃而起。“哦，你说得当然对了。”她不耐烦地说，“我只是想快点着手做点什么。”她对着海面端详了一阵，不去看邦德，“你才不过刚刚参与到这个计划里来，而我已经跟这个项目朝夕相处了一年多了。想到它可能会出什么纰漏我实在是受不了。很多人都在指望着它呢。这对我们每个人都意义重大。我很想赶快回基地，找出那个想害死我们的人。也许和摧月号没什么关系，不过我一定要搞清楚才行。”

邦德站起身来，虽然背上和腿上的受伤的地方又是一阵疼痛，但他没有表现出来。“走吧，”他说，“快 6 点了。潮水很快会涨上来了，不过在那之前我们应该能赶到圣玛格丽特海湾。我们先到格兰维尔去收拾一下自己，喝一杯，吃点东西。说不定能在他们吃完晚饭前赶回去。我很想看看他们看到我们时有什么反应。然后我们就得小心谨慎，别丢了性命，同时要尽量调查这件事。你能撑得到圣玛格丽特吗？”

“别说傻话，”嘉拉说，“女警察可没那么弱不禁风。”邦德打趣地表示钦佩:“当然,当然。”她勉强笑了笑。然后他们折向远处的南角灯塔,一路跨过满地的鹅卵石。

8 点半的时候,一辆圣玛格丽特的出租车把他们送到第二道岗哨门口。他们出示了通行证,轻轻穿过树林走到了水泥空地上。两人都觉得精神振奋。在格兰维尔舒舒服服地洗了个热水澡,休息了一个小时,嘉拉喝了两杯浓烈的白兰地加苏打,邦德喝了三杯。然后他们享用了美味的煎比目鱼和干酪吐司,还有咖啡。现在他们正信心十足地走向房子,完全看不出其实他们在外套下面赤裸的身体上满是伤痕。

他们静悄悄地穿过前门,在灯光明亮的门厅里站了一会儿。餐厅里传来低沉而兴奋的说话声。有一阵子话音停了下来,接着爆发出一阵大笑,其中雨果·德拉科斯爵士粗声粗气的笑声清晰可辨。

邦德嘴角翘起,冷笑着率先穿过大厅走到餐厅门口。然后他脸上换上了一副灿烂的微笑,打开门让嘉拉先进去。

德拉科斯穿着他那件紫红色的便服坐在餐桌的主位。他正举着满满一叉子的食物往嘴里送,看见他们俩的出现突然停住了动作。他全然没有注意到手里的食物已经从叉子上滑落,啪的一声掉在餐桌边缘。

克雷布斯正在喝一杯红葡萄酒。拿杯子的手突然定住了,杯里的红色液体顺着下巴滴落下来,一直流到褐色的丝织领带和黄色衬衣上。

瓦尔特博士背对着门口,所以他看到另外两个人的瞠目结舌、面无人色的样子时很是困惑。他猛然转头看向门口。他的反应比那两人要慢,邦德想,要不就是他的神经要坚强得多。“啊,”他轻声说,“是英国佬回来了。”

德拉科斯站起身来。“亲爱的伙计,”他口齿不清地说,“我亲爱的伙计,我们真是急死了,正在想要不要派人去找你们呢。几分钟前刚有一个哨兵来报告说悬崖那边有岩石崩落的情况。”他绕过桌子朝他们走来,一手拿着餐巾,另一只手还紧握着叉子。

走了这几步以后他的脸慢慢恢复了血色,开始是星星点点的红斑,最后完全复原成红润的色彩。“你应该早点告诉我的,”他转头怒气冲冲地对那姑娘嚷道,“真是不成体统。”

“是我的错。”邦德走进屋内,以便仔细观察三个人的表情,“要走的路比我想的要远,我怕避不开涨潮,就去了圣玛格丽特。我们在那儿吃了点东西就坐出租车回来了。布兰德小姐是打算给你打电话的,不过我估计8点前我们能赶回来,就没让她打。这事你应该怪我。你们请先用餐吧。可能等会儿我和你们一起喝杯咖啡,用点甜点。我想布兰德小姐可能想先回房休息了。她忙了一整天,肯定累坏了。”

邦德从容不迫地绕过餐桌,坐到克雷布斯身旁。他那双受了惊吓的死鱼眼死死盯着自己的盘子。经过他身后时,邦德很满意地看到他头上缠着厚厚的绷带。

“没错。去睡吧,布兰德小姐。我明天早上再和你谈。”德拉科斯烦躁地说。嘉拉顺从地离开了餐厅,德拉科斯走回座位,重重地坐了下来。

“悬崖那儿风光很棒,”邦德欢快地说着,“走在那儿感觉棒极了。你总是在担心岩石会不会突然就会崩塌下来砸中谁。这感觉就像俄罗斯轮盘赌。不过没人听说过悬崖塌下来把人砸死吧,当然受伤的事件就要多得多了。”他停顿了一下,“对了,你们刚才说的岩石崩落是怎么回事?”

邦德左边响起了轻声的呻吟,然后是玻璃和瓷器掉到地上摔碎的声音。克雷布斯脑袋往前撞到了桌子上。

邦德彬彬有礼地看着他,一副感到好奇的样子。

“瓦尔特,”德拉科斯厉声喊道,“你看不到克雷布斯病得不轻吗?把他扶出去,送他去睡觉。不用轻手轻脚。这家伙喝多了。快去。”

瓦尔特怒气冲冲地站起身来,走到克雷布斯旁边,把他的脑袋从一片狼藉的桌上搬起来。他抓着克雷布斯的衣领把他从椅子上拎了起来。

“浑蛋,”瓦尔特冲着他满是油污、一片茫然的脸嘴里嘶嘶作响,“走吧!”瓦尔特拉着他转了个身,把他推出门去,撞得那扇门摇摆不止。他一直推搡着克雷布斯穿过了餐具室。踉跄的脚步声和低声的咒骂从屋外模模糊糊地传进来。接着是门砰地关上的声音,然后就是一片寂静。

“他今天肯定也累坏了。”邦德盯着德拉科斯说道。

德拉科斯魁梧的身体已经汗流浃背了。他用餐巾在脸上抹了一圈。“瞎说,”他短促地说,“喝醉了。”

管家这时端咖啡进来了。他站得笔直,脸上镇定自若,完全没有因为看到克雷布斯和瓦尔特的身影出现在餐具室内而感到惊讶的样子。邦德倒了点咖啡,小口呷着,等着餐具室的门再次关上。又是一个德国人,他想,现在估计我已经把他们生还的消息告诉营房那边了,也说不定那儿的工作人员都没参与这一阴谋,或者里面有个小团体跟这有关吧。如果真是这样,德拉科斯知道这一切吗?光看他看到自己和嘉拉进门时露出的表情还不足以下结论。刚才他脸上的惊讶会不会只是因为自己丢了面子呢?因为一个自负的老板被女秘书搞乱了计划而感到震惊?如果真的和他有什么牵连,刚才他掩饰得倒是很好。而且他应该一下午都在发射井那儿监控燃料添加情况。邦德决定再探探他的口风。

"燃料情况怎么样?"他问道,眼睛仍然不离德拉科斯左右。

德拉科斯正在点一支长长的雪茄。他透过烟雾和火舌瞥了邦德一眼。

"非常好。"他一口口吸着雪茄,让它燃起来,"一切就绪。守卫们都派出去了。明早再用一两个小时四处巡查一番,然后发射点就可以关闭了。对了,"他接着说,"我明天下午要带布兰德小姐去一趟伦敦。除了克雷布斯我还需要秘书陪同。你有什么安排吗?"

"我也得去一趟伦敦,"邦德脱口而出,"要给部里提交一份总结报告。"

"哦,是吗?"德拉科斯好像是随口问问,"关于什么的?我还以为你对这里的部署都挺满意的。"

"是很满意。"邦德不动声色地答道。

"那就好。"德拉科斯轻快地说,"如果你不介意的话,"德拉科斯从桌边站了起来,"我还得去书房看几份文件。那么,晚安。"

“晚安。”邦德对着德拉科斯的背影回应了一声。

邦德喝光杯里的咖啡，穿过大厅，上楼回到自己的房间。显然房间没有再被搜查过。他耸了耸肩。这儿其实只有那个皮箱，里面的内容不外乎他为了完成任务所带的必需品。

放在肩挂枪套里的布雷塔手枪还在他藏匿的老地方，也就是原本塔隆用来放夜视望远镜的皮匣子里。他拿出枪，塞到枕头下面。

他洗了个热水澡，把半瓶碘酒涂到了自己够得着的伤口和瘀青处。然后他爬上床熄灭了灯。他感到浑身疼痛、筋疲力尽。

有那么一刻他想起了嘉拉。他告诉她睡前吃一颗安眠药，锁好门，除此之外什么也不用想，一切等明天再说。

他清空脑袋里的想法，准备入睡前，对她明天和德拉科斯一起去伦敦这件事感到了一点不安的疑惑。

是有点不安，但并没有很担心。疑问都会一条条得到解答，谜底也会一个个被揭晓。不过基本的事实既是明确无疑，又是无法解释的。这位非凡的富翁造了这件伟大的武器。军需部对此感到非常欣喜，觉得它很有希望。首相和议会也都这么想。导弹不到三十六个小时后就会自严密的监控下发射了，安保措施已经做到了最好。有个人，或者一群人，想要他和那姑娘的命。这里面有些胆大妄为的做法和剑拔弩张的味道。可能是出于嫉妒，或者有人真的觉得他们两个是意图破坏的歹徒？不过只要他和嘉拉用心防范，也没有什么可怕的。只有一天多一点的时间了。他们身在光天化日之下，在英国五月的和平气氛中。只要摧月号不出事，几个疯子没什么好担心的。至于明天嘛，邦德一边昏昏欲睡一边这么想着，他会想法子和她在伦敦碰头，然后一起回这儿来。或者她也可以在伦敦过一夜。不管怎么安排，他都可以在摧月号顺利发射前保护她的安全。然后，在第二代武器的工作开始之前，会进行一次彻底的清洗行动。

这些其实都是些自我安慰的想法，这里确实危机四伏，邦德心里知道这一点。

刚才那顿晚餐里有件非常令人不安的事情：桌上只摆了三个人的餐具。

第三部分　星期四，星期五

第十八章　原形毕露

前面那辆梅赛德斯非常漂亮。邦德加速驱动他那辆宾利,停靠在它旁边仔细观察着它。

这是辆300S,全英国仅有五六辆的一款折叠跑车,他琢磨着。驾驶座在左边,可能是从德国买的。他在那边见过几辆这种车。前年在慕尼黑高速公路上,有这么一辆从他开到时速九十码的宾利车旁呼啸而过。这车的车身短而厚重,显得有点笨拙。车身漆成白色,内饰是红色皮革。这种配色对英国人的品位来说显得有点俗艳了。不过邦德猜想德拉科斯选择白色是为了呼应梅赛德斯－奔驰车队的白色赛车。这家车队继赢下勒芒站和纽柏林站的比赛之后刚刚又一次大获全胜。

德拉科斯买梅赛德斯车是个性使然。这个牌子的车有一种无情而威严的内涵,邦德想着,回忆起1934年到1939年间梅塞德斯统治大奖赛时的辉煌。那批车是在1911年创造时速一百四十二英里世界纪录的大名鼎鼎的"闪电奔驰"车的后续版车型。邦德想起了当时那些声名远扬的赛车手:卡拉奇奥拉、朗·西曼、布劳希奇等。还有自己目睹他们车尾漆着"汽车联盟"在的黎波里赛道疯狂的弯道上漂移,或者在伯尔尼赛道绿树茵茵的直道上飞驰的日子。

不过,邦德坐在自己改装过的宾利上想着,他的车比德拉科斯的车要早差不多二十五年出厂,现在仍然可以和后者并驾齐驱。在劳斯莱斯公司还没有把宾利品牌变成昏昏欲睡的城市座驾时,宾利赛车在赛场上只要愿意,随时可以好好教训一番奔驰的那一排超级短轴距跑车。

邦德一度也涉足过赛车世界,现在他陷入了回忆中。他仿佛听到了卡拉奇奥拉白色怪兽般的赛车发出尖利的呼啸声飞驰过勒芒的看台。这时德拉科斯从房子里走了出来,身后跟着嘉拉·布兰德和克雷布斯。"这就叫快车。"德拉科斯说着,对邦德艳羡的目光感到很满意。他指了指邦德的宾利车。"你这车以前造得还不错,"他一副可怜邦德的样子说,"现在它们只能开去看戏了。太循规蹈矩了。即使是欧陆型跑车也不行。喂,现在上车去,坐后座。"

克雷布斯顺从地爬进驾驶座后面狭窄的后座。他斜着身子,雨衣的领子翻上来遮住了耳朵,双眼疑惑不解地盯着邦德。嘉拉·布兰德打扮得非常漂亮。她身着一件灰色的订制长裙,头戴黑色贝雷帽,手里拿着一件轻便型黑雨衣和一双手套。她坐进了副驾驶室,咔嗒一声关上了车门。

邦德和嘉拉之间没有进行任何交流。他们午饭前已经在邦德房间里窃窃私语商量好了计划——7点半在伦敦吃晚饭,然后坐邦德的车返回。她的手放在膝上,双眼平视前方,坐姿端庄娴静。德拉科斯坐进汽车,启动了引擎,然后把方向盘边锃亮的换挡杆拨回到三挡。汽车蹿了出去,排气管几乎没有发出什么声音。邦德看着它消失在树林里,然后回到自己的宾利车上,慢悠悠地也出发了。

嘉拉坐在飞驰的梅赛德斯车里,思绪万千。昨晚一夜无事,一上午也都只是在发射点清理可能在导弹点火时燃烧起来的物品。德拉科斯只字未提头一天的事,行为举止也没有什么反常。她今天做了最后一次发射方案(德拉科斯将在次日亲自拟订正式的发射方案),瓦尔特也像平时一样被德拉科斯叫了进去。她透过墙上的窥视孔看见德拉科斯再一次把数据记录在黑皮笔记本上。

今天是个大晴天,气温很高。德拉科斯开车时只穿了衬衣。她垂下目光,朝左望去,正好看见他装在裤袋里的小本子露出一角。这可能是她唯一的机会了。从昨天晚上开始她感觉自己完全变成了一个不一样的人。可能是邦德激起了她的斗志,或者是因为她扮演秘书的角色太久而心生厌倦了,又或者是因为悬崖边的事件发生后,她在受惊之余想到自己默默无闻了一年多后终于可以做些激动人心的事情而热情澎湃。现在她感到冒险的时机来了。核查摧月号的发射方案不过是她的分内事,而揭开那本黑色笔记本中的秘密才是满足她自己好奇心的目标。应该不难得手。

她故作随意地把拿着的雨衣放在了她和德拉科斯之间的地方。与此同时她挪动了一下身体,装作是在调整坐姿,顺势向德拉科斯那边靠近了一两英寸,并且把手放在了雨衣下面。然后她坐稳身体，耐心等待机会。

机会如愿出现在梅德斯通拥挤的道路上。德拉科斯一心想在国王街和加布里埃尔山的拐角赶在变灯前通过，不过前面的车开得太慢，他被一辆破破烂烂的家用轿车拦住了。嘉拉可以预料到，只要绿灯一亮，他一定会毫不犹豫地超过前面那辆车，以示教训。德拉科斯的车开得很好，不过脾气暴躁、行为恶劣，对于那些碍手碍脚的车总是很不耐烦，想要还以颜色。

绿灯亮了。他重重按下普通轿车三倍音量的喇叭，在十字路口往右边开过去，猛地加速，然后超过了前面的轿车。他经过时气愤地朝那司机摇着脑袋。

在这一连串粗暴的驾驶过程中，嘉拉身体被甩向他就显得很自然了。她在身体靠过去的一刹那把左手从雨衣下伸过去，手指摸索着把本子掏了出来。整个动作一气呵成。接下来她把手继续放在雨衣下面。德拉科斯的注意力全集中在手脚的动作上，全神贯注地观察着前面的车辆，想着怎么在皇家之星酒店前抢过斑马线，而不撞到路中间的两个妇女和一个小男孩。

现在的问题是要不顾德拉科斯的愠怒，用文雅而又迫切的口吻请求他让自己下车去“补妆”。加油站可能不行。他说不定会想加油，而钱可能就放在裤袋里。可是附近有没有旅馆呢？对了，她想起来了，开过梅德斯通不远就是托马斯·怀特酒店。那儿没有加油站。她开始做出坐立不安的样子，把雨衣放回到自己膝上，然后清了清嗓子。

“哦，对不起，雨果爵士。”她故意压低声音说道。

“嗯？什么事?”

“实在是不好意思，雨果爵士。不过你能不能稍微停一下车呢?我想……我是说，很对不起，不过我需要补一下妆。真的不好意思，太对不起了。”

“天哪，”德拉科斯说，“你早点怎么不……呃，好吧。行，找个地方吧。”他嘴里依旧嘟哝着，不过已经把那辆豪车的车速减到了五十码。

“转过前面那个弯就有个旅馆。”嘉拉紧张地说，“太谢谢了，雨果爵士。我真蠢。我很快就好。对，就是这儿。”

车转了个方向，开到旅馆前面，猛地停了下来。“快去。快点!”他说。嘉拉下了车，让车门开着，顺从地一路小跑穿过一片石子路，胸前紧紧抱着雨衣以及里面价值连城的秘密。

她锁上厕所的门，迅速打开笔记本。

里面果然是这些数据，她想道。每一页的日期下面整整齐齐地列着一列列的数字，大气压、风速、温度等等，数据的排列顺序就跟她从空军部的文件里抄录下来的一样。每页的底部都是估算出的陀螺仪设置参数。

嘉拉皱了皱眉头。一瞥之下，她已经发现本子上的数据和她计算出来的大有出入。德拉科斯的数据好像和她的数据没有任何联系。

她翻到最后一页，上面是当天的数据。天哪，这里的飞行轨道偏离了预定轨迹有近九十度！如果导弹照这个数字发射，会击中法国的某个地方。她看着盥洗台上方镜子里自己目瞪口呆的脸。她的数据怎么会错得如此离谱呢？德拉科斯为什么没有向她指出来呢？她很快把本子翻阅了一遍，发现每天的数据都指示着摧月号向右偏离九十度发射。可她绝不会犯这种错误。部里知道这些秘密的数字吗？他为什么对这些数字秘而不宣呢？

她的困惑突然变成了恐惧。她必须想办法安全、隐蔽地赶到伦敦汇报这件事。就算人家说她是傻瓜或者爱管闲事也不在乎。

她冷静下来，往回翻了几页，从包里拿出修指甲的锉刀，尽量不露痕迹地裁下一页样张，紧紧卷成一团，塞到了手套的指尖。

她打量了一下镜中的自己，脸色苍白。她快速地搓了几下脸颊，让它恢复血色。然后她又变成一副满脸歉意的秘书模样，匆匆出门，穿过石子路回到车上，藏在雨衣下的手里紧紧抓着那个笔记本。

梅赛德斯车的引擎发动了。德拉科斯不耐烦地看着她在座位上坐下。

"快点，快点！"他说着挂到了三挡，松开离合器。她的脚踝差点被车门夹住。他加速开出停车位，轮胎在石子路上颠簸着，有点打滑。然后他们又回到了通往伦敦的大路上。

嘉拉随着车的颠簸身体向后一倾，不过她没忘记先让雨衣遮盖着的那只手落到她和德拉科斯中间。

现在要把本子放回德拉科斯的裤袋里。

德拉科斯沿着路中央一路疾驰。她看到车速指针停留在七十码左右的地方。

她尽力回忆受训时的课程。要在别人身体其他部位造成压力，分散其注意力。让他分心。不能让对方太过松弛。要让他的注意力集中在别的地方。触碰到他的身体时不能让其有所觉察。这就叫用更强烈的刺激造成麻醉效果。

比如现在,德拉科斯紧握方向盘,身体前倾。他在努力找机会超过一辆六十英尺长的空军拖车,但是对面开过来的车让他无法在路中间找到超车空间。终于出现了空当,德拉科斯把挡位拨到二挡,咄咄逼人地鸣起喇叭。嘉拉的手向左伸进了雨衣下面。

这时又有一只手像蛇一样伸了过来,一把抓住她的手。

“可抓到你了。”

克雷布斯身体前倾,半个身子都伸过了驾驶座。他的手把她的手紧紧按住。她当时正抓住雨衣下面的笔记本,动弹不得。

嘉拉的身体僵住了。她用尽力气想把手抽出来,但没有成功。克雷布斯全身的重量都压在她手上。

德拉科斯已经超过了拖车,前面一片空旷。

克雷布斯急迫地用德语说起来:“请停车,上尉。布兰德小姐是间谍。”

德拉科斯惊诧地向右边看了一眼。他明白过来了。他迅速摸了摸自己的裤袋,然后慢慢把手放回到方向盘上。车左前方马上就是通向梅瑞沃斯的急转弯了。“抓住她。”德拉科斯说。他踩下刹车,轮胎吱吱作响。他慢下车速,开进了边道。又往前开了几百码之后把车停在了路边。

德拉科斯上下打量了一下路面,没有车经过。他用戴着手套的手把嘉拉的脸扳过来。

“怎么回事?”

“我可以解释,雨果爵士。”嘉拉知道自己脸上一定满是恐惧和绝望的表情,她想要虚张声势,掩饰自己的慌乱,“只是个误会。我没有……”

她假装恼怒地耸耸肩膀,趁机将右手轻轻藏到身后,把那双藏着秘密的手套塞进座椅的皮坐垫下面。

“小心她,上尉。我看见她故意靠近你的身体。我觉得她形迹可疑。”

克雷布斯用另一只手一把扯开雨衣,她白皙的手指正放在黑色笔记本的封面上,离德拉科斯的裤袋还有一英尺远。“原来如此。”

德拉科斯的话音异常冰冷,有种最终判决的意味,让人毛骨悚然。德拉科斯放开了她的脸,但她恐惧的双眼还是直直瞪着他。

他那张布满红胡子的红润脸颊平日里总是一副快活的样子,现在却露出一种冷若冰霜、残酷无情的表情。他跟以前判若两人。戴着面具的人。被嘉拉·布兰德撕破了伪装的野兽。

德拉科斯又观察了一会儿空旷的路面。然后他仔细观察着她那双恍然大悟的蓝眼睛。他用右手脱掉左手上长长的皮手套,然后狠狠地用它抽着她的脸。

嘉拉疼得叫了出来,但喉咙马上被掐住了,叫声戛然而止。她痛得泪流满面。她突然发疯般挣扎起来。

她用尽全力扭动着身体,想要挣脱抓住自己的两只手。她用没有被抓住的右手伸过去想要攻击克雷布斯的眼睛。克雷布斯轻易地避开了,加大了手上的力量狠狠掐住她的脖子。他恶狠狠地自言自语着,任由她在自己手背上乱抓,冷静地看着她渐渐失去攻击的力气。

德拉科斯一直认真地看着这一幕,偶尔关注一下路面的情况。克雷布斯将她制服后,他发动了车,谨慎地沿着林边的道路行驶。他找到了一条通往林子里的马车道,满意地咕哝了一声,随即向林子里开去。直到看不见大路的地方他才停下车。嘉拉刚意识到引擎的轰鸣声已经消失了,就听到德拉科斯说了声“这里”。有一只手指戳了戳她左耳后的部位。克雷布斯松开了她的喉咙,她松了一口气,向前倒去,大口呼吸着空气。突然有什么东西击中了刚才她脑后被指的地方,她感到一阵剧痛,然后眼前一黑晕了过去。

一小时后,路上的行人看见一辆白色的梅赛德斯轿车停在伊伯里街靠近白金汉宫的一座小房子前。两位好心的绅士从车上扶下来一位生病的女生,搀着她走进了屋内。近处的人可以看到女孩脸色苍白、双目紧闭,好心的绅士们几乎不得不把她抬上阶梯。脸色红润、留着胡子、个子高大的那位绅士用清晰的声音对另一位说,可怜的米尔德里德已经答应病痊愈前不会再出门了。这情形挺可怜的。

嘉拉在一间大大的顶楼房间里醒来,屋里堆满了各种机器。她被牢牢绑在一把椅子上,除了后脑灼烧般的疼痛外,她觉得自己的嘴唇和面颊也肿了起来。

窗户被厚厚的窗帘挡住了,屋子里一股霉味,好像很少有人来。仅有的几件老式家具上布满了灰尘,只有机器上用硬橡胶和镀铬金属制造的表盘显得崭新而干净。自己是不是在医院里呢?她闭上眼,感到很是疑惑。很快她想起来发生了什么事。她花了几分钟稳定情绪,然后再次睁开了双眼。

德拉科斯正背对着她,观察着一台像是大型无线电发报机的机器上的表盘。她看过去的方向还有三台相似的机器,其中一台上方伸出一根钢制天线,一直穿过天花板上石膏层中临时挖出的小洞。几盏高高的落地灯光秃秃的高功率灯泡把房间照得灯火通明。

她左手有叮叮当当的声音,她用半闭的双眼侧目望去,牵动了她头上的伤口,又是一阵剧痛。她看见克雷布斯俯身趴在地板上的一台电机上。他旁边摆着一台小型汽油发动机,估计就是它出了故障。克雷布斯时不时抓起把手,用力转动,但引擎只是发出几声微弱的响动便没了动静。他只能继续叮叮当当地维修起来。

“蠢货,”德拉科斯用德语说,“快点。我还得到部里去见那帮笨蛋呢。”

“马上就好,上尉。”克雷布斯毕恭毕敬地说。他又操起了把手。这次引擎突突响了几声就发动了,开始发出持续的机器运转声音。

“声音会不会太吵了?”德拉科斯问道。

“不会,上尉。房间是隔音的。”克雷布斯答道,“瓦尔特博士保证过,外面一定听不到任何声响。”

嘉拉闭上了眼睛,决定尽量装作昏迷不醒的样子,多拖延一点时间。他们打算杀掉她吗?就在这儿?这些机器是做什么用的呢?看上去像无线通信装置或者雷达。德拉科斯脑袋上方有一个曲面屏幕,他一摆弄表盘下方的把手,屏幕就会抖动。

她的脑袋渐渐清醒起来,开始思考各种问题。比如说,德拉科斯为什么突然德语说得这么流利了呢?克雷布斯为什么一个劲地叫他上尉?黑皮本子里的那些数字又是怎么回事呢?为什么她看过这些数字就几乎要被他们杀人灭口呢?到底有什么见不得人的诡计?

九十度,九十度。

她吃力地在脑中反复琢磨这些问题。九十度的差异。假设她的数据对于八十英里外北海中的目标来说是精确的。先假设她没算错。那么她的数据不会让导弹打到法国中部去。但是德拉科斯的数据呢?从北海的目标左移九十度?可能会打到英国境内。也就是说,从多佛算起往内陆八十英里远的地方。对了,就是这样。德拉科斯的数据。那些笔记本上的发射方案。这些会引导摧月号一直打到伦敦腹地。伦敦!目标是伦敦!

她的心真的提到了嗓子眼。这感觉真是难以置信。人们这么说的时候你总觉得是一句陈词滥调,但她现在真的觉得自己呼吸都快要停止了。

好了,再仔细想想。这里有一台雷达导航装置。真是太狡猾了。就和北海的橡皮艇上那台一模一样。这台装置会引导着导弹一直打到白金汉宫周围一百码的区域内。但如果弹头上只是一堆仪器,那这样又有什么意义呢?

可能是德拉科斯在她头上冷酷无情的一击打醒了她,她突然意识到将要发射的会是一枚真的弹头,一枚核弹头。德拉科斯是英国的敌人,他打算在明天中午毁灭伦敦城。

嘉拉鼓起勇气去设想了一下后果。

导弹尖锐的弹头将穿过这片天花板,刺穿这把椅子,钻进地面。它就像划破天际的闪电一般迅猛。街上的人群、白金汉宫、公园里带孩子的保姆、树上的鸟儿……爆炸过后,方圆一英里的地方都会被火舌吞没。一团蘑菇云会腾空升起。一切都将化为灰烬。一切的一切。消失殆尽。

“不! 哦,不!”

她的惊叫声只是在自己的脑中响起。她的身体就像一片烤焦了的薯片瘫软下去。她晕了过去。

第十九章　月夜寻人

邦德坐在一家伦敦餐厅里他最爱坐的位子上。那是二楼右手墙角的一张双人桌。他看着人群和车流经过皮卡迪利大街向干草市场的方向移动。

已经7点45分了,餐厅领班贝克尔已经端上他点的第二杯放有大片柠檬的伏特加干马提尼。他小小嘬了一口,百无聊赖地想着嘉拉为什么会迟到。这可不像她的作风。以她的性格,如果她在苏格兰场有事要耽搁一下,应该会打个电话过来说明的。他5点的时候去见过瓦兰斯,他说嘉拉跟他约好6点见面的。

瓦兰斯急着要见她。他一副忧心忡忡的样子。邦德简要地向他汇报摧月号的安保情况时他也听得心不在焉。

好像今天突然出现了一股抛售英国货币的风潮。先是从丹吉尔开始,然后蔓延到苏黎世和纽约。世界各国的货币市场上都出现了英镑价格剧烈波动的情况,让套汇投机商们狠赚了一把。最终英镑当日贬值了三便士,而且汇率呈持续下降的趋势。这消息占据了晚报的头版。收盘后财政部召见了瓦兰斯,告诉他这场抛售风波是由地处丹吉尔的德拉科斯金属有限公司挑起的。抛售行为是从早上开始的,到收市的时候这家公司已经售出了近两千万英镑。这对市场的冲击非常大,以至于英国银行只能出手干预进行收购,以防止汇率进一步大幅下滑。德拉科斯金属公司这个大卖家就是这时候被发现的。

财政部想搞清楚事情的真相——到底是德拉科斯自己,还是他的哪位客户想要抛售英镑。他们首先做的事就是和瓦兰斯沟通。瓦兰斯所能想到的可能性是摧月号可能出于某种原因会失败,而德拉科斯了解到这一点后想借机牟利。他马上就这一点向军需部报告了,但他们对这种想法嗤之以鼻。没有什么理由让他们相信摧月号的发射会失败,而且就算试射没有成功,他们也可以用技术障碍之类的借口搪塞过去。总而言之,不管导弹的发射是否成功,都不太可能引发英国金融界的什么反应。他们一定不想把这事告诉首相。德拉科斯金属公司是一家大型贸易企业,很有可能是代表了其他国家的利益。比如说阿根廷,甚至苏联,或者它是为某个手握大额外汇的私人老板工作。不管怎样,这件事应该和军需部或者摧月号没什么关系,导弹将在明天正午准时发射。

瓦兰斯觉得这个决定也不无道理,但他还是很担忧。他不喜欢什么神秘兮兮的东西,而且把这种担心告诉了邦德。最主要的是他想问一问嘉拉有没有在德拉科斯那儿看到过来自丹吉尔的电报,如果有的话,德拉科斯又对其有什么反应。

邦德相信如果有这类情况,嘉拉肯定早就告诉过他了。他把这种想法告诉了瓦兰斯。他们又谈了一会儿,邦德就离开了。M 在总部等着见他。

M 对一切经过,甚至包括那些人的光头和胡子都颇感兴趣。他详细地询问着每个细节。邦德讲完他的经历,最后把和瓦兰斯交谈的要点也说了一遍。M 静坐沉思了很久。

"007,"他终于开口说道,"我不喜欢这种状况。其中一定有蹊跷,但我想穿脑袋也想不出问题在哪儿。我也想不出能怎么插手管这件事。所有这些情况特勤处和军需部都已经掌握了,天知道我还有什么别的可以对他们补充的。就算我不管是不是对瓦兰斯不公平,直接找首相反映这事,恐怕我也没什么可以说的。事实到底是什么？这一切背后的原因何在？我们觉察到的仅仅是一些危险的信号。当然,"他接着说,"如果我没弄错的话,是非常强烈的信号。"

"我看,"他看着对面的邦德,目光中流露出少有的紧迫神情,"这事要靠你了。还有那姑娘。你很走运,她是个好手。你还需要些什么吗？有没有我能帮得上忙的地方？"

"不,没有。谢谢你,先生。"邦德说完,穿过了那条熟悉的走廊,坐电梯下到自己的办公室。他吻了洛艾莉亚・彭松贝一下,道了声晚安,这可吓了她一大跳。他只会在圣诞节、她生日的当天或者去执行特别危险的任务前才会做出这种举动。

邦德喝完了杯里的马提尼酒,又看了看表。已经 8 点了,他突然打了个冷战。

他立即离开桌子,走到电话间。

苏格兰场的总机告诉他助理警务处长正在找他。他现在去市长官邸参加晚宴了。请邦德中校不要挂电话。邦德焦急地等待着。恐惧感从窗外无边的黑夜中向他袭来。他看见一排排温文尔雅的脸庞。穿制服的侍者在人群中挤过来走到瓦兰斯身边。他悄然离开晚宴。急促的脚步声回响在门厅。他来到隐秘的电话间。

电话里响起了尖叫声:“是你吗,邦德? 我是瓦兰斯。见到布兰德小姐了吗?”

邦德的心里一阵发凉。“没有,”他急促地说道,“她跟我约好一起吃晚饭,已经过了半个小时了。她6点去见你了吗?”

“没有,我派人去找她了。她在伦敦的常住地找不到人。没有朋友见过她。如果她是2点半坐德拉科斯的车出发的,那么4点半就应该到伦敦了。多佛方向的路上今天下午没有发生过车祸,从汽车协会和皇家汽车俱乐部那里也没有什么收获。”他停下话头。“听着,”瓦兰斯用急切的声音恳求道,“她是个好姑娘,我不愿意让她出什么事。你能帮我处理这件事吗? 我没法大张旗鼓地去找她。那两桩命案弄得她上了新闻,媒体会关注我们的一举一动。过了晚上10点就更是这样了。唐宁街马上要发新闻公报了,明天各大报纸只会报道摧月号的事。如果她的事上了报纸就把这一切都搞砸了。首相明天要发表现场讲话。她的失踪会把这事搞成犯罪案件。明天的事太重要了,不能搞砸。说不定她只是在哪儿昏过去了而已。不过我希望你能找到她,行吗? 你觉得你能办到吗? 我会提供你需要的帮助。我会指示值班警员听你调遣。”

“不用担心，”邦德说，“我当然会想办法的。”他顿了一下，脑子飞速转动着，“我只需要你告诉我一件事：德拉科斯有什么动静吗？”

“他7点钟才需要到部里来，”瓦兰斯说，“我当时留下了话……”电话里传来一阵嘈杂的噪声，邦德听见瓦兰斯说了声“谢谢”，然后他回到和邦德的通话中。“市警察局刚送来一份报告，”他说，“苏格兰场本想通过电话联系我，但我正和你通着话。我们看看说什么，”他读道，“‘雨果·德拉科斯爵士于7点到达军需部，8点离开。留话说要找他的话，他会在‘刀锋’进晚餐。准备11点回基地’。”瓦兰斯分析道，“也就是说他大概9点离开伦敦。等等，”他继续读道，“‘雨果爵士声称布兰德小姐在来伦敦的路上身体不适，要求在维多利亚车站下车，去朋友家休息。地址不详。她约好与雨果爵士7点在军需部见面，但没有出现。’就这么多了，”瓦兰斯说，“哦，对了，我们也了解了你和她之间的情况。他们说到你们计划6点见面而她也没有出现。”

“没错。”邦德说着，思路已经转到别的地方了，“这报告对我们没什么用处。我要赶紧行动了。还有一件事：德拉科斯在伦敦有什么住所吗？公寓或者什么别的地方？”

“他一般都住在丽思酒店。”瓦兰斯说，“他搬到多佛之前把在格罗夫纳广场的房子卖掉了。不过我们知道他在伊伯里街还有处房产。我们去调查过，没有人应门。我手下的人说那里好像一直空着。就在白金汉宫后面。可能是什么隐秘的藏身之处吧。他对这地方很低调。可能是金屋藏娇的地方。还有什么要问的吗？我得回晚宴上去了，要不里面那些达官贵人们会以为皇冠宝石失窃了呢。”

“你去吧，”邦德说，“我会尽力去办的。如果我遇到困难会给你的人打电话的。如果你听不到我的消息也不用担心。再会。”

“再会。”瓦兰斯松了一口气，“谢谢你。祝你好运。”

邦德挂上了电话。

他又重新拿起听筒，接通了“刀锋”的电话。

“这里是军需部。”他说，“雨果·德拉科斯爵士在俱乐部里吗？”

“在的，先生。”是布里维特友善的声音，“他在餐厅里。您想和他通话吗？”

“不用了，”邦德说，“我只是确认一下他走了没有。”

邦德胡乱吃了点东西，8点45分的时候离开了餐馆。他的车已经在外面等候了。他对总部来的司机道了晚安，驾车开往圣詹姆士街。他把车隐蔽地停在布多俱乐部门前的一排出租车中间，用一张晚报挡住面孔，眼睛从报纸上方观察着德拉科斯的梅赛德斯车。他看到车还好好地停在公园街，松了一口气。

他没有等太久。突然“刀锋”的门口亮起了黄色的灯光，德拉科斯魁梧的身躯走了出来。德拉科斯穿着长外套，领子竖起遮住了耳朵，头上戴的帽子帽檐压得很低，快遮住眼睛了。他快步走到梅塞德斯车上，重重关上车门，开动了车。他先左拐上了圣詹姆士街，然后在圣詹姆士宫对面再次转了弯。这时邦德刚刚把车加到三挡。

天哪，这人动作真快，邦德一边想着，一边在林荫道上像赛车手一样忙于换挡。这时德拉科斯已经开过了圣詹姆士宫前的雕像。邦德让宾利车一直处于三挡，风驰电掣地追赶着前面的车。现在经过了白金汉宫大门。看来他是去伊伯里街。邦德尽量不让前面的白色轿车消失在视野之中，一边心里快速想着行动计划。在下格罗夫纳宫的拐角处德拉科斯顺利通过了绿灯，而邦德被红灯挡住了。邦德超过身前的车往前赶去，刚好看到德拉科斯左转开上伊伯里街。邦德打算赌一把，看德拉科斯是不是会在自己的房子前面停下来，于是他加速冲到街角处，在离街角很近的地方停下车来。他跳出宾利车，让引擎继续运转，几步走到了伊伯里街。他听到梅赛德斯的喇叭响了两声。他小心地在街角向那边偷窥，正好看见克雷布斯扶着一个蒙着头的女孩走过人行道。梅赛德斯的车门很快再一次关上，德拉科斯又出发了。

邦德快步跑回自己车上，迅速挂到三挡，追了上去。

还好那辆梅赛德斯是白色的。看到它了。它在经过路口的时候短暂地亮起刹车灯，头灯全开，喇叭轰鸣，在稀疏的车流中穿行。

邦德咬紧牙关，拿出当年他在维也纳的西班牙骑术学校策马奔驰的劲头不断加速。他不能开头灯，也不能按喇叭，要小心被前面的车发现。他只能通过熟练操控刹车和挡位来尽量开快点。

他车上两英尺宽的排气管发出低沉的轰鸣声，在两边的房子上反弹回来冲进他的耳朵。他的轮胎在沥青路面上发出尖厉的响声。幸亏一个星期前他换成了米其林赛车轮胎。如果能见度再好一点就好了。他不是碰到黄灯就是碰到红灯，而德拉科斯则一路绿灯，畅通无阻。到切尔西大桥了。看起来德拉科斯是要走南环线上多佛路。到了 A20 公路上邦德还能跟得上梅赛德斯吗？德拉科斯的车可能并没有调试得很好，但是凭借车上的独立悬架构造，他转弯比邦德表现好。这辆老宾利转弯时抓地性不是很好。一辆回城的出租车作势要右拐，邦德不得不冒险按了三声喇叭。出租车退回了左侧。邦德飞速超过他的时候听见司机骂了句脏话。

现在到了克莱芬公园，白色轿车的身影在树木间忽隐忽现。邦德把车加速到八十码，沿着路上窄窄的平整部分狂奔。终于，他看到前面的红灯把德拉科斯拦下。他挂了空挡，静悄悄地滑近前车。距离五十码。四十，三十，二十。绿灯亮起，德拉科斯驶过路口再次绝尘而去，不过邦德刚好来得及看到克雷布斯坐在副驾驶座，嘉拉却不见踪影。后座上有一团卷起来的毛毯。

现在已经完全可以肯定了。不可能把一个生病的女孩像土豆一样扔在车上乱跑。开得这么快就更是离谱了。所以说她是被他们控制了。为什么？她干了什么？她发现了什么秘密？这一切到底是为了什么？

这些疑问一个又一个向邦德袭来，就像秃鹰停落在他肩上，冲着他的耳朵呱呱地叫着“你这个蠢货”。蠢，真蠢！在他经历了在“刀锋”的那个夜晚，坐在自己的办公室确认德拉科斯是一个危险人物开始，他就应该提高警惕。比如说，他最早感觉到危险的时候，看到航海图上记号的时候，就应该立刻采取行动。可是该采取什么行动呢？每一个线索、每一种担心他都如实上报了。除了干脆干掉德拉科斯，他还能干什么呢？然后他就因为这种不安的感觉犯下谋杀罪被绞死吗？那么现在呢？他现在应该停车马上给苏格兰场打电话吗？就眼睁睁让前面的车溜掉？他的经验告诉他，嘉拉现在就在车上，而德拉科斯准备在去多佛的路上干掉她。他必须追上德拉科斯的车才有可能阻止这件事情的发生。

他离开了南环线，以四十码的速度过弯上了A20公路，备受折磨的轮胎似乎回应他的想法似的发出痛苦的呻吟。不。他告诉过M会把这件事情做到底。他对瓦兰斯也做过同样的保证。这件事情他不可能脱掉关系，必须尽力而为。至少他可以尾随德拉科斯的车子，开枪打坏他的轮胎，然后大不了道歉而已。放他逃掉是不可饶恕的行为。

只能这样了。邦德对自己说道。

他稍微减慢了速度，想看得清楚一点。他找机会从仪表盘下的隔间里拿出一副护目镜戴在眼睛上。然后他身体往左倾，转动了挡风玻璃上的大号螺丝，接着又拧松了右边的一颗螺丝。他推动玻璃，让它倒放在引擎盖上，然后重新拧紧了螺丝。

然后他在斯旺雷出口处开始加速，很快就加速到九十码，冲过了法宁汉支路口的反射镜。风声在耳边呼啸，增压器发出的刺耳响声伴着他一路疾驰。

前面一英里远的地方，梅赛德斯大大的车灯暗了下来。它越过罗瑟姆山的山顶，开往山下月光沐浴下的肯特郡旷野。

第二十章　公路追逐

嘉拉的身体正在同时遭受三种不同痛苦的煎熬:左耳后的抽痛,手腕处被勒伤的地方,以及脚踝周围已经发炎的伤口。

路上的每一次颠簸,车的每一次转向,每一次德拉科斯突然踩下刹车或者油门,都会引发她一处或多处的伤痛,折磨着她的神经。如果她在后座上能被摆得稳一点就会好得多。但这车窄窄的后座只能允许她偶尔把身体转动几英寸,所以她只能不停地转动脑袋,让自己红肿的脸不要总是擦到猪皮刮的车壁上。

她呼吸着的空气里交杂着难闻的新皮革的气味、汽车尾气和德拉科斯急转弯时轮胎擦在地上时发出的恶臭。

这些痛苦对她来说已经算不了什么了。

克雷布斯!奇怪的是,最折磨她的是对克雷布斯的恐惧和憎恨。其他的事情都太过重大。德拉科斯的秘密勾当、他对英国的仇恨、他流利的德语。还有攫月号。核弹头的秘密。拯救伦敦。所有这些她都无法解决,只能不再去想。

但是今天下午和克雷布斯单独在一起的那段可怕记忆就在眼前,她脑中不断浮现出那些细节,感到一阵阵钻心般的痛苦。

德拉科斯离开后的很长时间里她都装作神志不清的样子。克雷布斯开始只是专心摆弄机器,一边用德语说着轻柔的哄孩子般的话语。“来了,我的宝贝儿。这样就舒服多了,是吧?小乖乖,要不要来一滴油?当然要了,马上就给你。不,不行,懒骨头们。我说的是转一千次哦,不是九百次。来吧,快转吧。肯定能比这干得更好,是吧?对了,亲爱的,就是这样。一圈一圈地转起来。上、下,一圈接一圈。我来擦干净你那漂亮的脸蛋,看看那小小的表盘上怎么说,好吗?圣母玛利亚,你真是个乖宝宝!”

他就这么一直干着,中间有时他会走到嘉拉身旁,抠抠鼻孔,舔舔牙齿,好像在动着什么恐怖的念头。后来他在嘉拉身前站的时间越来越久,仿佛已经忘记了那些机器,先是犹豫不决,最后下定了决心。

然后她察觉到他的手正在解自己的上衣纽扣。她的身体做出了本能的反抗。她只能呻吟一声,装作刚从昏迷中醒来。

她要求喝水,他走进盥洗室用刷牙的口杯接了一杯给她。然后他把一把餐椅拉到她面前,双腿分开跨坐在上面,下巴抵着椅背上缘,耷拉着的苍白眼睑下一双贼溜溜的眼睛紧盯着她。

她先开口打破了沉默。“为什么把我带到这儿来?”她问道,“这些机器是干什么用的?”

他舔了舔嘴唇，黄胡子下微微嘟起的小嘴微微张开，变成了菱形，露出一个笑容。“这是抓小鸟的诱饵，”他说，“很快它就会引来一只小鸟，让它飞进这个温暖的窝里，还会下一个蛋。一个大大的、圆圆的蛋！美妙的胖胖的蛋！”他高兴地笑着，下巴不停抽动，眼神迷离，“我们漂亮的小姑娘得待在这儿，否则可能会把鸟儿吓跑哦。那可就不好了，是吧，”然后他恶狠狠地吐出一句，“英国臭娘们？”

他的眼神开始不老实了，充满企图。他拖近椅子，挪到离她的脸只有一英尺远的地方，满嘴臭气喷了过来。“快说，英国臭娘们。你受谁的指使？”他等着她回答，“你必须回答，你知道的，”他轻声说，“这儿没别人。没人能听到你的叫声。”

“别傻了，”嘉拉绝望地说，“我除了听命于雨果爵士，还能听谁的呢？”克雷布斯听到这个名字不禁笑了，“我只是对发射方案感到好奇……”她语无伦次地解释着她的数据呀德拉科斯的数据呀这些话，最后表示她只是想为摧月号的成功发射尽一份力。

“这不行，再回答我一次，”她刚说完克雷布斯就轻声说道，“刚才的答案可不够好。”突然他的眼神变得炽热而凶残，手从椅背后向她伸过来。

躺在疾驰的梅赛德斯车后座上，嘉拉咬紧牙关啜泣起来。她回忆起他的手指在她身上游走，不停地戳着、掐着、拧着，那双热切而空洞的眼睛诡异地直瞪着她的双眼。她把嘴里的口水聚集起来，唾了他一脸。

他甚至都没停下来擦擦自己的脸。突然他深深地刺痛了她。她尖叫了一声，然后，可以说她还算幸运，她就此昏了过去。

接下来她就发现自己被塞进了汽车后座，身上扔了一条毛毯。然后他们沿着伦敦的街道飞驰，她能听见四周其他车辆的声音、自行车急促的铃声、偶尔传来的尖叫声、大功率喇叭野兽般的嚎叫、摩托车驶过的呼啸声、刹车片的尖利摩擦声。这时她才觉得自己回到了人间，全英国的人民和她的朋友就在四周。她试图爬起身来呼救，但是克雷布斯一定是在监控她的行动，因为他突然伸手抓住她的脚踝，绑到了车身底部的横档上。她明白过来，没人能找到自己了。泪水从她的脸上滑落，她只能祈祷奇迹出现，有人能及时赶到解救她。

那是半个小时前的事了。现在她从减慢的车速和外面车辆的声音中判断，如果她是要被带回基地的话，他们已经到了梅德斯通这个大镇。

在穿过城镇的途中她突然听到了克雷布斯的声音。他显得有些惊慌。

“上尉，”他说，“我一直在观察，后面总是有一辆车。一定是在跟踪我们。现在离我们只有一百米远了。我想是邦德中校的车。”

德拉科斯惊讶地咕哝了一句，她能听到他魁梧的身体转动了一下。他一定是快速回头看了一眼。

他厉声咒骂着，然后就一言不发了。她能感到这辆大车在稀疏的车流中不停地转向和变道。“对，就这么干！”德拉科斯终于开口了，“他那辆老古董居然还开得动。这样再好不过了，亲爱的克雷布斯。看起来他只有一个人。”他粗声粗气地笑着说，“我们就来和他比一场。如果他能活下来，我们可以让他跟这女人一起装进袋子里去。打开收音机听听国内新闻。我们很快就能知道有没有出什么乱子。”

车内响起了一阵杂乱的电流声,然后嘉拉听到了首相的声音,这个她在生命中各种重要的时刻都会听到的声音。德拉科斯换到三挡,加速开出了镇子。首相的声音变得断断续续:“人类的天才设计的武器……冲到一千英里的高空……女王陛下的战舰负责巡逻……专为保卫我们热爱的家园而设计……带来持久的和平……人类摆脱地球束缚的伟大飞行……雨果·德拉科斯爵士,伟大的爱国者和国家的恩人……”

嘉拉听见德拉科斯的狂笑在风声中传来。笑声中充满了蔑视和自负。然后收音机被关上了。

“詹姆斯,”嘉拉对自己低语,“只有靠你了。小心点,但要快。”

邦德的脸上满是尘土和撞到脸上的苍蝇和飞蛾的尸体。他只好时不时地从方向盘上拿开一只快要麻痹的手擦擦护目镜。不过这辆宾利车开得很漂亮,他有信心赶上前面的梅赛德斯。

他的速度在利兹城堡前的直道上达到了九十五码,这时身后突然亮起了强烈的灯光,四音喇叭的嘟嘀嘟哒声肆意地冲进他的耳膜。

路上居然出现了第三辆车的身影,这简直令人不可思议。自从车开出伦敦后,邦德就没往后视镜里看过。除了赛车手和亡命之徒外,不可能有人跟得上他们的速度。邦德的脑袋里一片混乱,他不由自主地把车拐到了左道,眼角看着那辆大红色的矮车身跑车追上了自己。红车和他并行了一段,然后以每小时十英里的速度优势超过他扬长而去。

匆匆一瞥之下他看到了阿尔法跑车著名的散热板，还有引擎盖边缘用醒目的白色字体漆上的“好小子二代”字样。车上年轻的司机露齿而笑。他只穿着衬衣，嚣张地将两只手指高高伸向空中，然后开远了。邦德听到阿尔法跑车高速行驶时发出的那种混杂的噪音：增压器发出呜呜咽咽的叫声、排气管机枪般咔嗒咔嗒作响以及变速器爆发出雷鸣般的咆哮。

邦德微笑着向年轻的司机挥挥手，表达着自己的钦佩之情。阿尔法－罗密欧增强型八缸引擎，邦德暗想，这车跟自己的车差不多年头。应该是 1932 年或者 1933 年出厂的，排量只有我这辆车的一半。这款车型在塔加·弗洛里奥民用公路赛上一鸣惊人，在那之后的各项赛事中也表现不俗。很可能是在附近的空军修理站里改装的。司机可能正匆匆从某个聚会赶回营地报到，要不然就得记上一笔了。他欣赏地看着阿尔法跑车在利兹城堡前的 S 型弯道上摆动着车尾，然后咆哮着驶上通往远处查林分岔路的宽阔马路。

邦德能想象到小伙子追上德拉科斯时脸上快活的笑容。“哦，天哪。是辆梅赛德斯呢！”德拉科斯听到他挑衅的喇叭声该是多么暴跳如雷啊。他估计开到了一百码，邦德想。希望这个笨蛋不要冲出公路吧。他看着前面两辆车的尾灯逐渐接近了。阿尔法跑车上的小伙子正准备故技重施：紧咬住前面的车，等看到机会时突然亮起所有的车灯超车。

前面四百码远的地方，梅赛德斯车在阿尔法突然亮起的两道光柱照耀下闪烁着白光。前面有一英里空旷、宽阔、笔直的道路。邦德几乎能感觉到小伙子的脚重重踩下油门踏板。真是个好小子！

在前面的梅赛德斯车上，克雷布斯凑在德拉科斯的耳边说着话。“又来了一个，”他急切地叫道，“看不见他的长相。正准备超我们的车。”

德拉科斯重重地骂了一句脏话。他露在外面的牙齿在仪表盘上微弱的灯光照耀下白得耀眼。“要教训一下这猪猡。”他说着放稳双肩，戴长手套的双手牢牢把住方向盘。他用眼角的余光看见阿尔法车的车头悄悄靠近了自己的右侧。嘟嘀嘟哒，喇叭开始不紧不慢地鸣了起来。德拉科斯将方向盘稍稍右摆，突然发出了可怕的金属撞击声。然后他把方向盘拉了回来，摆正车身。

“太棒了！干得漂亮！”克雷布斯尖叫起来。他兴奋不已，跪在车座上向后张望着。“连翻了两个筋斗。头朝下翻过了护栏。我想车子肯定已经烧起来了。没错，能看见火光。”

“这应该能让可爱的邦德先生好好琢磨一番了。”德拉科斯喘着粗气低吼道。

然而，邦德的脸绷得紧紧的，车速几乎丝毫未减，直向前面飞驰的梅赛德斯冲去。他的心里满是复仇的渴望。

他看见了整个过程。红色跑车诡异地飞到空中，不停翻滚；司机从车里飞了出来；他被抛离驾驶座时手脚摊开的样子；还有最后车子翻过护栏一头撞到田地里时发出的雷鸣般的轰响。

邦德快速开过这一段路时注意到了沥青路面上可怕的摩擦痕迹。然后他的眼前出现了最后一幕可怕的景象。在这场灾难中，车上的喇叭竟然完好无损，还在朝向天空厉声鸣叫着，就好像在为“好小子二代”通往天国的旅程开路。嘟嘀嘟哒……

一场谋杀就在他眼前发生了,至少是意图谋杀。好了,不管雨果·德拉科斯爵士到底有什么动机,他已经是公开向我们宣战了。他不再向邦德隐瞒自己的企图了。这就好办多了。这就意味着德拉科斯是一个罪犯,而且可能还是个疯子。无论如何这表明摧月号是处于某种危险之中。这对邦德而言就够了。他伸手到仪表盘下面的隔层里拿出了藏着的枪套,抽出了那把加长型点四五口径柯尔特军用手枪,放在旁边的座位上。现在正式开战了,无论如何都要让梅赛德斯停下来。

邦德把身下的路当成了多宁顿赛道。他猛地踩实了油门,让车速表的指针保持在一百码的刻度旁。渐渐地,两车间的距离缩短了。

德拉科斯在查林分岔路选择了左道,呼啸着开上了长长的山坡。在他前方,车前灯的强光中照出了一辆鲍瓦特公司的大型八轮AEC柴油货车,正吱吱嘎嘎地转进回形弯道的第一个弯。大车上装着十四吨重的新闻纸,正连夜送往东肯特郡的各家报馆。

德拉科斯低声咒骂了一句。前面的货车上装着二十个巨大的纸卷,每一个都是长达五英里的新闻纸。现在货车正开在山顶那段危险的S形弯道正中。

他从后视镜中看到宾利车已经开进了岔道口。

德拉科斯有了主意。

“克雷布斯,”他的话像子弹般急促,“把刀拿出来。”

咔嗒一声响,克雷布斯已经把匕首抓在了手中。主人的语气让他不敢怠慢。

“我准备跟在货车后面,慢下车速。你脱掉鞋袜,爬到引擎盖上,等我靠近货车的时候就跳上去。我会开得很慢,你不会有危险。你要把绑住纸卷的绳子割断。先割左边那一捆,然后再割右边那一捆。我会把车开到货车旁边跟它平行。你割断第二捆绳子后跳回到车上。小心别被纸卷撞下去。明白了吗?好,祝你成功!”

德拉科斯熄灭了车前灯,把车速减到八十码,开过了弯道。货车就在前方二十码处,德拉科斯猛踩刹车才没有追尾。梅赛德斯干涩地滑行了一段,车前的散热板几乎都伸到了货车的车底。

德拉科斯把车换到二挡。“去吧!”他把车开得很稳,克雷布斯光着脚爬过挡风玻璃,摇摇晃晃地走上光滑的引擎盖,手里拿着刀。

他纵身一跳,上了货车,开始忙着割左边的绳子了。德拉科斯把车开到右侧,悄悄地开到和卡车后轮齐平的位置。卡车排气管里的油烟全喷到了他的眼鼻中。

邦德的车灯刚好转过弯道。

左边的纸卷从货车后部滚落,发出砰砰的轰响,飞快地冲入黑暗中。然后右边的纸卷也砰然滚落。有一个纸卷落地时裂开了,德拉科斯听到了散开的新闻纸沿着陡坡滑落时撕裂的巨响。

货车因为载重突然变轻,几乎是蹦跳着向前蹿去。德拉科斯不得不稍微加速,接住克雷布斯跳下的身影。他身体一半落在了嘉拉的背上,另一半掉在车前座上。德拉科斯把油门一踩到底,飞速冲上了山坡,从柴油车旁疾驰而过,全然不去理会货车引擎的突突声和货车司机的大叫大嚷。

他飞速驶过下一个弯道时看见宾利车车头灯发出的两条光束晃动着照向天空,一直越过树顶,最后几乎垂直向上。光束在这个角度摇摆了片刻,然后飞快扫过天际,消失不见了。

德拉科斯爆发出一阵狂笑。他将目光从路面上移开了一刹那,得意扬扬地望向星空。

第二十一章　严刑逼供

德拉科斯的笑声刚止，克雷布斯高声地咯咯笑了起来。“真是漂亮的一击，上尉。你应该看看他们在山下完蛋的样子。爆炸了的那一辆。妙极了！一塌糊涂，就像巨人用过的手纸。给他安排的葬身之地真不错。他那时还正要过弯呢。第二下就跟第一下一样漂亮。你看见那司机的脸了吗？就像见了鬼似的。还有鲍瓦特公司！他们配合的这一出戏真是漂亮。”

“你做得很好。”德拉科斯简单回应了一句，心里想着其他的事情。

突然，他把车停到了路边，轮胎发出了刺耳的摩擦声。

“真该死！”他气愤地说着把车掉了头，“我们不能把他留在那儿。我们得抓住他。”车呼啸着往回开去。“拿枪。”德拉科斯命令道。

他们在山顶又碰到了那辆货车。车停在路边,司机不知所踪,可能给公司打电话去了,德拉科斯慢下车速,转过了第一个弯道。有两三幢房子亮起了灯光,一群人正围在其中一卷纸周围。那卷纸撞毁了一户人家的前门。道路的右侧有更多的纸卷。左手的一根电线杆被拦腰撞断了,喝醉了酒似的倒在一边。从下一个弯道开始,新闻纸在地上乱糟糟地四处散落,顺着山坡延伸下去。纸片在路上和护栏上撒得到处都是,就像是一场巨型的化装舞会刚刚散场留下的满地狼藉。

宾利车几乎撞断了弯道右侧的栅栏。下面是一片陡峭的山坡。它头朝下挂在一团被撞变形的栅栏上,一只车轮还挂在后轴上,正以一种诡异的姿态高悬在汽车残骸之上,像一把超现实主义风格的雨伞。

德拉科斯停下车,与克雷布斯一起下了车,静静地站在路上聆听着。

周围一片寂静,只能隐约听到远处的阿什福德公路上有一辆车开过,还有不眠的蟋蟀唧唧的叫声。

他们掏出枪,小心地走近宾利车的残骸,脚下的碎玻璃咔嚓作响。草地边缘留下了深深的划痕,空气中弥漫着汽油和橡胶燃烧的味道。被烧得炙热的车发出噼噼啪啪的轻响,撞毁了的散热器还在往外喷着蒸汽。

邦德脸朝下趴在斜坡底部,离车大概二十英尺远。克雷布斯翻过他的身子。他脸上全是血,不过还有呼吸。他们仔细地搜遍他全身。德拉科斯找到了那把小小的布雷塔手枪,装进了自己口袋里。

然后他们一起把他拖过路面，塞进梅赛德斯车的后座，一半身体压在嘉拉身上。

她发现压在自己身上的是谁后，恐惧地叫出声来。“住嘴！”德拉科斯吼了一声。他坐回车上，调转车头。克雷布斯从前座俯过身来，忙着用一根长长的电线绑住邦德。“绑牢点，”德拉科斯说，“我可不想出什么乱子。”他又想起一件事，“回到车的残骸那儿把车牌弄下来。快去，我看着路上。”

克雷布斯用毛毯盖住两人一动不动的身体，跳出车外。他用刀当起子，很快卸下了车牌拿回车上。车开动的时候正好有一群当地居民神情紧张地走下山来，用火把照亮了这个事故现场。

克雷布斯想着那些愚蠢的英国佬要收拾什么样的烂摊子，不由得暗中发笑。他舒服地靠坐在座位上，欣赏着自己最喜欢的这一段路程。通向奇勒姆的这段路上，春季的树林中开满了风信子和白屈菜。

夜晚的时候这番景象让他格外心旷神怡。在梅赛德斯明亮的头灯照耀下，这些野花在绿树掩映下熠熠发光。他想起了阿登美丽的森林，想起了自己为之效力的那个忠诚的集体，还有自己敬爱的领袖驾驶一辆缴获的美国吉普飞驰的场景。他们等待这一天等得太久了，但现在终于到时候了，而年轻的克雷布斯也是伟大场面的一部分。他似乎看见了欢呼的人群、荣誉的勋章还有美女和鲜花。他凝视着飞驰而过的风信子花丛，感到温暖和愉快。

嘉拉嘴里尝到了邦德流下的鲜血。他的脸紧靠着她躺在皮质座椅上。她挪了挪身体，让他有更多的空间。他呼吸沉重、时断时续。她很担心他的伤势。她试图对着他的耳朵低语，然后加大了音量。他呻吟了一声，呼吸加快了。

“詹姆斯，”她轻声而急切地叫着，“詹姆斯。”

他嘟哝了一句。她用力地推着他的身体。

他骂了一串脏话，身体动了起来。

他恢复了平静，她几乎能感觉到他在尽力恢复自己的知觉。

“是我，嘉拉。”她感觉到他的身体正在苏醒。

“天哪，”他说，“真是糟透了。”

“你还好吗？骨头断了吗？”

她感到他的手脚用了用力。“看来还好，”他说，“头被撞了一下。我有没有说胡话？”

“当然有。”嘉拉说，“现在听我说。”

她匆匆把自己掌握的情况告诉了他，从那本笔记本说起。

他的身体紧靠着她，硬得像一块钢板。听着她讲述这个难以置信的故事时，他的呼吸几乎停滞了。

他们已经开进坎特伯雷了。邦德凑近了她的耳朵。“我要想办法从车后部翻下去，”他低语道，“要找到电话。这是我们唯一的希望。”

他开始尽力跪起身子，体重压得那姑娘差点喘不过气来。

他猛然挨了重重的一击，跌落到她身上。

“再动一下你就没命了。”克雷布斯黏糊糊的声音从前排座椅间传来。

再过二十分钟就回到基地了！嘉拉紧咬牙关，开始努力推动邦德，让他恢复意识。

车在发射点的圆顶建筑门口停下时她刚好成功叫醒了邦德。克雷布斯手里握着枪，另一只手正在解开他们脚踝上的束缚。

邦德和嘉拉匆忙看了一眼月光下熟悉的水泥建筑和远处围成半圈的守卫，然后被推搡着押进了门里。克雷布斯扯掉了他们的鞋子，然后一起进入了发射点内部的钢铁窄道。

导弹正闪闪发光地耸立在那儿，显得美丽而无辜，像是巨人刚得到的新玩具。

然而空气中充斥着难闻的化学药品气味。在邦德看来，摧月号就像一支注射器，针头正准备深深刺入英国的心脏。他在阶梯上停住脚步，打量着导弹光亮的头部，没有理会克雷布斯对他的咆哮。一百万人即将死去。一百万。一百万。一百万！

而他只能袖手旁观吗？看在老天的分上！他要眼睁睁看着这一切发生吗？克雷布斯用枪口戳了戳他，他慢慢地跟在嘉拉后面走下了楼梯。

他转身走进德拉科斯的办公室时，已经恢复了理智。突然他的头脑一片清明，所有的疲惫和疼痛似乎都离开了身体。一定要采取行动，不管是什么样的行动。他总会想出办法的。他全身都紧张了起来，注意力高度集中，思维变得像刀锋般敏锐。他的眼睛又恢复了神采，刚才的那种挫败感像蛇蜕下来的表皮一样离开了他。

德拉科斯先进了屋，正坐着桌边。他手上稳稳地端着一把鲁格尔手枪，枪口正指着邦德和嘉拉中间的区域。

邦德听见身后的两重房门砰砰地关上了。

“我是布兰登堡师的神枪手之一,”德拉科斯侃侃而谈,“把她绑到椅子上,克雷布斯。然后把他也绑上。”

嘉拉绝望地看着邦德。

“你不会开枪的,”邦德说,“开枪有可能会引爆燃料。”他缓缓向桌边走了几步。

德拉科斯快活地笑了起来,枪口瞄准了邦德的腹部。“你记性不好,英国佬,”他直截了当地说,“我告诉过你,这间屋子和发射井中间隔着两扇门,不会影响到里面。你再走一步我就打烂你的肚子。”

邦德看着他那双自信、眯缝着的眼睛停下了脚步。

“动手吧,克雷布斯。”

他们俩都被牢牢地绑到玻璃地图墙下的两把钢管椅上,相隔几英尺。克雷布斯离开了一会儿,然后拿着一把机修工用的喷灯回到房间里。

他把那台可怕的机器放到桌上,快速压动活塞把空气注进去,然后划了一根火柴点着了它。一道蓝色火焰嘶嘶作响着喷了出来,大概有一两英寸长。他拿起喷灯走向嘉拉,在她身前几英尺处停了下来。

“好了,”德拉科斯阴沉地说,“我们干脆利落点解决这一切吧。克雷布斯可是这方面的行家。我们以前都叫他‘劝诫者’。我可忘不了他是怎么对付我们上次抓到的间谍的。就在莱茵河南岸,对吧,克雷布斯?”

邦德竖起了耳朵。

“没错,上尉。”克雷布斯回忆着往事咯咯笑了起来,“是头比利时猪猡。”

“好了,”德拉科斯说,“你们俩记住这一点。这儿没有什么公平竞争,也没有什么运动员精神。我可是动真格的。”他声音沙哑,像是一个一个字用鞭子抽出来似的。“你说,”他看了看嘉拉,“你为谁工作?”

嘉拉没说话。

“想怎么干就怎么干,克雷布斯。”

克雷布斯半张着嘴,舌头不停舔着下唇。他向那姑娘靠近了一步,好像连呼吸都变得困难起来了。

小小的火苗贪婪地呼哧作响。

“住手,”邦德冷冷地说,“她是为苏格兰场工作的。我也是。”这些现在已经不重要了,对德拉科斯并没有什么用。到明天下午的时候,甚至苏格兰场也可能不存在了。

“这还差不多。”德拉科斯说,“现在告诉我,有人知道你们被抓了吗?路上你有没有停下来打过电话?”

如果我说是,他会马上打死我俩,处理掉尸体。这样最后一个阻止摧月号发射的机会就会消失了。如果苏格兰场真知道了,为什么还没有派人来呢?不行。还是有机会的。那辆宾利车会被人发现的。瓦兰斯如果没有我的消息也会开始担心的。

“没有,”他说,“如果我通知了他们,他们早就来了。”

“没错。”德拉科斯想了想说道,“这样的话我对你们就没有什么兴趣了。恭喜你们,我们谈话进行得很融洽。如果只问你一个人可能就没有这么容易了。这种场合下有位姑娘总是有用的。克雷布斯,把那玩意儿放下。你可以走了。去跟其他人交代那些必备事项,他们等着呢。我还要招待我们的客人一阵子,然后我就去房子那儿。要注意把车好好洗干净,特别是后座。把车身右侧的痕迹弄掉。如果需要的话,让他们把整块钢板卸掉吧。或者干脆把那家伙烧了,反正我们也不会再用到了。"他大笑起来,"明白了吗?"

"是的,上尉。"克雷布斯很不情愿地把发出轻响的喷灯放到了德拉科斯身旁的桌上。"说不定你等会儿会用到它。"他说着满怀期待地看了一眼嘉拉和邦德,然后穿过双重房门走了出去。

德拉科斯把鲁格尔手枪放在自己身前的桌上。他打开了一个抽屉,拿出一支雪茄,在一个郎森台式打火机上点着了。接着他舒舒服服地在椅子上坐定。屋里有几分钟寂静无声,德拉科斯心满意足地抽着雪茄。最后他好像终于打定了主意,和善地看向邦德。

"你不知道我是多么渴望把我的故事讲给英国人听。"他用一副开新闻发布会的腔调说着。

"一份记载着我所有行动的文件正放在爱丁堡一家可敬的律师事务所里。实际上,是在苏格兰律师协会里,非常安全。"他笑着看看邦德,又看看嘉拉,"这些可敬的先生们接到的指示是,只能在摧月号第一次发射成功后打开信封。不过你们两位幸运者可以预先了解些里面的内容。明天中午你们将会看到这两扇门被打开,"他朝着右边摆了摆手,"而门后的涡轮里会冒出第一股蒸汽,你们就会明白自己在半秒钟之内就会被活活烧死。让你们知道这一切的目的是告诉你们到底什么会给你们带来瞬间的满足。就像,"他狞笑道，“我们英国人常说的那样。”

“别开玩笑了，”邦德粗声粗气地说，“接着讲你的故事吧，德国佬。”

德拉科斯的眼睛亮了一下。“德国佬。没错，我确实是一名德意志帝国的子民。”他红胡子下面的嘴里还品味着这个文雅的字眼，“英国人很快就会承认，他们是被一个德国人单枪匹马给打败了。然后他们就不能再叫我们‘德国佬’了——这是命令！”这些话全是喊出来的，就好像是面对着阅兵场上全体普鲁士军人发表的演讲。

德拉科斯的目光越过桌子凝视着邦德，红胡子下开缝的门牙不停紧张地咬着一个个手指。最后，他费劲地把右手放进裤袋，好像是要让它远离诱惑，然后用左手拿起雪茄烟。他又抽了一会儿烟，然后用依然显得紧张的话音开始讲述他的故事。

第二十二章　恶贯满盈

“我的真名，”德拉科斯对邦德说道，“是格拉夫·冯·德尔·德拉赫。我的母亲是英国人，所以我十二岁之前是在英国受的教育。后来我没法再忍受这个肮脏龌龊的国家了，于是到柏林和莱比锡完成了学业。”

邦德可以想象他那臃肿的身躯和巨怪般的牙齿是不会在英国私立学校中受欢迎的。另外，他身上的外国血统和满嘴脏话估计也不会起到什么正面的效果。

“二十岁那年，”德拉科斯沉浸在回忆中，双眼熠熠发光，“我加入了家族生意。我们是大型钢铁联合企业莱茵金属博尔西格公司的子公司。我猜你从没听说过这个公司，不过如果你在战争中领教过点八八口径炮弹的厉害的话，那炮弹十有八九就是这家公司的产品。我们子公司的专长是特种钢材，我在工作期间学习了很多这方面的知识，还掌握了航空工业的很多要领，因为航空工业是我们对口的服务对象。我就是在那时候第一次听说铌的。当时铌的价格可以媲美钻石。然后我入了党，接着战争就爆发了。真是美妙的光阴啊。我那时二十八岁，在140装甲团担任中尉。我们像利剑般撕裂了英军和法军的防线。真是令人沉醉的回忆。”

有一阵子德拉科斯没有说话，大口吸着雪茄。邦德猜想他大概在烟雾中回味着当年在比利时烧掉的那些村庄。

“真是好时光，亲爱的邦德。”德拉科斯伸长手臂，把烟灰弹到地板上，“不过接下来我被选进了布兰登堡师，不得不离开美女和香槟回到德国，开始为水上进攻英国而接受训练。师里需要我的流利英语。我们都要穿上英军制服。这任务本来会很成功的，不过那些个该死的将军们说行不通，然后我又被调到了党卫军的对外情报机构。机构的名称是帝国安全总局，卡尔滕·布鲁纳上将刚刚从遇刺身亡的海德里希手里接过那里的指挥权。他是个很好的领导，而我的顶头上司是个更棒的战士——奥托·史柯采尼中校。”他品位着这个美妙的头衔，“他在安全局中负责恐怖袭击和破坏活动。这是一段令人感觉愉快的小插曲，亲爱的邦德。其间我得以教训许多英国佬，”德拉科斯冷冷地看着邦德，“很有乐趣。不过，”德拉科斯一拳砸在了桌上，“那些猪猡一样的将军们背叛了希特勒，英美联军成功地在法国登陆了。”

“很不幸。”邦德冷冷地说。

“是的，亲爱的邦德，那的确很不幸。”德拉科斯没有理会邦德话里的讽刺，“但对我来说这是战争中最精彩的部分。史柯采尼召集了手下所有的破坏专家和恐怖分子,组建了党卫军狩猎队,在敌人后方活动。每个狩猎队分成若干个巡逻队,然后每个巡逻队再分成几个小分队。小分队都以指挥官的名字命名。指挥官都被授予中尉军衔,”德拉科斯自负地说,“我作为德拉赫小分队的队长参加了阿登突围战,和著名的150装甲旅一起穿越了美军的防线。你肯定记得这个旅身穿美军制服,开着缴获的美军坦克和车辆取胜的事迹。巨大的胜利!部队撤离时我留了下来,潜伏到了离盟军防线五十英里的阿登森林。我们一共有二十个人,十个优秀的战士加上十个希特勒青年军的狼人。那些孩子只有十几岁大,但都是好小伙子。其中领导他们的碰巧就是一名叫克雷布斯的年轻人。他有一些特殊的才能,很能胜任我们这支队伍中的行刑人和‘劝诫者’。”德拉科斯开心地咯咯笑了。

邦德舔了舔嘴唇,想起了克雷布斯的脑袋重重撞在梳妆台上的场景。他当时那一脚踢得够重了吗?够了。他的回忆证实了这一点,当时他把全身每一寸力气都集中到脚趾头上了。

“我们在树林里待了六个月,”德拉科斯不无自豪地说,“在此期间我们一直用无线电向祖国汇报。探测车从来没有发现过我们。接着有一天不幸的事情发生了。”德拉科斯想起往事不禁摇了摇头,“离我们藏匿点一英里远的地方有一个大农庄,里面造了很多尼森式掩体,用作某个联络组的指挥部,负责英军和美军之间的联系。这地方真是糟透了。里面毫无纪律、安保失当,到处都是游手好闲的家伙和开小差的人。我们观察了这里一段时间,有一天我决定炸掉它。计划很简单。傍晚时分,我们中的两个人分别身穿美军和英军制服,开着缴获的巡逻车,车上装满两吨炸药。离食堂不远的地方有个停车点,没有岗哨。他们的任务是把车开得尽量靠近食堂,把定时器调到7点开饭的时间,然后撤离。任务很简单,所以我那天早上出去忙别的事情,让副官指挥这项行动。我穿着你们英军通讯部队的制服,开着一辆缴获的英国摩托车出发了。我要去伏击一名每天从附近道路经过的通信兵。那天他果然准时出现了,我跟着他驶进了一条支路,然后追上了他,"德拉科斯仍旧不动声色地说着,"从背后开枪打死了他,拿走了他身上的文件,把他放在他自己的摩托车上,在林子里一把火烧掉了。"

德拉科斯看到了邦德眼中的怒火,举起一只手。"不怎么光明磊落吧?亲爱的伙计,总之他已经完蛋了。我接着讲。我继续上路了,可你知道竟然发生了什么事?一架我们自己的飞机在侦察返航的途中对我开炮了。我们自己的飞机!一下把我炸得飞出了公路。天知道我在沟里躺了多长时间。到了下午某个时候,我稍微恢复了一点知觉,想起来要把军帽、外套和缴获的信件藏起来。就藏在附近的树篱中,很可能现在还藏在那儿。我总有一天会去把它们拿回来的,都是些很有意思的纪念品。我把摩托车的残骸烧了,然后我肯定是又昏了过去。再次醒过来的时候我已经被抬上了一辆英军的汽车,正开往那个该死的联络指挥部。信不信由你,那辆巡逻车已经停在食堂旁边了。我倒霉透了,被炸得满身都是弹片,腿也断了。我昏了过去,醒过来时发现自己只剩下了半张脸。"他举起手抚摸着左脸从太阳穴到脸颊那儿发亮的皮肤,"接下来就是掩饰身份的事了。他们完全不知道我是谁。送我去的那辆车要么已经远离,要么可能也被炸成碎片了。我就是一个穿着英军衬衫和长裤、死里逃生的英国佬。”

德拉科斯停下话头,拿出另外一支雪茄点着了。房间里又静了下来,只有喷灯微弱的呼哧声。那充满威胁的声音越来越小了。压力快跑光了,邦德想道。

他转头看了看嘉拉,这才第一次注意到她耳后那块难看的瘀伤。他给了她一个鼓励的微笑,而她报以苦笑。

德拉科斯的话音在烟雾后再次响起:“然后就没有太多可讲的了,”他说,“我从一家医院转到又一家医院的期间详细制定了计划。这计划主要就是对英国复仇,让它为对我的祖国犯下的罪行付出代价。我承认这个想法渐渐让我无法自拔。每一天,看着我的祖国被英国蹂躏和破坏,我的仇恨就更加深一分,”德拉科斯脸上青筋暴起,他突然用力捶着桌子,肿胀的双眼扫视着他们俩,嘴里大声叫嚷着,“我痛恨你们,鄙视你们!你么这群猪猡!无能、懒惰、堕落的蠢货们!只知道躲在那该死的白色悬崖后面,让别人为你们卖命。连自己的殖民地都保护不了,只能卑躬屈膝地去向那些满身铜臭、势利无比的美国人献媚。哈!”他开始得意扬扬了,“我知道要完成这个计划只需要资金和绅士的身份就够了。绅士!见鬼!对我而言,绅士就是我可以利用的人,比如说‘刀锋’里的那些傻瓜们。都是些有钱的蠢蛋。几个月来我已经从他们身上弄到了上万英镑,就在他们眼皮底下把他们耍得团团转。结果你跑来搅乱了我的计划。”

德拉科斯眯起了眼睛。“你是怎么发现烟盒有问题的?”他厉声问道。

邦德耸了耸肩。“靠观察。”他不动声色地说。

“好吧，”德拉科斯说，“可能那天晚上我是太大意了点。我说到哪儿了？哦，对了，医院。那些好心的医生们非常急切地想帮我弄清楚自己的身份，”他又爆发出一阵狂笑，“这很容易。太容易了。”他眼中闪着狡黠的光，“他们给我提供的那些身份材料帮了大忙。我无意中看到了雨果·德拉科斯这个名字，真是太巧了！从德拉赫变成德拉科斯！我开始只是犹豫地说这个人可能就是我。他们自豪极了。没错，他们说，这当然就是你。医生们得意地非要我接受这个身份。我欣然接受了，作为德拉科斯出了院，来到伦敦，准备干点杀人越货的勾当。有一天，我干掉了一个放债的犹太佬，就在皮卡迪利大街上一幢高楼里的办公室里。（德拉科斯的语速加快了。一个个单词兴奋地从他的嘴中喷涌而出。邦德看到他的嘴角翻起了一摊白沫，而且越来越多。）哈，很容易。在他那秃头上重重来上一下，然后保险箱里的一万五千英镑就归我了。然后我赶快离开了英国，到了丹吉尔——在那儿你做什么都行、什么都能买到，一切都能解决。铌。比铂金还要稀有，每个人都想搞到手。喷气机时代嘛。这些事儿我很了解，我还没有丢掉自己的老本行。天知道我多么拼命干活。足足有五年我除了赚钱别无他想。我胆子很大，敢于冒风险。不知不觉我就赚够了一百万。然后是两百万。一千五百万。两千万。我回到英国，花了一百万，伦敦城就已经入我彀中了。然后我又回到德国。在那儿我找到了克雷布斯和其他五十个人。都是忠心耿耿的德国人和杰出的技术员。他们和我的其他老战友一样都用化名生活。我给他们下了任务,然后他们就毫无怨言地等候我的召唤。然后你知道我去哪儿了吗?”德拉科斯睁大双眼盯着邦德,“我去了莫斯科。是莫斯科!手里有铌的人到哪儿都畅通无阻。我找到了合适的人。他们听取了我的计划,然后给我介绍了瓦尔特。他是佩内明德导弹基地的一颗新星。接下来好心的俄罗斯人开始制造核弹头了,”他伸手指了指天花板,“现在就安放在那里。然后我又回到了伦敦。”他停顿了一会儿,“搞了盛装舞会。给皇室写信。计划大获全胜。德拉科斯万岁!”他发出一阵狂笑,“我把整个英国踩在了脚下。这个国家里的每个蠢货都在我脚下!然后我的人都来了,我们开始了工作。就在不列颠的海岸线上,在它那著名的白色悬崖顶上。我们玩命地干着。我们在你们的英吉利海峡上造了个码头,用来运送俄罗斯的好朋友们提供的物资。上个星期一晚上货准点送到了。可是那个塔隆听到了动静。这个老笨蛋告诉了部里。他打电话的时候被克雷布斯听到了。五十个人全部自告奋勇要去干掉他。最后抽签决定,巴尔奇英勇献身了。”德拉科斯顿了顿,“他不会被忘记的。”然后他继续说了下去,“新的弹头已经安装完毕。天衣无缝。设计得非常完美。重量完全一样。那枚旧的弹头,装满部里珍贵仪器的锡罐子,现在正躺在波兰的什切青。我们忠诚的潜艇正往这边返航,很快,”他看了看表,“就会悄悄穿过英吉利海峡的水底,明天正午过一分钟的时候将我们全体带离这里。”

德拉科斯用手背擦了擦嘴,往椅背上一靠,凝视着天花板,目光中充满了期待。他突然笑了起来,嘲弄地斜眼看着邦德。

“你知道我们上岸后第一件事要干什么吗？我们首先会剃掉你非常感兴趣的这些胡须。你的感觉很敏锐，亲爱的邦德，但是还不够敏锐。剃光的脑袋，还有费心留起的胡子，这都是预防措施，亲爱的伙计。你试试也把头发剃掉，留上小黑胡子，你母亲也认不出你来。两件事同时做效果就出来了。这是精心设计的。精确，亲爱的伙计，每个细节都要精确。这就是我的口号。”他平静地笑着，一口口喷着雪茄烟。

蓦然间，他目光敏锐，心存疑惑地看向邦德。“喂，说点什么呀。别像块木头似的坐在那儿。你觉得我的故事怎么样？难道不是很不同凡响吗？一个人单枪匹马干了所有这一切。来吧，来吧。”他把一只手举到嘴边，又开始不停地咬着手指甲。接着他又把手放回了口袋，眼神变得冷酷起来。“还是你们想让我叫克雷布斯过来？”他指了指桌上的电话，“‘劝诫者’。可怜的克雷布斯。他就像一个玩具被抢走了的小孩。要不把瓦尔特叫来？他肯定会让你俩难以忘怀的。这家伙可没有什么软心肠。到底怎么样？”

“没错，”邦德说，他平静地看着对面那张大红脸，“这确实是个不同凡响的案例。急性偏执狂。嫉妒和迫害妄想症。夸大狂式的仇恨和过度的复仇心理。挺有意思的，”他不动声色地继续说道，“可能和你的牙齿有关吧。他们把这叫‘牙中缝’。小时候你肯定吮指甲太多了。我想等你被关进疯人院的时候，心理学家应该就会这么分析的。‘巨怪牙齿’啊、学校里受了欺负啊这些病因，对儿童的影响是很大的。纳粹主义煽风点火之下，你那丑陋的脑袋就被开了条缝。也可以说是你自己开了这条缝。我想这就解释清楚了。

从那时起你就是真的疯了。就是以为自己是上帝的那种疯狂。完全就是无法自拔。你差不多算是个天才了。龙勃罗梭(意大利犯罪学家和精神病学家)见到你肯定会很高兴。然而你不过只是条疯狗,注定要被毙掉。或者你也可能会自杀吧。偏执狂们经常都会这么干。很不幸啊,悲惨极了。"

邦德顿了顿,尽力使自己的声音充满鄙夷。"现在把你这场闹剧演完吧,大毛脸疯子。"

邦德的话起效果了。他说出的每一个字都让德拉科斯的脸气得更加扭曲。他双眼发红,汗珠顺着面孔滴到了衬衫上,嘴唇向后扯着,露出了突出的牙齿,口水从嘴里流出来挂在了下巴上。现在,邦德最后那一番中学生式的辱骂不知道勾起了他哪一段痛苦的回忆,他从椅子上跳了起来,绕过桌子冲向邦德,举起毛茸茸的拳头向他砸去。

邦德咬紧牙关忍受着。

德拉科斯把邦德击倒在地上两次。第二次他不得不把邦德连人带椅扶起来的时候,怒火突然消失了。他拿出丝质手帕擦了擦脸和手,然后平静地走到门口,目光越过邦德低垂的脑袋看向那姑娘,开口说话了。

"我想你们俩不会再给我添麻烦了,"他冷静而自信地说,"克雷布斯绑人从来没出过差错。"他指了指椅子上满身是血的邦德。"等他醒过来,"他说,"你可以告诉他,这两扇门还会再开一次,就在明天中午之前。在那几分钟后,你们俩就会尸骨无存了。"他拧动里面那扇门的把手,接着说,"就连你们嘴里补牙的材料也会荡然无存。”

外面那扇门关上了。

邦德慢慢抬起脑袋,沾满鲜血的双唇努力向那姑娘挤出一丝笑容。

“只能激怒他,”他艰难地说,“不能给他留下思考的时间。要让他头脑发热。”嘉拉疑惑不解地看着他,看到他一脸的血污不由得睁大了双眼。

“没事,”邦德口齿不清地说,“不用担心。伦敦有救了。我有个计划。”

这时身边的桌子上那盏喷灯最后轻轻地扑哧了一声,熄灭了。

第二十三章 千钧一发

邦德半开半合的眼睛专注地看着那盏喷灯。他静坐了几秒钟，让身体渐渐恢复活力。他的脑袋感觉就像被当作足球踢过，不过骨头并没有伤到。德拉科斯打他的时候像个醉汉一样乱挥一气，并没有特意找他的要害。

嘉拉担心地看着他。他血肉模糊的脸上双眼几乎已经睁不开了，但下巴用力紧绷着，似乎正在凝神思考。她能感觉得到他正在努力凭意志支撑着。

他晃了晃脑袋，转头看向她。她看到他眼中充满了胜利的喜悦。

他对着桌子点了点头。“那个打火机，”他急切地说，“我刚才努力要让他忘记把它拿走。跟我过来，我告诉你怎么做。”他开始摇动那把轻型的钢管椅，一英寸一英寸地靠近桌子，“看在上帝分上千万别翻倒在地,要不我们就完蛋了。不过要快,要不然喷灯就会冷却了。”

嘉拉还是一头雾水,感觉他们好像在玩什么诡异的儿童游戏,不过她还是小心翼翼地跟着他摇动椅子移动了过去。

几秒钟后邦德叫她在桌边停下来,然后自己继续挪动到德拉科斯的座椅边。他设法把自己调整到一个合适的姿势,正对着目标,然后猛地一下身子带着椅子俯了下去,让自己的脑袋靠近桌子。

他用牙咬住郎森打火机的时候,感到了撞击带来的疼痛。但他用嘴唇固定住了打火机,让它的顶部留在自己口中。然后他又把椅子向后靠去,力道刚刚好,没有翻倒。接着他耐心地一点一点移动到嘉拉所在的位置,也就是克雷布斯放下喷灯的那个桌角。

他休息了一会,让呼吸平稳下来。“现在是最难的一步,”他严肃地说,“我要想办法让喷灯烧起来,你把椅子转过来,让右手尽可能靠近我。”

她顺从地挪动了身体。邦德又挪动椅子,让它靠在桌子边缘,伸出脑袋让嘴巴够到喷灯,把它的把手咬在齿间。

然后他小心地把喷灯朝自己的方向移动。在耐心地忙活了几分钟后,他终于把喷灯和打火机摆放到了桌边自己满意的位置。

他又休息了片刻,然后俯下身去,用牙齿关上了喷灯的阀门。接着他开始用嘴唇拉起加压柄,再用下巴压下去。他缓慢地重复着这个动作,把空气一点点压进喷灯。他的脸上能感受到预热器里的余温,鼻子里还有残留的燃气味道。希望没有完全冷却掉。他直起了身子。

“最后一步了，嘉拉，”他扭曲的脸庞露出了笑容，“有可能会把你弄疼。没关系吧？”

“当然没关系。”嘉拉说。

“那么开始吧。”邦德说着俯下身去，打开了喷灯气罐左侧的阀门。

然后他迅速俯身靠近郎森打火机。打火机现在的位置很合适，正处于喷头下方。他用两颗门牙重重压下了打火柄。

这个动作非常危险。尽管他已经像蛇一样迅速地缩回了脑袋，还是让喷出来的蓝色火苗舐过了他肿胀的脸颊和鼻梁，疼得他倒吸了一口冷气。

汽化的煤油嘶嘶作响喷着火舌。他摆了摆脑袋，甩掉蒙住眼睛的水雾，然后低下头，几乎是成直角靠近喷灯，咬住了把手。

他感觉自己的下巴都快被这东西的重量压断了，门牙感到的疼痛刺激着他的神经。但是他还是小心地让椅子直起来，身体离开了桌面。然后他尽力保持脖子的角度，让喷灯蓝色火焰的尖端烧到那条把嘉拉右手的手腕绑在椅子扶手上的电线。

他竭力想让火焰的位置保持不动，但是喷灯的把手在他嘴里稍微晃动一下，火苗就会扫过那姑娘的前臂。她咬紧牙关，疼得喘着粗气。

但是这一切终于过去了。在高温的炙烤下，电线开始熔化，上面的铜丝一根根断开了。嘉拉的右臂突然恢复了自由，她赶紧伸手把喷灯从邦德嘴里拿开。

邦德把头向后一仰，畅快地扭动着脖子，让血液流通起来，舒缓肌肉的疼痛。

他还没有回过神来,嘉拉已经弯腰烧断了他手脚上的电线,他也恢复了自由。

他闭上双眼静静坐了片刻,让身体恢复力气。突然他惊喜地感觉到嘉拉柔软的双唇吻上了自己的嘴。

他睁开眼睛。她正站在面前,眼中闪烁着喜悦的光芒。“那是对你的奖赏。”她严肃地说。

“你真是个好姑娘。”他简单地说道。

然而,他心里知道接下去自己要怎么做。他明白,虽然她可能有机会活下去,他却只有几分钟的生命了。他闭上眼,不让她看见自己眼里的绝望。

嘉拉看见了他脸上的表情,转身走开了。她以为那只是精疲力竭和满身伤痕的原因。突然她想起了自己办公室盥洗室里的过氧化氢。

她穿过连通的内部房门走了过去。再次看到自己熟悉的这一切感觉很奇怪,就好像那时在桌后坐着打字、补妆的人是另外一个人似的。她耸耸肩,走进了小小的盥洗室。天哪,自己镜中的模样真吓人!而且她真是疲惫不堪。不过她顾不上这些,拿了一条湿毛巾和一些过氧化氢,走回隔壁房间。她花了十分钟清理他脸上的伤。

他静静地坐在那儿,一只手扶着她的腰,感激地望着她。然后她回到了自己的房间。他听到她关上了身后盥洗室的门。他站起身来,关上还在嘶嘶作响的喷灯,走到了德拉科斯的淋浴间里,脱掉衣服在冰冷的水下冲了五分钟。洗干净好入土。他悲切地想着，在镜中仔细看着自己支离破碎的脸庞。

他穿好衣服，走回到德拉科斯的桌前，经验丰富地搜寻起来。只有一样有价值的东西，办公室必备，半瓶海格兑和威士忌。他找到两个杯子和一些清水，大声叫着嘉拉。

他听到盥洗室的门开了。"什么事?"

"威士忌。"

"你先喝。我一会儿就好。"

邦德看了看瓶子，将手里的刷牙杯子里倒了四分之三，两口喝下肚中。然后他慢慢地点燃了一支烟，坐在桌边感受着酒精的热度灼烧着胃部，烧暖了双腿。

他又拿起酒瓶看了起来。给嘉拉多倒点，再给自己来满满一杯，然后他就可以走出这扇门了。还算不错。几杯酒下肚，他待会儿义无反顾地走出去关上房门时就会感觉没那么糟。不能犹豫了。

嘉拉进来了，完全变了个样子。现在她看上去就跟他第一次看到她的那个晚上一样美丽动人，只是脸上的脂粉没法完全遮盖眼角的疲惫，手脚上的伤痕依旧醒目。

邦德把酒递给她，给自己也倒了一杯。他们举起杯，相视而笑。

邦德站起身来。

"听着，嘉拉，"他干巴巴地说，"我们必须面对现实，必须完成这件事。所以我开门见山地告诉你我的想法，然后我们还可以再喝一杯。"他听到她屏住了呼吸，但没有停下话头，"大约十分钟后我要把你关在德拉科斯的浴室里，让你待在淋浴喷头下，把水开到最大。”

“詹姆斯,”她叫着他的名字朝他走近了几步,“别说了。我知道你要说些可怕的话了。求你别说下去了。”

“好了,嘉拉,”邦德粗声粗气地说,“这他妈有什么关系呢。我们有这个机会已经是个奇迹了。”他走开了几步,一直走到通向发射井的门口。

“然后,”他说着用右手拿起了那个珍贵的打火机,“我会走出去关上门,到摧月号下面去抽我最后一支烟。”

“天哪,”她低声说道,“你在说什么?你疯了!”她恐惧地睁大眼睛看着他。

“别傻了,”邦德不耐烦地说,“要不还有什么办法呢?爆炸的威力巨大,我不会感到痛苦的。周围充满了燃气,这办法一定能行得通。要么我死,要么伦敦城里有一百万人要丧命。核弹头不会爆炸的。这是原子弹的爆炸原理决定的。可能会熔化掉吧。你还是有机会活下去的。爆炸产生的大部分冲击力都会从阻力最小的屋顶或者排气道释放出去。如果我能操纵机器打开地板,就能成功。”他笑了,“别伤心了,”他说着走到她身边,抓起她的一只手,“燃烧的甲板上英勇的男孩。我从五岁起就以他为榜样了。”(“The boy stood on the burning deck”语出法国诗歌,在西方世界被广为引用。)

嘉拉抽回手。“我才不管你怎么说,”她气愤地说,“我们要想个别的办法。你不相信我有什么主意是吧?你总是要告诉我你认为我们应该怎么做。”她走到地图墙旁边打开了开关,“当然,如果最后必须要用到打火机的话我们就用。”她凝视着地图上那份虚假的发射方案似乎在走神。“但要你孤身一人走进那里,站在那些难闻的燃气里按下打火石……不管怎么样,如果必须如此,也得是我俩一起去。我宁愿那么死也不愿意躲在这里被烧死。还有,”她顿了顿,“我要和你一起。我们俩不能分开。”

邦德走向她,眼神变得柔和了。他伸出一只手搂住她的腰,把她抱在怀里。“嘉拉,你真是太可爱了。”他简短地说,“如果还有别的办法我们当然可以试一试。可是,”他看了看表,“现在已经过了午夜,我们必须赶快行动了。德拉科斯随时都可能心血来潮派守卫来查看我们的情况,而且天知道他打算什么时候先过来设置陀螺仪。”

嘉拉的身体像小猫一样缩了起来。她张大嘴巴瞪着他,脸上的肌肉兴奋得绷得紧紧的。“陀螺仪,”她低声说着,“设置陀螺仪。”她虚弱地靠在墙上,目光搜索着邦德的脸。“你还不明白吗?”她的声音几乎显得歇斯底里了,“他离开后,我们可以把陀螺仪重新设置到原来的发射方案,那样导弹就会按照原来的计划一直飞到北海了。”

她走了几步离开了墙壁,双手抓住他的衣服用恳求的目光看着他。“可以吗?”她说,“这样可以吗?”

“你知道另外那份设置参数吗?”邦德急切地问道。

“当然知道,”她迫切地回答道,“我一年来一直都在和它打交道。我们没有天气报告,不过可以碰碰运气。早上的天气预报说明天的天气情况会和今天一样。”

“如果老天保佑的话,”邦德说,“我们也许可以这么干。但首先我们得藏起来，让德拉科斯以为我们已经逃走了。排气坑行吗？我可以试试操作机器打开它。”

“那地方是一个垂直的一百英尺深的大坑，”嘉拉说着摇了摇头，“墙壁都是钢板，跟玻璃一样滑。那儿也没有绳索和别的什么可以借力的东西。昨天他们就把那儿清场了。再说海滩上还有守卫看守着。”

邦德想了想，然后眼睛一亮。“有主意了，”他说，“但首先我要搞清楚雷达的问题，伦敦那台导航装置是怎么工作的？会不会到时候它还是可以改变导弹的路线，把它拉回伦敦去？”

嘉拉摇摇头。“它的工作范围是一百英里，”她说，“导弹根本就不可能收到它发出的信号。如果路线设置的是北海方向，它最终会进入橡皮筏上发射器的控制轨道。我的计划完全没有问题。不过我们藏到哪儿去呢？”

“可以藏到其中一个通风井里，”邦德说，“来吧。”他最后环视了一眼这个房间。打火机装在口袋里了。这是他们留的最后一手。其他没有什么有用的东西了。他跟着嘉拉走出门，来到熠熠发光的发射井，朝控制排气坑上钢板的控制面板走去。

邦德快速研究了一番控制面板，然后扳动一个沉重的操作杆，让它的位置由“关”变为“开”。墙后的液压装置发出一阵微弱的嘶嘶声，导弹下方两块半圆形的钢板向两边移开，滑到槽里。他走过去朝下张望。

光滑的墙面反射出了头上的穹顶。这条宽阔的通道一直通下去，在底端转了个弯消失在邦德的视野中。那儿一直通到远处咆哮的海面。邦德走回德拉科斯的办公室，扯下浴室里的浴帘。嘉拉和他一起把帘子扯成一条一条，然后扎成绳索。他故意在最后一块布条的末端制造了一个参差不齐的切口，造成逃跑时绳索断裂的假象。然后他把另一端捆在摧月号其中一个尾翅上，把其他的部分扔进排气坑。

这种伪装并不算很高明，不过可以为他们争取点时间。

通风井大大的圆形入口离地有四英尺高，相互之间间隔大约十码。邦德算了算，一共有五十个。他小心地打开其中一个入口处的隔栅，朝上看去。大概四十英尺高的地方能看到外面月亮发出的微光。他判断这些通风井在墙壁里是一直垂直向上开的，然后在顶端折向与地面平行的方向，通向外墙上的隔栅口。

邦德伸手在墙面摸了一把，发现墙面并没有打磨，是粗糙的混凝土表面。他还摸到了一个个明显的凸起，邦德满意地哼了一声。那是用来加固墙壁的钢筋从墙里伸出的末端，长短不一。

爬上去不容易，不过他们肯定还是可以像登山运动员攀登陡峭的石壁一样顺着其中一个通风井慢慢爬上去。爬到顶部的时候，他们可以藏在转角处。唯一要担心的是彻底的搜查，不过只要到了早上，基地里会挤满伦敦来的达官贵人，搜查就没那么方便了。

邦德跪下身子，让那姑娘踩到自己背上，开始往上爬。

一个小时以后，他们的脚上和肩上布满了瘀青和划伤，他们筋疲力尽地躺倒了。他们紧紧抱在一起，脑袋离外墙大门上方那一圈隔栅只有几英寸的距离。他们听着外面的守卫们就在离他们一百码远的黑暗中不知疲倦地踏着步。5 点，6 点，7 点。

太阳缓缓地在圆顶后升起,海鸥开始在崖边鸣唱。突然有三个身影从远处朝他们躺着的方向走了过来。他们身边跑过两列昂首挺胸的守卫,正准备换岗。

那几个身影越走越近了。藏在上面的两人用疲惫的眼睛分辨出了德拉科斯橙红色的脸,瓦尔特博士干瘦、惨白、狡猾的脸,还有克雷布斯油汪汪、没睡醒的肿脸。

三人像行刑队一样沉默不语地走了过来。德拉科斯拿出钥匙开了门,然后他们依次穿过房门鱼贯而入,上方几英尺处就躺着邦德和嘉拉紧绷的身体。

接下来的十分钟内四周一片寂静,只有偶尔从通风井里传来三个人走下阶梯,走向排气坑时发出的响动。邦德想象着德拉科斯脸上即将出现的愤怒和惊慌的表情,克雷布斯被德拉科斯骂得狗血淋头时那副蔫巴巴的样子,还有瓦尔特那种刻薄的谴责目光。想到这些他不禁暗自发笑。接着他们身下的门突然开了,克雷布斯急切地叫着守卫头目的名字。站成半圈的那群人里有一个跑了过来。

“是英国佬,”克雷布斯几乎是歇斯底里地叫道,“他们跑了。上尉先生认为他们可能躲在其中一个通风井里。我们要检查一下。等会圆顶会打开,清除里面的燃气。然后博士先生会用软管向每一个通风井里面注入蒸汽。如果他们真的躲在里面,一定活不了。你找四个人过来。下面有橡胶手套和防火服。我们去打开热气的开关。交代其他人留意听有没有惨叫声。明白了吗?”

“遵命!”那个人三步并作两步迅速跑回队伍中。克雷布斯的脸上焦虑万分,大汗淋漓。他转身走进门里看不见了。

邦德一动不动地躺了一会儿。

圆顶打开了,他们头上传来低沉的轰鸣声。

蒸汽软管!

他听说过叛变的船员和工厂里的暴动分子用这东西做过武器。它能伸到四十英尺这么高吗?压力会持续多久?他们有多少个锅炉提供热气呢?他们打算从五十个通风井里的哪一个开始下手?邦德和嘉拉爬上来的时候有没有在这个井口留下什么蛛丝马迹?

他感觉到嘉拉正在等他解释这一切,等他采取行动保护他们的安全。

五个人从守卫队伍里快步跑了过来,从他们身下跑过消失不见了。

邦德的嘴巴凑近了嘉拉的耳朵。“可能会很疼,”他说,“说不好有多严重。没有什么别的办法,只能硬挺过去。不能发出响声。”他感觉到她的手臂轻轻压了压他,表示回答,“把膝盖抬起来。别害羞。现在可不是矜持的时候。”

“闭嘴。”嘉拉恼怒地耳语道。他感觉到她一边的膝盖慢慢抬高,紧紧夹在他的两腿之间。他自己的膝盖也入法炮制。她不停扭动着身体。“别犯傻,”邦德小声说着,把她的头拉紧向自己的胸口,用衬衣盖住了她的半个脑袋。

他尽量用身体覆盖住她。手脚露在外面没有什么办法。他把衬衣领口尽量往上拉,包住他们的头部。两个人紧紧拥抱在一起。

酷热难当、身体发麻、呼吸困难。邦德等待着,突然觉得他们就像躲在灌木丛里偷情的一对爱侣,等着身边的脚步声远去,好重新亲热一番。他暗自苦笑了一声,然后凝神静听。

通风井里一片寂静。他们可能在发动机室里。瓦尔特可能正在指挥着把软管连到输出阀门上。现在远处隐隐有声音传来了。他们会从哪里开始呢?

在离他们不远的地方响起了一阵轻微的、被拉长了的低语声,就像远方的火车若有若无的汽笛声。

他重新把衬衣领子拉下来,透过隔栅观察着外面的守卫。他能看到的几个守卫都一起看着发射井圆顶上自己左侧的某处。

长长的低语声第二次响起。然后是第三次。

人声越来越响。他可以看见守卫们的目光已经移向他和嘉拉藏匿的位置了。他们一定在饶有兴趣地欣赏着白色的蒸汽猛地从隔栅里喷出,沿着水泥墙壁升上天空。他们一定在猜测着这一次、那一次或者下一次会不会同时听到两声惨叫。

他能感受到嘉拉的心跳。她并不清楚接下来会发生什么。她只是完全信任他。

“会疼的,”他再次对她低语道,“可能会烫伤。不过我们不会死。勇敢点,不要发出声音。”

“我没事。”她生气地说。但他能感觉到她的身体靠得更近了。

呼哧!越来越近了。

呼哧!还差两次就到了。

呼哧!就在旁边了。他闻到一股可疑的湿漉漉的蒸汽味道。

抱紧她,邦德提醒自己。他用身体紧紧裹住她,屏住了呼吸。

来吧。快来吧。赶快过去吧,该死。

突然之间他感受到了巨大的气压和可怕的高温,耳边是呼啸的风声,身上一阵炽热的疼痛。

一片死寂。脚踝和双手是一种极度寒冷混杂着酷热难当的感觉。身上已经完全湿透,几乎要窒息般想要大口呼吸,让空气赶快进入肺部。

他们的身体不由自主地想要挣扎着离开彼此,好让自己烫伤的皮肤能多一点空间,接触到多一点空气。他们喉中嗬嗬喘着气,水泥墙面上的水不停滴入他们嘴里。他们只好偏过头去把水吐出来,让它和身下流过的水汇聚在一起,流过烫伤的脚踝,顺着垂直的墙壁流到他们爬上来的地方。

蒸汽管的咆哮声渐渐离他们远去,变成轻声细语,最后终于消失了。他们这间狭窄的水泥监牢里寂静无声,只有困难的呼吸声和邦德手表上的水珠滴滴答答的响声。

两个身体静静躺在那儿等待着从痛苦中恢复过来。

半小时过去了——感觉就像过了半年那么久,瓦尔特、克雷布斯和德拉科斯先后从他们下面走了出来。

保险起见,他们把守卫留在了发射井的圆顶里。

第二十四章　导弹升空

“那么大家都没意见了吧？”

“是的，雨果爵士。”是军需部部长的声音，邦德认出了他衣冠楚楚、自信满满的身影。“这些是设置数据，我的部下今天上午已经单独和空军部确认过了。”

“那么，我就荣幸地开始工作了。”德拉科斯把那张纸条拿在手中，转身走向发射井的圆顶。

“请留步，雨果爵士。请保持这个姿势。对，手举在空中。”闪光灯不停闪着，一排的相机调整着角度，快门咔嚓咔嚓响个不停，捕捉着这最后一幕。德拉科斯转身朝圆顶走了几步，在邦德看来，他的眼神几乎穿透了门上的隔栅，正好和自己的双眼对视着。

一小群记者和摄影师渐渐散去，三三两两地走过水泥空地，只留下一群叽叽喳喳、神情紧张的官员们等待着德拉科斯回来。

邦德看看手表,11 点 45 分了。快点啊,该死的,他想。

他在心里第一百次把那组数据默念了一遍。那是他们经历了蒸汽的折磨后,在连续数小时忍受烫伤的痛苦中嘉拉告诉他的。接着他第一百次活动着自己的四肢,保持血液的畅通。

“准备好。”他轻声对嘉拉说,“你还好吗?”

他可以感觉到姑娘笑了。“我很好。”她尽量不去想自己满是水泡的双腿还有将要快速从粗糙的通风井滑下时的擦伤。

他们身下的门砰地关上了,接着是咔嗒一声,锁上了。德拉科斯的身影在五个守卫的护送下出现了。他大步走到那群官员身前,手里还拿着那张掩饰用的数据表。

邦德再次看表。11 点 47 分。“行动吧。”他低声说。

“祝你好运。”她小声回答道。

滑落,擦伤,伤口撕裂。他的双肩小心地展开又收紧;满是水泡和血痕的双脚摸索着墙上凸起的钢筋。邦德开始滑下四十英尺高的通风井,身上到处都是擦伤。他心里祈祷那姑娘下来的时候能够承受得住这一切。

最后十英尺的下落让他的脊椎疼痛不已,然后他一脚踹开了隔栅,跌落到钢制地板上。他迅速沿着楼梯跑起来,身后的地上留下了一串血红的脚印和裸露的双肩上滴下的鲜血。

头上的穹顶已经收起来了,但日光从敞开的屋顶透进来,蓝天与艳阳交相辉映,邦德觉得自己正奔跑在一颗巨大的蓝宝石内部。

发射井中央导弹的尖顶看起来就像是玻璃制成的。他一边汗流浃背、气喘吁吁地顺着铁楼梯往上爬,一边抬头望去,导弹的尖顶和蓝天似乎融为一体，难以分辨。

导弹闪闪发亮，蓄势待发。在一片寂静中邦德听到了摧月号内部某处传来致命的嘀嗒声。那是小小的金属针脚急速撞击的声音。这声音充斥着宽敞的钢铁密室，听上去就像是美国小说家笔下小说中可怕的心跳声。邦德知道只要德拉科斯在发射站一按下发射按钮，无线电波就会跨越了两百码的距离传送到这儿等待的导弹上，到时嘀嗒声会停止，喷火轮会呼啸着转动起来，涡轮会喷出一股蒸汽，火焰会咆哮着冲出来，导弹将缓缓升上天空，开始它那壮观的旅程，准备在空中划出一道巨型的抛物线。

现在他面前发射架上长长的机械臂已经收起，折放在墙边。邦德扳动操纵杆，机械臂缓缓降下，伸到导弹外壁上一个细细的方形接缝处。那里正是陀螺仪舱的入口。

邦德手脚并用，不等机械臂上的橡皮垫触到导弹的镀铬表面就爬了过去。门上有一个一先令硬币大小、一闪一闪的圆形按钮，和嘉拉描述的一模一样。按一下，咔嗒一声，小小的舱门被结实的弹簧弹开了。进入舱室。小心不要伤到脑袋。鲜艳的罗盘下方亮闪闪的把手。转动。扭动。固定。旋转设置好了。然后来处理螺距和偏航。转动。扭动。轻轻地来。固定。最后检查一遍。看了看表。还有四分钟。不要慌。退出去。咔嗒，门关上。像猫一样快步离开。不要朝下看。收起支撑架。砰的一声收到了墙边。现在下楼。

嘀嗒嘀嗒。

邦德飞速朝下跑的时候看到了嘉拉焦虑苍白的脸。她正站在德拉科斯办公室的门口，手里抓着门把手让门开着。天哪，他的身体疼得不行！最后一跳，右转。砰的一声嘉拉关上了外层的门。又是砰的一声。然后他们跑过房间，冲进淋浴室，紧紧抱在一起，喘着气。水流嘶嘶地浇在他们身上。

在所有这些嘈杂声中和自己的心跳声中，邦德突然听到了一阵电流声，然后几英寸之外墙那边，德拉科斯房间里的大型收音机里传来了 BBC 播音员的声音。又是嘉拉干的。她突然想起了德拉科斯这台无线电，趁邦德操作陀螺仪的时候抽空把它打开了。

"……要推迟五分钟，"播音员轻快、兴奋的声音说道，"雨果爵士同意对着麦克风说几句话。"邦德关上淋浴龙头，声音清晰地传来，"他看起来非常有信心，正在和部长耳语着什么。他们俩都在笑。想知道他们说了什么吗？啊，我的同事从空军部发来了最新的天气报告。你说什么？所有海拔高度天气都很好。是个好兆头。从地面的情况看，绝对是个好天气。哈哈。远处海岸警卫站附近的人群要被晒得够呛了。那儿大概有好几千人吧。什么？你说有两万人？呃，看上去确实有那么多人。沃尔默海滩那儿也是黑压压的一片。好像整个肯特郡的居民都出来了。恐怕等会大家的脖子都会伸得很累了。比温布尔登网球赛还要热闹。哈哈。嘿，码头那儿是怎么回事儿？上帝啊，一艘潜艇刚刚浮出了水面。我得说，这可不常见。我敢说是一艘大型潜艇。雨果爵士的工作团队都在那儿，列队在码头上站着，好像是要游行似的。真是一群了不起的人。他们现在正在排队上艇，井井有条。一定是海军部的主意，让他们在海峡里最好的看台上欣赏这一切。真是了不起的表演。真希望你们都能来现场。现在雨果爵士朝我们走来了。他马上就要对大家讲话了。他的身材真是魁梧啊。所有在发射站的人都朝他欢呼着。我相信今天大家都想向他致敬。他已经走进了发射站。我可以看到阳光照耀着摧月号的顶部,在他身后闪闪发光。导弹的顶部刚刚伸出发射井圆顶的上缘。希望有人把这一幕拍下来。现在他来了,”他顿了顿,“有请雨果·德拉科斯爵士。”

邦德看着嘉拉正在滴水的脸庞。他们俩全身湿透、满身鲜血,紧紧拥抱着对方,因为强烈的情绪波动说不出话来,浑身发抖。他们对视着,但是眼中一片茫然。

“陛下,全英国的人民,”他声音温和,但听上去却很刺耳,“我将要改变英国的历史进程。”他顿了顿,“几分钟后,你们的生活将,呃,发生某种改变。呃,会因为摧月号而发生巨大的改变。我非常自豪,也很欣慰,因为命运在我所有的同胞中选择了我来将这支伟大的复仇之箭射向空中,从而让全世界、让历史来见证我祖国的伟大。我希望这次发射会成为对我国敌人的永远告诫,让他们明白与我国作对,其命运只能是灰飞烟灭,而且,”他又顿了顿,“要用鲜血偿还。感谢所有人收听我的讲话,我真诚地希望,有可能的话,你们中间为人父母者可以向你们的孩子们转述我今天的讲话。晚安。”

收音机里传来一阵犹犹豫豫的掌声,接着播音员轻快的声音再次响了起来。“刚才是雨果·德拉科斯爵士在走进发射站启动开关,发射摧月号之前向大家做的简短讲话。这是他首次在公众面前发表讲话,话讲得非常,呃,坦率,可以说是直言不讳。不过我想我们中的很多人不会觉得这样的讲话有什么不妥。现在我把时间交给在场的专家，空军的坦迪上尉。他将向大家详细介绍摧月号的整个发射过程。在那之后，你们会听到彼得·特林波从海军巡逻艇梅尔甘泽号上发来的报道。他将会向你们描述导弹目标区域的情况。现在有请坦迪上尉。”

邦德看了看表。“只剩一分钟了，”他对嘉拉说，“该死的，我真希望亲手抓住德拉科斯。拿着这个，”他伸手拿起肥皂，从上面扣下了几小片，“等会把这个塞到你耳朵里。噪音会很大。我不清楚热量会是什么情况，不过不会持续太久，而且钢制的墙壁可能可以抗得住。”

嘉拉看着他笑了。“如果你抱住我，就不会太可怕。”她说。

“……现在雨果爵士的手已经放到开关上了，他正看着计时器。”

“十。”另一个低沉而浑厚的声音插了进来，听上去就像报时的钟声。

邦德打开淋浴龙头，水嘶嘶地浇在他们紧紧抱着的身体上。

“九。”计时员的声音再次如撞钟般响起。

“……雷达操作员正观察着屏幕。现在除了一堆波浪形的曲线外什么也看不到。”

“八。”

“……大家都带上了耳塞。发射台很坚固，牢不可摧。这儿的水泥墙有十二英尺厚。金字塔形的屋顶最厚处达到了二十七英尺……”

“七。”

“……首先,无线电波会让涡轮旁边的计时装置停止工作。这时喷火轮就会开始转动。那家伙就像个大号的旋转烟火喷出条条火舌……”

“六。”

“阀门将要打开。液态燃料注入。保密配方。很厉害的材料。液态的炸药。从燃料舱流进来……”

“五。”

“……燃料进入引擎,被喷火轮点燃……”

“四。”

“……这时双氧化氢和高锰酸钾开始混合,产生蒸汽。涡轮泵开始运转……”

“三。”

“……把燃烧着的燃料通过底部推出引擎,排入排气坑。将产生巨大的热量……温度将达到三千五百度……”

“二。”

“……雨果爵士准备按下开关了。他正注视着屋外。头上都是汗。这里鸦雀无声,气氛出奇紧张。”

“一。”

所有的声音都消失了,只有流水哗哗地冲到紧抱着的两个人的身上。

点火!

随着这声号令,邦德的心提到了嗓子眼。他感到嘉拉不停地战栗着。一切寂静无声,只有嘶嘶的水声……

“……雨果爵士离开了发射站。他正步伐坚定地走向悬崖边。多么充满自信。他走到了升降机上。他正在下降。当然了，他一定也是要上到潜艇上去。电视屏幕上能看到导弹的尾部升起了一股蒸汽。几秒钟以后它就将升空。没错。他是来到码头上了。他回头看了看，高举手臂。多么好的人啊，雨果爵……”

邦德和嘉拉听到了一声轻雷，然后这声音越来越响。铺着瓷砖的地板开始在脚下晃动。耳边传来了飓风般的呜呜声。他们快要被碾成粉末了。墙壁不停摇动，四处冒着热气。他们的身体不停抖动，腿脚不听使唤。抓紧她，抓紧她。停下！停下！这声音快停下！

天哪，他快要晕过去了。水开始沸腾了。必须关掉水龙头。好了，关掉了。不行。水管裂开了。蒸汽、臭味、钢铁、油漆。

把她弄出去！把她弄出去!! 把她弄出去!!!

接下来又是一片沉寂。那是一种可以触摸、把握、挤压的有形的沉默。他们躺在德拉科斯办公室的地板上。只有浴室里的灯还亮着。烟雾正渐渐散去，四周还充斥着钢铁和油漆燃烧的臭味，不过正被空调一点点抽走。钢制的墙壁凸出来一大片，像个大大的水泡。嘉拉睁着眼睛正在微笑着。但是导弹怎么样了？飞到了伦敦还是北海？收音机。看起来还是好的。他晃动着脑袋，渐渐恢复了听觉。他想起耳朵里还塞着肥皂，赶快掏了出来。

“……突破了音障，精确地飞行在雷达屏幕的正中央。完美的发射。噪音非常大，恐怕刚才你们什么也听不到吧。非常精彩。先是一团火焰穿过排气道从悬崖上喷了出来，然后导弹的顶端缓缓从发射点的圆顶上升起。它就像一支巨大的银色铅笔，笔直地矗立在火柱上,慢慢爬升到空中。火焰一直越过水泥建筑物喷射到几百码之外。它发出的巨大呼啸声几乎弄坏了我们的麦克风。悬崖上掉下来一大片岩石,水泥地看上去被撕成了蛛网。震动得可怕。接着它爬升的速度越来越快。时速一百英里。一千英里。等等,"他突然停下来,"你说什么?真的吗?现在它正以超过每小时一万英里的速度飞行!它现在已经飞到了三百英里高的空中,已经听不到声音了。它的火焰几秒钟后也将看不到了。就像流星一样划过天际。雨果爵士一定非常自豪。他现在就在海峡。那艘潜艇开得也像导弹那么快,哈哈,时速足有三十海里,在海上翻起了层层巨浪。现在潜艇已经驶离东古德温灯塔船,朝北开去。很快就会和巡逻艇会合了。他们既可以看到发射的场景,又能够欣赏导弹降落的一幕。这真是一次令人惊异的航行,完全没有人料到会这样。好像甚至是海军的长官们也显得迷惑不解。诺尔总司令正在打电话。现在我能告诉大家的就是这些了,下面请东海岸附近梅尔甘泽号上的彼得·特林波来为大家报道。"

布满积水的地上躺着的两个人毫无生气,只有起伏的胸膛表明他们还活着。但是他们受损的耳膜急切地搜寻着鼓胀的金属匣子里传来的电流噪声。现在是验证他们努力的结果的时刻。

"这里是彼得·特林波为您报道。这是一个美妙的上午,呃,我是说,下午。我正在南古德温沙洲的北面。这里的海面波澜不惊。没有风,阳光很灿烂。据报道,目标区域现在没有航行的船只。是这样吗,爱德华兹指挥官?没错,上尉说了,没有任何船只。雷达显示屏上还没有什么动静。我不能告诉大家雷达搜索区域的范围。

这是为了安保的需要。不过我们大概转眼就能看见导弹飞过来了。是这样吧,上尉?现在目标已经出现了。当然,从桥上还看不见 。离这儿应该有七十英里远吧。我们可以看见摧月号了。多么壮观啊。发出雷鸣般的轰响,尾部拖着长长的火焰。大概还有十英里远,不过那火光一定能看得到。怎么,上尉?啊,我明白了。嗯,有意思。一艘大型潜艇正开过来,只有一英里远了。我想就是他们说的雨果爵士和他的团队乘坐的那艘潜艇吧。我们没有接到关于潜艇的任何指示。爱德华兹上尉说潜艇没有回应我们的信号灯,也没有打旗语。太奇怪了。我现在看到潜艇了。用望远镜看得非常清楚。我们改变了航线,去拦截它。上尉说不是我军的潜艇,说应该是艘外国潜艇。嘿,它打出旗子了。什么?天哪。上尉说是艘苏联潜艇。不可思议!现在它收起了旗帜,开始下潜了。砰。听见了吗?我们对准它的船头开了一炮,但是它已经跑了。什么?潜艇探测器的操作员说它在水下开得更快了。已经达到每小时二十五海里了。不可思议!嗯,它在水下能见度不太好。但是它现在正处于目标区域中。现在是12点12分。摧月号应该开始下落了。现在离地一千英里高,正以一万英里的时速迅速下落。随时都有可能落下来。希望不会出什么意外吧。苏联人的潜艇正好在危险区域内。雷达操作员举起手了。那就是说,导弹飞到了。它来了。它来了……哟!一点声音也没有。天啊!那是什么?注意!注意!发生了大爆炸。黑色的烟云冲上了天空。巨浪正排山倒海地朝我们涌过来。潜艇在那儿。天哪!它被底朝天抛出了水面。朝我们飞来了。飞过来了……”

第二十五章　云开日见

“到目前为止，有两百人死亡，还有同样数量的失踪者。”M说，“东海岸那边的消息还在不停传过来，荷兰的情况也很糟糕。爆炸毁掉了他们数英里长的海防线。我们的主要损失是巡逻艇。两艘翻了船，其中包括梅尔甘泽号。船上的指挥官失踪了。BBC的那个伙计也是。南古德温号灯塔船的停泊点也毁掉了。比利时和法国那边还没有消息。等所有的情况搞清楚以后，我们可能要赔一大笔钱。”

现在已经是第二天下午了。邦德坐在椅子上，身边摆着一根橡胶包头的手杖。他又回到了老地方，重新面对着那个有着一双冷冷的灰色眼眸、沉默寡言的人。他邀请自己去俱乐部共进晚餐、打桥牌的场景想来恍如隔世。

邦德衣服下面的身体上缠满了绷带。他的脚稍一动弹就疼痛不已。一条显眼的红色伤痕从他的左脸一直划过鼻梁。窗外透进来的日光照得他脸上的单宁药膏闪闪发光。他手上戴着手套,笨拙地夹着一支香烟。M 居然会请他抽烟,真是不可思议。

“潜艇有消息了吗,先生?”他问道。

“已经确定了方位,”M 满意地回答道,“侧翻在三十英寻深的海底。负责打捞导弹残骸的营救船正在它上方作业。潜水员下水查看过,但是对船体发出的信号没有收到回应。苏联大使今天早上一直待在外交部。我听说他表示苏联会从巴尔干派自己的营救船过来。我们回应说潜艇的残骸会影响航运,所以不能拖延,必须现在打捞。”M 咯咯笑了起来,“我敢说,要是有谁要在三十英寻深的海底航行的话,那倒是真的会有影响。不过好在我不是内阁成员,”他干巴巴地说,“内阁从直播结束开始就不停地开会。瓦兰斯在爱丁堡的那几个律师向全世界公布德拉科斯的文件之前阻止了他们。那份文件的内容非常精彩。看上去就像是耶和华的自传。瓦兰斯昨晚把它带到了内阁会议上,然后在唐宁街十号为首相详述了事情的来龙去脉。”

“我知道,”邦德说,“我在医院的时候他一直在给我打电话,询问事情的细节,一直说到午夜。当时他们给我用了很多麻醉药,我脑子都不清醒。接下来会怎么样?”

“他们要进行史上最大的一次掩盖真相的工作,”M 说,“会有一些看似科学的废话告诉大家导弹的燃料只烧掉了一半,结果导致了意外的大爆炸。一切损失都会得到充分的补偿,比如说雨果·德拉科斯爵士和他的工作团队身上发生的惨剧。伟大的爱国者。英国皇家潜艇的悲惨遭遇。是最新的试验型号。执行了错误的指令。很不幸。好在只有一名骨干人员罹难。遇难者的亲属会被告知情况。还有BBC的播音员不幸遇难的事。他把皇家海军旗误认为苏联军旗是不可饶恕的错误。两者设计很像。最后在潜艇残骸中发现了皇家海军旗。”

“那么原子弹爆炸又怎么掩饰呢?”邦德问道,“放射物质啊,原子尘埃啊什么的。还有那人人皆知的蘑菇云。这肯定不好处理。”

“显然他们并不担心这事。”M说,“蘑菇云的解释是,一般的爆炸达到这样的规模也会产生类似的现象。军需部知道了整件事情的真相。没办法只能告诉他们。他们的人昨晚在东海岸忙乎了一整夜,拿着盖革计数器测来测去,放射指数都是阴性的。”M冷笑了一声,“原子云当然会降落到某个地方。不过那天的风起了作用,把它吹到北边去了。你也可以说是送它回了老家。”

邦德忍着痛笑了一声。“我明白了,”他说,“这个比喻很恰当。”

“当然了,”M拿起烟斗,一边装烟丝一边说,“总会有些流言蜚语。现在已经有了。很多人都看到你和布兰德小姐在担架上被人从现场抬了出来。另外还有鲍瓦特公司指控德拉科斯害他们损失了大量新闻纸。对于死在阿尔法·罗密欧上的那个小伙子也已经展开了调查。你的车撞毁在路边也要找个说法,因为车的残骸里,”他责备地看着邦德,“还找到了一把加长型柯尔特手枪。还有军需部的问题。瓦兰斯昨天不得不派人去清理伊伯里街上的那幢房子。当然那些人都是训练有素的,懂得怎样守口如瓶,不会走漏什么风声。这些掩饰当然是有风险的,谎撒大了嘛。不过还有别的选择吗?跟德国人纠缠?对苏联宣战?大西洋两岸正有一大群人恨不得找个借口让我们打起仗来呢。"

M停下来点着了烟斗。"如果这些解释能站得住脚,"他沉思着继续说,"我们可能还不算很倒霉。我们一直想弄到一艘他们的高速潜艇做研究,能搜集一些原子弹的线索也很不错。俄罗斯人心里明白,我们已经知道他们的赌博失败了。马林科夫的位子可能坐不稳了,这也意味着克里姆林宫即将发生一场骚乱。至于德国人嘛,我们知道纳粹主义仍然阴魂不散。这件事可以让内阁在对待德国恢复军备的问题上更加谨慎。还有,从小处说,"他挤出一个笑容,"这件事让瓦兰斯和我各自负责的安全工作以后会开展得顺利一些。这些政客们还没有意识到,原子时代已经造就了史上最危险的破坏分子——拎着重重皮箱子的小人物。"

"媒体会不会刨根问底呢?"邦德心存疑惑地问道。

M耸了耸肩膀。"今天早上首相召见了各大报纸的总编,"他说着又划着一根火柴点起烟斗来,"我想他已经处理好了。如果以后谣言再起,他可能还会找他们,稍微透露一点真相。然后他们就会老老实实的了。如果他们得到的新闻足够重要,一般就会满意了。现在最关键的是争取时间,防止有人借机闹事。目前人们还都在为摧月号感到自豪,不会过于深究到底哪里出了差错。"

M桌上的内部电话发出了轻柔的蜂鸣声,一盏红灯闪个不停。M拿起了单向听筒,靠近了电话。"喂?"他打着招呼。停了一会儿,他又说道:"我用内阁专线听。"他从一排四部电话中拿起了白色的听筒。

“好了,”M说,“请讲。”然后又是沉默,“是的,先生。接过来了。”M按下内部电话上的按钮,把听筒贴紧耳朵。邦德听不到里面传来的声音。接下来是长长的沉默,其间M时不时地举起左手的烟斗抽上两口。突然他把烟斗拿开了。“我同意,先生。”又停顿了一会儿,“我知道他一定会感到非常骄傲的,先生。不过当然,我们必须遵守规定。”M皱了皱眉头,“如果您允许我这么说的话,先生,我觉得这么做不是很明智。”又是停顿,然后M的脸色变得明朗了,“谢谢您,先生。当然了,瓦兰斯没有这样的麻烦。她完全是应得的。”又一次停顿,“我明白。会办好的。”再次停顿,“非常感谢,先生。”

M把白色听筒放回电话机上,再把内部电话机的保密按钮复原。

M盯着电话出了一会儿神,好像在怀疑刚才自己听到的话似的。然后他在椅子上转过身去,若有所思地看着窗外的风景。

房间里一片寂静。邦德在椅子上挪动着身体,试图减缓疼痛的再次侵袭。

星期一见过的那只鸽子,或者是另外一只,又同样拍打着翅膀飞到了窗台上。它来回踱着步,一下下啄着窗台,咕咕直叫,然后它展翅飞向公园里的树林。远处的车流发出无精打采的嗡嗡声。

这一切差一点就变成了一片死寂,邦德想。差一点,这些东西全都会灰飞烟灭,只有救护车的警铃在远处响起,而天上会是一片吓人的黑烟和火光。燃烧导致的臭气四处可闻,困在楼里的人群大声尖叫。伦敦那轻柔的心跳将会停止数十年。整整一代伦敦人也会死去,倒在文明的废墟里。从此伦敦城将会一蹶不振,几个世纪都无法恢复。

这一切本来都有可能发生。幸好那个人为了满足自己疯狂的自大心理在牌桌上大肆行骗;幸好"刀锋"那位古板的主席怀疑到了他;幸好 M 答应了要帮老朋友的忙;幸好邦德还记得一半从赌棍手里学会的技巧;幸好瓦兰斯行事谨慎;幸好嘉拉记住了所有数据;幸好那些细枝末节安排得刚刚好;幸好运气安排他们脱了险。

是谁的安排呢?

M 把椅子转了回来,转动时发出了尖利的摩擦声。邦德小心谨慎地凝神注视着对面的那一对灰色眸子。

"是首相的电话,"M 粗声粗气地说,"他说希望你和布兰德小姐离开英国。"M 垂下眼睛直愣愣地盯着烟斗,"你们俩都安排在明天下午动身。这件案子里有太多人见过你们了。有人也许会根据你们俩在这件事里的角色琢磨出什么来。你们想去哪儿都行。费用不限制。任何货币都可以。我可以交代出纳员给你办到。你们出去待一个月,记住社交生活不要太活跃。你们俩本来今天下午就可以出发,不过那姑娘明早 11 点有个约会。她要去宫里领受乔治十字勋章。当然这个决定要到新年的时候才正式公布。我挺想什么时候见见她,肯定是个好样的姑娘。实际上,"M 抬头看着邦德,脸上的表情深不可测,"首相也希望奖励你来着。他忘了我们是不能掺和到这些事情里的。所以他请我替他向你表示感激。他还说了很多对情报局表示褒奖的话。他很客气。"

M难得地露出了灿烂温暖的笑容。邦德报以微笑。他们明白有些事情是心照不宣的。

邦德知道该离开了。他站起身。“非常感谢,先生,”他说,“我为那姑娘感到高兴。”

“那么好吧,”M带着一种打发人的口气说道,“嗯,就这样吧。一个月后再见。哦,对了,”他故作漫不经心地说,“你顺道回一趟办公室吧。我给你留了点东西,算是小小的纪念品吧。”

詹姆斯·邦德乘电梯下了楼,一瘸一拐地走过熟悉的走廊,走进自己的办公室。他走进内室的门,看见自己的秘书正在他书桌旁的那张桌子上整理着文件。

“008要回来了?”他问道。

“是的,”她愉快地笑着说,“他今天晚上就飞回来。”

“嗯,我很高兴你能有个伴儿,”邦德说,“我马上又要走了。”

“哦,”她飞快地看了他一眼,然后移开了视线,“看上去你应该休息一阵子。”

“我会休息的,”邦德说,“流放一个月怎么样?”他想起了嘉拉,“也可能是好好度一个月假期呢。有什么给我的东西吗?”

“你的新车就停在楼下。我检查过了。开车过来的人说你今天早上订好了要试车。车很漂亮。哦,还有M的办公室送来的两个包裹。要打开吗?”

“好的,打开吧。”邦德说。

他坐到桌边,看了看表。5点了。他感觉很疲惫。他知道这种疲惫的感觉还要持续几天。每次完成了一项困难的任务他都会有这种反应,那是连续多日经历紧张和恐惧的后遗症。

秘书抱着两个看起来很沉的纸箱走了进来,放到他桌上。他打开了上面那个箱子。他一看到里面的防水纸就知道是什么东西了。

箱子里有一张卡片。他拿出来,上面是M用绿色墨水写的一句话:“你可能会需要这个。”下面没有签名。

邦德打开包着的防水纸,小心翼翼地拿出那把崭新锃亮的布雷塔手枪。纪念品。不,是对自己的警醒。他耸了耸肩,把枪放进外套里面空着的枪套上,然后困难地站起身来。

“另外一个箱子里应该是一把加长型柯尔特手枪。”他对秘书说,“你帮我保管着,我回来时再给我。到时我要拿到靶场去试试枪。”

他走向门口。“再见了,丽儿,”他说,“替我向008问好,让他好好照顾你。我会去法国。法国站会有我的地址。不过没急事不要找我。”

她笑了。“那什么程度的才算急事呢?”她问道。

邦德大笑了两声。“只要找我去打桥牌的都算。”他说。

他瘸着腿走了出去,带上了门。

这辆1953年出产的宾利马克四型轿车是旅行敞篷车的式样。车身漆成战舰灰色,和那辆葬身于梅德斯通修理厂的4.5升宾利车一样。他笨拙地爬上车坐到试车员旁边时,车里的深蓝色皮革内饰发出一种奢华的嘶嘶声。

半小时后司机在鸟笼道和女王门街的街角扶他下了车。“如果您愿意的话,我们还可以提速,先生。”他说,“如果你再把车在我这儿放两个星期,我可以让它轻松开过一百码。"

"晚点我会让你干的,"邦德说,"它是辆旧车。不过你要答应我个条件。明天傍晚你帮我把车开到轮渡码头。"

试车员咧嘴笑了。"收到,"他说,"我亲自给您开过去。那么码头见了,先生。"

"很好,"邦德说,"开上 A20 公路时要小心点。多佛路这些天不怎么安全。"

"别担心,先生,"司机说着心里想,这家伙虽然对车很懂行,可惜却是个娘娘腔,"小菜一碟。"

"不是每天都会一路顺风的。"邦德笑着说道,"加莱见。"

他不等对方回话就杵着手杖,一瘸一拐地走了。在他四周,月光透过树丛洒落下来,照出一道道尘土飞扬的光柱。

邦德在正对着湖心岛的位置找了把长椅坐了下来。他拿出烟盒,点上一支香烟,然后看了看表。六点差五分。他提醒自己,她是个很守时的姑娘。他订了餐厅角落的桌子吃晚餐。然后呢?首先应该订一个漂亮的旅行计划。她喜欢什么?想去哪里?去过哪里?德国当然去过了。法国呢?巴黎先放一放,可以回程的时候去一下。第一天晚上应该走得越远越好,远远地离开加莱海峡。蒙特利尔和埃普塔尔之间有一个农庄,食物非常棒。然后一路疾行,到卢瓦尔去。在那个河畔小城逗留几天。不要去博让西这种带城堡的镇子了。然后再慢慢地往南边去,保持向西的大方向,避开那些五星级的生活。慢慢地感受吧。邦德的思路停了下来。可是感受什么呢?互相感受?他对这女孩是认真的吗?

“詹姆斯。”

她的声音清晰、高亢而紧张。他没有料到会听到这样的声音。

他抬头看去。她站在离自己几英尺远的地方。他注意到她潇洒地戴着一顶黑色贝雷帽,看起来令人心动,而又带有一种神秘感。就像是你在国外偶然碰到的一位驾车经过的女郎,显得那么不可企及,因而又让你产生从未有过的占有欲。就像是赶去和别人幽会的某个人,不属于你的某个人。

他站起身,他们握住了彼此的手。

她先把手抽了回来,没有坐下。

“我真希望你明天能来,詹姆斯。”她眼神温柔地看着他。温柔,但是,他想道,却有点躲躲闪闪。

他笑着说:“是明天早上呢还是明天晚上?”

“别乱说,”她大笑起来,羞红了脸,“我是说去宫里。”

“受过勋以后你打算干点什么呢?”邦德问。

她认真地看着他。这眼神让他想起了什么呢?墨菲的制胜目光?还是他最后一把在“刀锋”击败德拉科斯时的笑容?不,都不是。这目光里还有些什么别的内容。是柔情?还是懊悔?

她看向了他身后。

他转头看去。一百码开外有一个年轻人高高的身影。那人剪了短发,正背对着他们踱来踱去地消磨时间。

邦德转回头看着嘉拉,她正直视着他。

“我要和这个人结婚了,”她平静地说,“就在明天下午。”接着,她用一副好像用不着解释的语气继续说,“他是卫维恩警督。”

“哦，”邦德生硬地笑了一下，“我明白了。”

有一阵子没人开口说话，他们的眼神躲避着彼此。

他难道真的在期待什么别的吗？他们之间不过是一个吻而已。还有就是危险之中充满恐惧的两个身体互相依偎罢了。除此之外并没有什么。她手上的订婚戒指早就提醒过自己了。他为什要想当然地认为那只是应付德拉科斯的障眼法呢？他为什么幻想着她会和他有着同样的期待和同样的愿望呢？

现在怎么办呢？邦德问自己。他耸耸肩膀，想要摆脱那种失败的痛苦。这种痛苦可比成功的喜悦威力大多了。该退场了。他必须马上离开这对年轻人的生活，把自己冷酷的心放到别处去。不要后悔。不要没用的伤感。他要演好她想要自己扮演的角色：一个世上少有的硬汉。一个特工。一个永远只有侧影的男人。

她颇为紧张地看着他，等待着这个一只脚已经踏入自己心门的陌生人把自己解放出来。

邦德热情地对她笑着。“我要吃醋了，”他说，“本来我明天晚上都给你安排好节目了。”

她笑着回应他，心里暗自感激他打破了僵局。“什么节目呢？”她问道。

“我本想带你去一座法国农庄吃晚饭，”他说，“美餐一顿后我打算去检验一下尖叫玫瑰的说法到底是不是真的。”

她大笑起来。“很遗憾我是没法去了，不过还有大批姑娘等着你去挑吧？”

“是啊，我想是的。”邦德说，“那么，再会了，嘉拉。”他伸出了手。

“再见,詹姆斯。”

他最后一次触碰到了她的身体,然后他们彼此转身离开,各自走向了自己不同的人生。